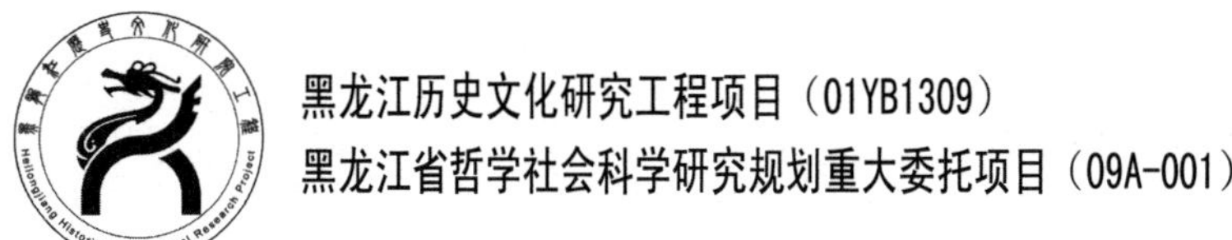

黑龙江历史文化研究工程项目（01YB1309）
黑龙江省哲学社会科学研究规划重大委托项目（09A-001）

何陋居集·甦庵集

方拱乾◇著

图书在版编目(CIP)数据

何陋居集·甦庵集/(清)方拱乾著. --哈尔滨:黑龙江大学出版社,2010.4(2021.8重印)
(东北流人文库/李兴盛主编)
ISBN 978-7-81129-261-9

Ⅰ.①何… Ⅱ.①方… Ⅲ.①古典诗歌-作品集-中国-清代 Ⅳ.①I222.749

中国版本图书馆CIP数据核字(2010)第033732号

何陋居集·甦庵集
HELOUJU JI·SU'AN JI
[清]方拱乾 著

责任编辑 刘剑刚 安宏涛
出版发行 黑龙江大学出版社
地 址 哈尔滨市南岗区学府三道街36号
印 刷 三河市春园印刷有限公司
开 本 720毫米×1000毫米 1/16
印 张 36.25
字 数 452千
版 次 2010年4月第1版
印 次 2022年1月第3次印刷
书 号 ISBN 978-7-81129-261-9
定 价 79.80元

《何陋居集·甦庵集》编委会

歷史源流流寓文化 PROLOGUE

总序

黑/龙/江/历/史/源/流/与/流/寓/文/化/系/列

历史文化资源是民族文明的血脉和根基，是民族精神品格的凝聚与体现，是一个国家和地区特有文化形态的依托和载体。对历史文化资源的保护与利用从来都是一个对民族的、本土的优秀历史文化的继承与发展的问题，它直接关涉民族精神的弘扬与传承，关涉一个国家、一个地区未来的发展与走向。保护、挖掘、利用历史文化资源是世界性的课题，大多数国家都十分重视对本国、本民族历史文化资源的保护、挖掘和利用，以此延续民族文脉，维护自己的文化特性和文化多样性，树立民族形象，扩大国际影响力，进行传统教育和爱国主义教育，增强民族自信心和凝聚力。

历史证明，每一个成熟的民族、国家和地区都有自己独特的文化品格和精神气质，这种文化品质以深厚的历史文化积淀为基础，同时也成为民族精神、国家精神和区域人文精神的内核。所以，正如费孝通先生所强调的那样，生存在一定文化形态中的人们只有对自己的文化“有自知之明”，才能“对自身的发展历程和未来有充分的认识”，才能通过文化反思走向文化自觉，实现文化自信。

作为黑龙江人，我们在流逝的岁月中积淀起对龙江大地越来越深厚的情感,看着浩浩荡荡的黑龙江水欢跃前行,看着莽莽苍苍的大小兴安岭气象万千,感受着脚下这片黑土地的壮阔雄浑,享受着它慷慨无言的馈赠;随着对黑龙江的历史文化了解得越多、思考得越深,我们心中的这份深情就越发充沛,对黑龙江的深厚历史文化资源在中华文明史上的特殊地位和巨大贡献就越充满信心:黑龙江绝非人们通常所认为的"蛮荒之地",实际上,诚如我国著名考古学家苏秉琦先生所言,中华文明的产生,不在中原而在北方,黑龙江有着非常悠久的历史和十分灿烂的文明。

现在看来,黑龙江的历史源远流长,积淀丰厚,影响广泛。1997年,哈尔滨市阿城区交界镇石灰场洞穴遗址中出土文物的考古学测定表明,远在17.5万年以前,黑龙江地区已有古人类生存。早在传说中的虞舜时期,生活在黑龙江地区的古族肃慎(息慎氏)即与中原部族有了交流。另据文献记载,先秦时代,定居于今黑龙江地区的肃慎、东胡、涉貊三大族系的先民,在与中原部族进一步交往的同时,也以自己的勤劳和智慧为黑龙江流域的开发作出了重要的贡献。进入封建社会以来,黑龙江这块土地独自孕育或与其他地区共同孕育的各民族不断雄啸崛起,其中,东胡族系后裔鲜卑、契丹、蒙古族,肃慎族系后裔靺鞨、女真、满族,在我国北方及全国范围内先后建立了北魏、辽、金、元、清等封建王朝以及唐朝的藩属政权"渤海国",统治时间总和长达九百多年,这在中国历史上是十分独特的。自古以来,世居黑龙江流域的北方民族与其他各族人民一道奠定了中华民族多元一体的格局,他们促进了南北文化的大碰撞、大融合,对我国社会进步、文化繁荣和科技交流,对光辉灿烂的中华文明作出了不可磨灭的贡献。

近现代以来,黑龙江这个多民族聚居的边疆大省,逐步形成其鲜明的边疆的、民族的、移民的、中西兼容的文明特质。

清初以来,鲁、豫、冀、晋等关内省份"闯关东"的移民大量涌入,他们闯入了这一肃慎—女真族系的"龙兴之地",带来了中原主流文化的优秀传统,促进了关内民风民俗与黑龙江本土文化的融合。

20世纪初,随着中东铁路的开通,一批现代城镇在龙江大地因铁路而兴,特别是中东铁路的中枢——哈尔滨,迅速成为国际化的都市:松花江穿城而过,水气灵秀;铁路横贯欧亚,四通八达,物流、信息流会聚流转;俄罗斯人、犹太人等20多个国家近20万侨民涌入,一个开放包容、极具时尚活力、崇尚诚信敬业、追求和谐奋进的国际性商贸中心、历史文化名城逐渐成形,其国际化程度可与巴黎、伦敦、纽约、莫斯科比肩,创造了中国近代城市化进程中的一个奇迹。20世纪二三十年代,素有"东方莫斯科"、"东方小巴黎"美称的哈尔滨已然成为国际商埠和时尚中心,欧洲的流行时尚,如服装、餐饮、电影、戏剧、音乐等很快传入哈尔滨,这里有中国第一家啤酒厂、第一家电影院、第一家音乐学校、第一个芭蕾舞团、第一个交响乐团,西式教堂、酒吧等建筑随处可见。俄侨文化、犹太文化等外来文化要素交相辉映,形成了哈尔滨独具国际交汇特色的建筑文化、饮食文化、教育文化、宗教文化。这些文化要素同来自内地的移民文化一道,为哈尔滨乃至黑龙江打下了特有的海纳百川、有容乃大的文化烙印。

随着印刷业、报刊业等现代媒介的兴起和城市文化的繁荣,哈尔滨会聚了大量的文化名人。20世纪20年代,孔罗荪、陈纪滢、塞克、金剑啸等人在哈尔滨创办新文学社团"蓓蕾社",倡导新文化运动。20世纪30年代"沦陷"(日伪)时期,金剑啸、罗烽、萧红、萧军、白朗成立了"星星剧团",进行了大量的文艺活动,宣传抗日。与此同时,随着马占山将军的江桥抗战打响了中国武装抗日的第一枪,义勇军、游击队、抗日联军在白山黑水间、在松花江上,为了民族的独立和领土的完整,英勇孤绝地奋战14年,用热血解冰霜,铸就了最能体现东北性格的抗联文化。

1945年起,作为全国最早的解放区,在黑龙江诞生了中国省区的第一个广播电台——黑龙江人民广播电台,中国省区的第一家报纸——《黑龙江日报》，中国最早的三家电视台之一——哈尔滨电视台（与北京电视台、上海电视台一道开启了中国的电视发展史），以及在新中国电影发展史上具有开创地位的东北电影制片厂。这些都奠定了黑龙江在新中国发展中独特的文化地位。新中国初期，北大荒开发、大庆油田开发、大小兴安岭开发，又逐步形成了垦荒文化、创业文化、知青文化等当代文化，铸就了以北大荒精神、大庆精神、铁人精神、大兴安岭精神等为代表的优秀精神资源。

独特的历史进程，积淀了黑龙江特有的文化多样性和包容性；多民族聚居陶冶出绚丽多彩的满族、达斡尔族、鄂伦春族、鄂温克族、赫哲族等北方世居少数民族的风情和丰富殷厚的非物质文化遗产。鄂伦春族的歌舞和桦树皮画，赫哲族的鱼皮工艺品精深加工，朝鲜族的民族风情园，满族的剪纸、刺绣，等等，风格十分纯粹，成为目前仅存的可供考察原生态渔猎文化形态的“活化石”，客观上为人们保留了东北本土少数民族迷人的民俗风情及其独特魅力。这种融合了黑龙江本土文化、移民文化、异域文化的三极互渗、多元交融的文化格局，这种既具边疆、民族色彩，又带有中西交融性质的文明特质，这种被列宁称为“碾碎了民族差别的大磨坊”的文化形态，具有鲜明的兼容吸收性与开拓创新性，最终凝结成龙江大地上意蕴丰富、多姿多彩的独特的生存样态，构成了中华文化独特的、重要的组成部分。

当今时代是一个“资源为王”的时代，黑龙江丰富独特的且较少开发的历史文化资源在文化大发展大繁荣的时代为我们提供了特有的文化创造空间。我们至少可以从中梳理出民族历史源流、民族民间非物质遗产、中外文化交流、红色历程、文化名人、流寓文化、重大历史事件、开发建设、历史文献、地域风情十大历史文化资源系列。这些都为我们建设边疆文化大省、推动我省文化大发展大繁荣奠定了良好的基础。

大力推进黑龙江历史文化资源保护、挖掘与利用工作，是塑造和提升黑龙江文化品格、实现文化自觉的必然要求，是增强地区文化软实力、抢占文化制高点的必然要求，是实现我省经济社会协调发展的必然要求，具有十分重要的现实意义和深远的历史意义。保护、挖掘与开发黑龙江历史文化资源，就是要更清晰准确地揭示我们的地域文化内涵，让我省人民增强文化归属感，不断实现对本土文化的自豪、自觉与自信，从而塑造和提升黑龙江人的文化品格与精神气质。

黑龙江大学出版社策划了“黑龙江历史源流与流寓文化系列”这一大型图书选题，计划陆续推出《黑龙江大界江百村纪行》、《黑龙江与俄罗斯文化关系》、《满文档案文献整理集成》、《东北流人文库》、《萧红全集》及《抗战时期黑土作家丛书》等一系列有重大社会影响的精品图书，旨在挖掘黑龙江历史文化资源及地域人文风情，呈现龙江文化的勃勃生机，为读者奉献更多高质量的精神文化产品。这些选题立意很好，起点很高，眼光独到，对于深入挖掘黑龙江的历史文化资源具有重要的价值。

期待黑龙江大学出版社“黑龙江历史源流与流寓文化系列”丛书成为“文化天下”的图书精品，成为向全国乃至世界推介魅力独具的黑龙江的“文化名片”，并产生重要的影响力。

是以，欣然为序。

二〇〇九年九月六日

序

李兴盛与流人学的研究

世有“显学”与“晦学”之分，“显学”为当世所重，群趋若骛，如清之乾嘉考据学，今之红学、敦煌学等等，于是资料盈箧，成果丰硕，人才辈出，为举世所瞩目。“晦学”则不然，虽其学重要，然资料发掘艰难，前人成作较少，一时难见其功，学人多视为畏途，潜研者寥寥，若为世所遗忘者，今之流人学类此。

流人源出于流刑，多为蒙冤受屈，备受迫害与刑罚者。流人颇多具有文化素养，甚至学问淹博者也为数不少，世所谓“天下才子流人多”即指此而言。其人虽投诸四裔，犹不弃边远，播种文化，开发蒙昧，厥功至伟，是流人与流人文化问题固不得不有所研讨，而世之投身斯学者，固屈指可数也。

我之接触流人问题，始得益于安阳谢国桢(刚主)先生。我家与谢氏有通家之谊，少时曾借书于谢氏，得读刚主先生所著《清初流人开发东北史》，为前此未读之书。见其对清初发戍东北之流人所作专门性研究，既钦其治学视野之广阔，复感其研究有裨于清初开国史的探求。后此则未见有关流人新作。20世纪五六十年代政治运动中辄有因种种新账老账一齐算而遭贬谪者，西部荒漠及北大荒等地均有其人，虽下放、锻炼名目各异，而其实与流人差近。投鼠忌器，颇为流人问题之研究增忌讳。70年代初，我曾下放农村四年，耕余无聊，又谨言慎行，寡交游，遂就所携图籍中之流人著述，时加研读，随手札记心得，积久乃成《读流人书》一文。此举一则纾烦遣愁，借他人杯酒，浇自己块垒；再则见流人虽困处厄塞，而犹能寄托诗文，传播文化，颇受激励。深惟似此群体而淹塞不彰，研究者又甚鲜而深致感慨。80年代初，海宇廓清，学术文化顿显新颜，有幸获识西北周轩、东北李兴盛二君，皆以流人问题研究自任，撰述探讨，卓有成就。其穷年累月从事"晦学"研究之精神，尤令人钦佩。

我识李君兴盛较晚，初仅书信往来，继又得读其惠我大作。我虽曾粗涉流人之学，而视李君所著之精深，则瞠乎其后矣！1989年，先后读其所著《边塞诗人吴兆骞》及《东北流人史》，见其"筚路蓝缕，以启山林"的精神及从个案研究走向通史研究的历程，窃喜流人学研究之得人！惟惜其尚局限于东北一隅，深冀其由一隅而扩及全面。孰意不及五年，而百余万言之《中国流人史》又问世，李君用功之勤，投入之深，求之当世，实不多见。我曾为此书做过鉴评说：《中国流人史》"是对流人问题进行全方位、多层次、各区域的完整论述，开创了流人史研究的新体系。我通读《中国流人史》的最深感受是，他不把知识分子流人的遭遇作为个案，而是加以群体的系统记述，使之成为记述中国知识分子坎坷经历，不幸命运，悲惨处境而仍能百折不挠，利国利民，奋发向上的感人史诗"。1998年冬，兴盛复以所主编之《何陋居集(外二十一种)》一书见惠，此书以清方拱乾之《何陋居集》为总名而含有宋、清、民国之流人文献共二十二种，为流人史之研究提供基本史料，厥功至伟。次年，兴盛不辞千里，亲临寒舍，一倾积愫，交流沟通，听其言，观其行，固恂恂然一君子也。我读书未遍，关于流人史的研究，除周、李二君的著述外，其他专著、论文所见尚鲜，此流人学之所以为“晦学”也。究其缘由，愚意以为治此学者必需具备三条件：

其一，研究者必须久居边远戍地，对流人生活背景，岁月煎熬，有亲临其地的切身感受，有一种为不幸者存史的激情冲动，乃以真挚的感情去探讨、研究，从而论述中国知识分子的忧患史。这是最重要的精神支柱。

其二，研究者必须具备发现挖掘史源、搜检考校史料和公允评论人物的学识底蕴与熟练技能。惟其如此，方能于人于事，持之有故，言之成理。方能由此及彼，由表及里，由个案至群体，由古代至近世，撰成诸种有关著述，使流人学之研究不数十年而蔚为大观。这是最重要的物质基础。

其三，研究者必须澹泊自甘，硁硁自守，不急功好利，不艳羡荣华。以悲天悯人之心，阐幽发微；不偏不倚，还人物以本来，终其生而无怨无悔。这是最重要的史德。

三者言易而行难，周、李二君得天独厚，幸逢其会，一羁居西陲，一谋食黑水，耳听故老逸闻，目见流人遗迹，抚今思昔，思潮汹涌，笔端激情，油然而生。二君皆好学深思之士，穷年累月，孜孜不倦，广搜博采，勤于著述，颇见称誉于学术界，而李君兴盛所著连年问世，凡个案研究、文献记录、史事纵论，皆所涉及，涵盖可谓深广。2000年，兴盛更将其流人文化研究延伸至流寓文化与旅游文化领域，主持《黑龙江流寓文化与旅游文化丛书》编写工作，其第一种《黑龙江山水名胜与轶闻遗事》一书，既出版问世，赋流人学以实践意义，研究对象由流人扩展至客寓人士，视野愈益开阔。2001年，复出示其另一种《中国流人史与流人文化概论》。兴盛倾历年之积存，更于《中国流人史》之基础上，总结升华，成此论集。捧读之余，欣悦不已。

兴盛之辑《中国流人史与流人文化概论》，虽为辑录其于流人问题研究中之理论观点，实则寓构筑流人学框架之深意。书分上下编，上编阐述有关流人与流人文化之理论问题，诸如流人的分类、流人史的分期，流人文化的界定与特性、流人历史作用的评价等等；下编为文选，辑与撰者及其著作有关之资料，可备了解兴盛治学历程与所获成就之参考。从此，兴盛之于流人学之研究，有史、有论、有专门著述、有文献汇编，足称完整架构专学之规模。

目前，为了弘扬我国历代东北流人在逆境中建功立业、保卫与开发边疆的业绩及其艰苦奋斗的精神，为了促进由谢刚主先生开创的流人史、流人文化，乃至流人学这一新学科、新体系、新流派真正创建成功，兴盛君在黑龙江省委宣传部、黑龙江省新闻出版局及黑龙江大学出版社的大力支持下，以其三十余年研究成果为基础，正在编纂《东北流人文库》这部大型的历史文化丛书。《东北流人文库》拟分为“流人文献”与“流人研究”两大部分，堪称一部恢弘巨著。

相信我国前所未有的这部开拓型丛书的出版，对于黑龙江历史文化资源的抢救与黑龙江边疆文化大省的建设，对于东北，乃至全国历史文化，尤其是文学史、刑法史、民族交流史、人口迁徙史等学科的研究，对于繁荣我国出版事业，都会起到极大的促进作用。

流人学的建立是兴盛的一个梦，他自谦目前是“残编寻旧梦”，我看他已在日益走近“全编圆美梦”的佳境。他自勉是“攀登今未已，风雨正兼程”，我则以耄耋之年真诚地期待流人学不久将在社会科学的学科分类表上堂堂正正地占有一席之地。流人学之跫然足音，殆已日近一日。兴盛其勉旃！

来新夏

二〇一〇年元月

凡　　例

为了弘扬我国历代东北流人筚路蓝缕以启山林的创业精神，自强不息苦心经营的奋斗精神，关心国事反抗侵略的爱国精神，为了彰显他们在逆境中建功立业、保卫与开发边疆的业绩，为了促进由谢刚主先生开创的流人史这种新学科的研究，并使流人文化，乃至流人学这一新体系，新流派真正创建成功，在黑龙江省委宣传部、黑龙江省新闻出版局及黑龙江大学出版社的大力支持下，在本人三十余年全方位、多层次、系统化、理论化的流人研究的基础上，编纂了这部大型的历史文化丛书。相信我国前所未有的这部开拓型丛书的出版，对于黑龙江历史文化资源的抢救与黑龙江边疆文化大省的建设，对于东北，乃至全国历史文化，尤其是文学史、刑法史、民族交流史、人口迁徙史等学科的研究，都会起到极大的促进作用。现将本丛书“流人文献”的编辑凡例介绍如下：

(一)本系列所辑包括两种不同类型的著述：一为东北流人及其曾经出塞的亲友自撰的各种(诗文、史地、学术等)著述；一为前人(流人除外)所撰所编(如吴燕兰编《汉槎友札》、吴晋锡《半生自纪》)以及今人所辑录的与流人有关的各种体裁(包括碑传文)传记资料著述等。

(二)本系列所收流人及其曾经出塞的亲友自撰文献，上限始于有文献流传的宋辽金，下限止于清末。

(三)本系列所收各种流人文献及相关资料著述，原则上可以单独成册者印成一册，反之则将一人之多种著述或将数人之著述合为一册印行。

（四）本系列所收各种著述，均冠以一篇“前言”，主要简单介绍作者行实与著述，所收著述之版本概况以及选用的底本。至于所收著述之史料价值及对作者的评价，不一定每书均有。这一点，请读者自行审酌。此外，书后尽量附录几种与作者及该文献相关之资料，供读者研读之参考。

（五）在整理过程中，将原竖刊本改为横排本，将原文之繁体字、异体字改为规范的简化字。原有避讳字（如为避康熙玄烨讳之“玄”字，方拱乾、方孝标之诗文集均缺末笔，陈之遴之诗集则作“元”）一律改回。对少数民族含有侮辱性之字改为今天的正字，如《浮云集》之“猺”改为“瑶”等，其他则一仍其旧。但下列情况除外：

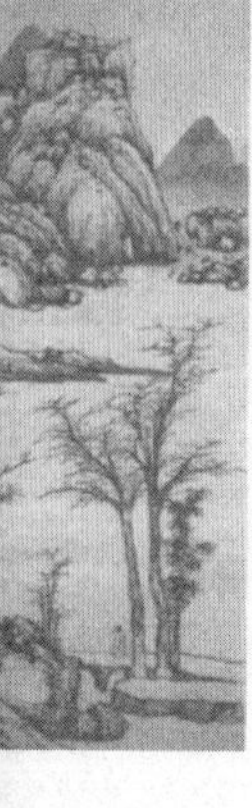

①专名用字（如人名、地名、事物名称）及容易引起歧义的繁体字，按习惯酌予保留。基于此，《甦庵集》之“甦”不作“苏”，地名寘（tián）颜山之“寘”不作“置”，徐湘蘋之“蘋”不作“苹”。又如表示剩余、多余之义的“馀”字，与代表“我”之“余”字极易引起歧义，因此不能一律以“余”字替代，有时必须作“馀”。基于此，“余生”、“余身”与“馀生”、“馀身”有别，而陈之遴“应连万死馀”句、释函可“自悔罪深馀舌在”句之“馀”字不能简化为“余”。同样的道理，陈之遴诗中的“於戏”与“短歌哀筑漫相於”之“於”也不能简化为“于”。方拱乾“八载纍人此日还”诗句中的“纍”字不宜简化为“累”。另如“髮”与“发”、“麯”与“曲”等经常会引起歧义等字也作如是处理。

②为了忠实于原文，同时为了便于学者对地名、人名、物名等事物名称源流及异名之考证与研究，同一名称的不同用字或词，酌予保留。如在古代文献中，长江多作扬子江，也有作杨子江者，山海关多作榆关，也有作渝关者（《浮云集》即作杨子江、渝关），凡此本系列二者并存，不予统一，余此类推。

③古籍刻本中多有通假字，为了忠实于原文，我们在点校整理时未予改正，仍存其原貌，如《甦庵集》辛丑年卷首有“男亨咸较”四

字，“较”是“校”的通假字。余者类推。

（六）本系列收录之流人文献，诗、词、赋与散文并存。为了整齐划一与美观，诗之排版五言、七言者基本每两句一行（杂言诗也尽量仿此）。作者之原注与我们所写之校记（改正、说明、增补）或注释等文字，则以“编者按”的形式，作为脚注，置于本页界线下方。而散文、赋、词（包括序、跋），则采取连排的排版方式。词有上下阕者，则在上下阕之间空两字。

作者原注及我们校改文字则作如下处理：凡原误、衍字应删或疑误之字，均加（ ），而改正、增补或说明之文字则加〔 〕，至于疑误之文字不宜改正者，则于〔 〕中加问号即〔?〕，以示存疑。错误之字显而易见者（如干支中已亥误作巳亥等）径改，可以推知其误者，在〔 〕中注明“当作某”或“疑作某”。凡阙文或原文实在无法辨认之字，则以□代之。

又及，本丛书所收之文多据前人刻本，有的原文有正文和注文之分，注文多为双行夹注。我们在点校整理时，对此类注文采用比正文（宋体）小一些的楷体字编排，以示与正文有所区分。

李兴盛

2010 年 1 月

前　　言

方拱乾，初名策若，字肃之，号坦庵、裕斋，又号江东髯史、云麓老人，晚年改号甦庵，或称甦老人，安徽桐城人，是明末清初著名的诗人、书法家与东北流人。

桐城方氏，本是望族，明清两代，世多显宦，所谓"江东华胄推第一，方氏簪缨盛无匹"①，方拱乾就出生在这样一个世代簪缨的华胄家族与书香门第。其父方大美曾任湖广常德府推官，擢御史，巡按江西、河南、顺天等地，后迁太仆寺卿，以"执法不阿"为人所称。方拱乾的长兄体乾、二兄承乾、三兄应乾，均为恩贡生，四兄像乾官至按察司副使。其族人以仕宦、治学称于世者，更是数不胜数。

方拱乾生于明万历二十四年(1596)四月初三日。少颖悟，七岁能属诗文，成童可记六经。"弱冠负文誉，经史一览不忘，为文捉笔立就，诸生时辄以天下为己任"②，并与同乡诗人姚孙森、蒋臣等五人交游，被人誉为"六骏"。万历四十六年(1618)中举人，崇祯元年(1628)成进士，官庶常，馆选第一，"文名震当世"。不久由于其父病逝未葬，请假归乡。这时，明朝的统治日趋腐败，社会矛盾激化，北方的农民起义风起云涌。崇祯七年(1634)大西农民军进逼桐城，方氏全家"避乱"，渡江而南，居于金陵(今南京市)之东园石桥。约在崇祯十三年(1640)复入京师，除翰林院编修，迁中允，转左谕德，分

① 周茂源:《静鹤堂集》卷2。

② 潘江:《龙眠风雅》卷22。

校礼闱,得人甚盛。不久又晋詹事府少詹事,充东宫讲官。崇祯十七年(1644)三月大顺农民军攻陷北京,明亡,同其他明吏一样,方拱乾也被农民军所俘,受到拷掠(一作"以美婢赂贼将罗,不加拷掠")。五月初清军入关,大顺军西走,方拱乾乘乱逃离京都,南归金陵。清顺治十一年(1652)由于江南江西总督马国柱及大学士冯铨等人的荐举,被清廷起用为内翰林秘书院侍讲。顺治十三年十月升任詹事府右少詹事。这其间曾被授为纂修官,参与《内政辑要》、《顺治大训》、《太祖圣训》、《太宗圣训》、《通鉴全书》等书的编写工作。

顺治十四年(1657)丁酉南闱科场案发生,方拱乾之第五子方章钺由于在参加此次科举考试中,被言官弹劾为与主考官方猷"联宗有素,乘机滋弊,冒滥贤书"而拿解刑部。十五年方拱乾及其长子方玄成、次子方亨咸也牵连入狱,并于同年十一月被判处流徙宁古塔。次年闰三月初三日,方拱乾携家眷数十口人,自京师动身出塞。同月十五日出关,七月十一日行抵戍所(今黑龙江省海林)。在戍所,与以同案牵连而被流放的吴兆骞"情好殷挚",过从甚密,经常"商榷图史,酬唱诗歌",而且"谈诗论史,每至夜分"。他们的唱和集《质 》,就是黑龙江最早的诗集之一。

顺治十八年冬,以认修前门(一作正阳门)城楼工自赎而被赦归。诗人周茂源所写的"狱中拔取双龙剑,天上修成五凤楼"两句诗,正是指此事而言。归后,"田庐既芜没,江淮且播迁",已达到"既老且贫,无家可归"的地步。先寄居淮阴,后又客寓扬州之随园,白衣皂帽,倘佯山水,以卖字为生。当时著名词人陈其年写有《卖字翁歌为龙眠方坦庵先生赋》一诗,内云:"龙眠老子真豪雄,一生破浪乘长风。行年七十正瞿铄,自号城南卖字翁。雪花打门且在地,破屋槎枒矗三四。"又云:"拦街小儿拍手笑,老翁掉头只长啸。"将这位卖字街头,小儿围观,精神矍铄而又怡然自乐的孤贫老人形象,刻画得跃然纸上。至康熙五年(1666),在贫困潦倒中病逝,终年七十一岁①,门人私谥和宪先生。女二人,子六人。其子依次为玄成、亨咸、育盛、膏茂、章钺、奕箴。前四子,尤其是玄成、亨咸,均以诗文书画名于世。后来在《南山集》文字狱案中,玄成(即孝标)虽已前卒,但仍被开棺戮尸,其子登峄、孙式济,被牵连入狱,并全家遣戍齐齐哈尔。方氏五代人,有两次被遣戍东北,遭遇的悲惨,可想而知。

方拱乾于学,无所不窥。工于书法,善诗文,归后不久有宁古塔地区第一部风物志《宁古塔志》(实即《绝域纪略》)之作。尤喜为诗,晚年专以诗名天下,潘江为其撰小传时评道:

> 公伟貌修髯,风神秀朗。平生酷好为诗。每制一篇,必经百虑,手浣花一编(指杜诗),探其壶奥,虽流离播迁,无一日辍吟咏。凡其忧喜悲愕,感慨闲适,以迄文章声气,尺牍邮筒所不能抒写者,悉寓之于诗,故其诗独富。所著有《白门》、《铁鞋》、《裕斋》、《出关》、《入关》诸集。

由上可见,方拱乾的诗作数量是很大的,仅已结成集子者,就有五种。这五种,前三种是其流放前的诗集,可惜均已失传,至于后两种,顾名思义,必然是其流放与赦归后之诗集。而我们搜集到的方氏诗集,恰有写于流放期间的《何陋居集》及赦归途中、归后的《甦庵集》,可见《出关》、《入关》二集,实质就是《何陋居集》与《甦庵集》的异名。至于沈德潜提到方氏有《塞外》、《归国》二集,其实也就是这

① 方氏享年,潘江等作七十二岁,误。考方氏之《七十自寿文》自云:"今康熙皇帝之四年四月初三日,为甦庵老人七十初度。"据此知其生于1596年。又方玄成于康熙六年元旦写有《丁未元旦》诗,内有"榻依亲棣晓"、"饮泣悦慈容"等句,明言其父已卒。可见必卒于康熙五年(1666)下半年,这样,得年七十一岁。后来又得读李长祥为方氏所撰之墓志铭,进一步知方氏卒于康熙五年五月二十六日。我以前所撰之论著,在言及方氏生卒年时稍误,特此更正。

两部诗集之别名。

《何陋居集》所收之诗，始于顺治十六年(1659)闰三月十五日出关，止于十八年十月十八日生还。作者自言："凡一千日，得诗九百五十一首，名曰《何陋居诗集》，盖取阳明子(即明末理学家王守仁)居龙场之义而颜其所居屋也。"王守仁因反对宦官刘瑾擅权而被贬为贵州龙场驿丞时，曾将其居室前之亭，以孔子"君子居之，何陋之有"一语，命名为何陋轩。方氏认为自己遣戍宁古塔与王氏之遭遇与心境相同，因此也仿王氏，以"何陋"命名为室名及诗集名。另外，作者自谓得诗九百五十一首，但据我们核实，实为九百三十四首。我们认为，这是出于某些原因，个别诗篇，于定稿时作者没收录进去之故(如咏吴三桂之诗)。

《甦庵集》所收之诗，均为赦归及归后之作。作者自谓得诗四百九十二首。但据我们核实，实为四百八十一首。作者之所以命名为《甦庵》，乃是以此庆贺其被赦"更生"之故。

方氏的遣戍，固然是悲惨的，但艰苦的环境也玉成了他。方氏从锦衣玉食、深居简出的达官贵人，忽然沦为与老农为伍的阶下囚，不能不接触到现实与社会，从而为其诗歌创作，开辟了新的天地，提供了新的素材，使之创作出大量有生命力的现实主义诗篇。这些诗篇，既有很高的史料价值，又有较大的文学价值。

方氏的《何陋居集》，就其全部诗作基本写于宁古塔地区来讲，可称是黑龙江现存的第一部诗集。仅此一点，已足以说明方氏诗歌史料价值之高，更何况其诗歌确实有补史之阙或与其他史籍互相印证的作用。如渤海国上京龙泉府遗址(即所谓的东京城)、明代奴儿干都司永宁寺碑、清初黑龙江军民抗击沙俄斗争等历史遗迹与历史事件，在清代文献中首次得到反映的，就是方氏之诗。方氏写有《古城行》、《游东京旧址》、《东京叹》等长诗是有关东京城之作；《宁古塔杂诗·闻说龙江口》、《海上凯歌》则是有关吟咏永宁寺碑与抗俄斗争之作。此外，清初盛行于黑龙江的人殉、上元节满族妇女在河冰上起卧以求脱晦气等风俗,在其诗中也有反映。还有些咏月食、阴晴、树挂等自然现象之诗,为黑龙江科技史的研究,也提供了许多珍贵素材。至于大量有关流人事迹的诗歌,更是生动、具体的第一手史料。

方氏诗作,不仅有史料价值,而且有文学价值。方氏自言:“寤寐夔州叟,师资辋水庄。”(《古山咏怀兼寄沈阳诸子一百韵》)潘江也说他“手浣花一编,探其壶奥”,可见方氏论诗宗尚杜甫与王维。观其所作之诗,语言质朴无华而意境安适恬淡,很像王维之作。其例甚多,兹不举例。晚年注重对社会的反映,并采用现实主义的写作手法来反映现实,这又很像杜甫之作。如其《归旗行》,反映了清军镇压山东农民军于七起义之后,大肆掳掠无辜妇女的罪行;《荒田行》揭露了县吏的横征暴敛及农民被迫卖荒田的残酷现实;《逻卒叹》嘲讽了腐败无能的官兵,遇贼即遁,而贼去之后又只能捕捉两个“博徒”借以遮羞的丑恶行径;《募僧收枯骨》则反映了明清战争结束后,关外“枯骨尚如麻”的悲惨景象。这种具有打动人心的艺术力量的诗篇,反映了作者对杜甫现实主义创作传统的继承。

当然,我们在肯定方氏诗歌史料价值与文学价值的同时,也不能不看到,由于时代与阶级的局限,方氏的诗作也有宣扬封建道德、佛教唯心主义、乐天安命、反对农民起义等消极因素。另外,对吴三桂、马士英、阮大铖等人的颂扬,也是错误的。不过,这并不是主要的。

从版本上看,方氏的诗集也是极为珍贵的。据我们的考察,方氏诗集有两种版本。

第一种是复旦大学图书馆所藏之刻本。该本六册,称《何陋居集》(己亥年至辛丑年十月止),每面十行,行十九字。书口中部题“方詹事诗后集何陋居集××年”字样。原为吴兴刘氏嘉业堂藏书。刻书时间未曾注明,但我们认为必在康熙十二年(1673)至五十一年(1712)之间。据其避康熙名讳及将原稿中咏吴三桂的《吴平西故宅》、《吴将军战场歌》删除未刻等情况来看,肯定在康熙十二年“三藩之乱”发生之后,同时,由于康熙五十一年《南山集》文字狱案发生时，方拱乾之子玄成被开棺戮尸，其著述全部被禁毁，而方拱乾此集又是由玄成等人校对的，因此此集之刊刻，也决不会在此后。可见，刻书的时间必在这两次历史事件之间。至于本书书口之"方詹事诗后集"之"后集"，当是针对方氏诗"前集"而言，而这"前集"又自然是指其《白门》、《铁鞋》、《裕斋》诸集而言。此刻本，由于受到《南山集》文字狱的牵连影响(乾隆四十年前后本书曾被禁毁过)，传世极稀。据我们所知，全国各大图书馆仅复旦一家有藏，至于私人藏书，有藏的可能性，也不会大。由此可见，此刻本当为孤本，是十分珍贵的。

第二种是上海图书馆所藏的《方詹事诗》。此本二册，为写样刊本，即仿刊印式样的手写本。亦即供付刻之用的誊清稿本。上册仅存《何陋居集》(己亥年)，下册为《甦庵集》(辛丑年十月起)。两册版式相同，正文每面八行，行二十字。书口上端均题"方詹事诗"，下端均题"锡善堂"。上册之首有清末著名藏书家独山莫氏莫友芝(1811—1871)所写的《题记》。《题记》后有本书收藏者之题名录。据此《题记》及题名录，可以推知，此书原为方氏后人所藏，后来流失在外，至咸丰八年戊午(1858)在江宁为莫氏所得。据此《题记》，也可知莫氏并不了解方拱乾之行实与为人，因此有"今安得如敬孚(指桐城学者萧穆)者而一叩之耶"之语。莫氏又据方拱乾《何陋居集》自序内有"得诗九百五十一首"之语，错误地断定"方氏庚子年所作，当有五百四十九首"，可见莫氏根本不知此书尚有辛丑年诗。此本下册《甦庵集》之首，有明末著名文人冒襄后人冒广生(鹤亭)所写的《题记》，内云辛酉(1921)曾"从独山莫楚生太守兄所读一过"。考莫楚生，名棠，另字楚孙，为莫友芝之侄。据此可知，莫友芝卒后，此誊清稿本之《何陋居集》与《甦庵集》，传于莫棠，而冒广生又于莫棠处得阅此书。此外，在此本下册中还夹有一张纸条，上书"顷冒鹤亭转写一本去"，又可见此本另有冒氏传抄本。不知冒先生后人至今尚保留否？

此誊清稿本究竟写于何时，成于何人之手？我们发现，此本上下两册的两份自序，均钤有“方拱乾印”四字殊印，而且每册首页又均题“男亨咸校”，并印有“亨咸”两字殊印。这种情况说明，此本方拱乾亲自阅过，方亨咸亲自校过，其印也为方拱乾与方亨咸亲手所钤。前面说过，方拱乾卒于康熙五年，这样，此本成书时间必在康熙元年至五年之间，是陆续抄写成的。至于究为何人所抄，是其子孙或门人，则已无法考证。但据此本曾为方氏父子所阅与所校来看，由方氏或其子孙所抄的可能性为大。倘这一点属实，作为海内外孤本书，此本的版本价值之高就不言而喻了。反之，倘不是由方氏或其子孙，而是由其他人(如其友人或门生等)所抄，此本仍不失其重要的版本价值。因为它毕竟是经方氏父子亲自阅过、校过之本。在方氏原稿至今尚未发现的情况下，此本仍可称为海内外孤本，同样是吉光片羽，弥足可珍。

总之，以上两种本子，曾经为著名藏书家吴兴刘氏、独山莫氏收藏过，仅就这一点而言，已可称善本书，更何况其中一种传世极稀，而另一种又是海内外孤本呢?

综上所述，从史料价值、文学价值，或从版本上来看，方氏所幸传的这两部诗集，不论是誊清稿本或是康熙刻本，都是非常珍贵的稀世孤本。它为研究我国清初的文学与历史，清初东北的文学与历史，尤其是流人史与流人文化，提供了许多宝贵的素材。基于此，我们经过多年的搜访，艰苦的劳动，历尽磨难，终于使本书在湮没三百余年之后，重见天日。并经过整理，于 1992 年以《方拱乾诗集》为书名，交由黑龙江教育出版社出版。

但是，该书当时印数过少(仅 440 余册)，而且校对有误，重版实有必要。尤其是在抢救黑龙江历史文化资源，建设边疆文化大省，作为开拓边疆历史文化研究新领域的流人文化开始受到重视的今天，该书的需求有加无已。因此，在黑龙江省委宣传部及黑龙江大学出版社的大力支持下，本书经过重新整理，再次付印问世。

我们在整理本书时，做了下面几项工作：

鉴于《何陋居集》刻本己亥、庚子、辛丑年十月以前之诗，首尾俱全，而誊清稿本缺庚子以后者，因此，《何陋居集》以刻本为底本，校以并补以誊清稿本。

鉴于《甦庵集》只有誊清稿本一种，刻本全缺，但此集中个别诗，又曾为潘江之《龙眠风雅》（康熙十七年刻）所选，因此此集以誊清稿本为底本，校以《龙眠风雅》本。

同时，我们又从潘江之《龙眠风雅》中辑录出为方氏《何陋居集》、《甦庵集》所未收的诗 99 首，作为辑佚诗（校以嘉庆年间刊刻之方于谷《桐城方氏诗辑》），附录于本书之后。还将方氏两种不同版本，字句行文略有差异，但实为一书之《绝域纪略》（道光五年《说铃》本）、《宁古塔志》（道光十三年《昭代丛书》本）及方氏《与田雪龛书》一文附于书后，以使读者可以考见方氏之学术贡献及其在绘画、诗歌创作方面的某些理论观点。此外，作为附录，还有《方拱乾生平大事简表》（稍加修订）一文。

原书中的异体字、俗体字、古今字、通假字，改为现代通用汉字，繁体字改为简化字。校记附注于每页之下，明显的错字、别字，不出注，径改。

该书有不少字，抄写或刻写得很不规范，随意加点去点，加笔去笔，笔划的位置也随意上下左右安排，这就增加了点校的难度。同时，由于藏书单位对该书管理很严，我的友人方承同志经朋友帮助与斡旋，获得了两处图书馆的同意，将全书拍了部分胶片，又抄写了一部分，始将该书全部搜获。这样，其中抄写部分，虽然经过互校，但个别失误，难以避免。此外，限于我们学识谫陋，经过重新整理校对的本书，仍然会有不当，甚至错误之处，敬请广大读者予以批评指正。

李兴盛

2010 年 1 月

目　　录

何陋居集

何陋居集　己亥年

何陋居集 庚子年

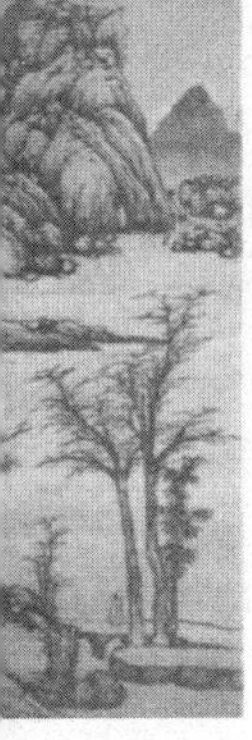

何陋居集　辛丑年

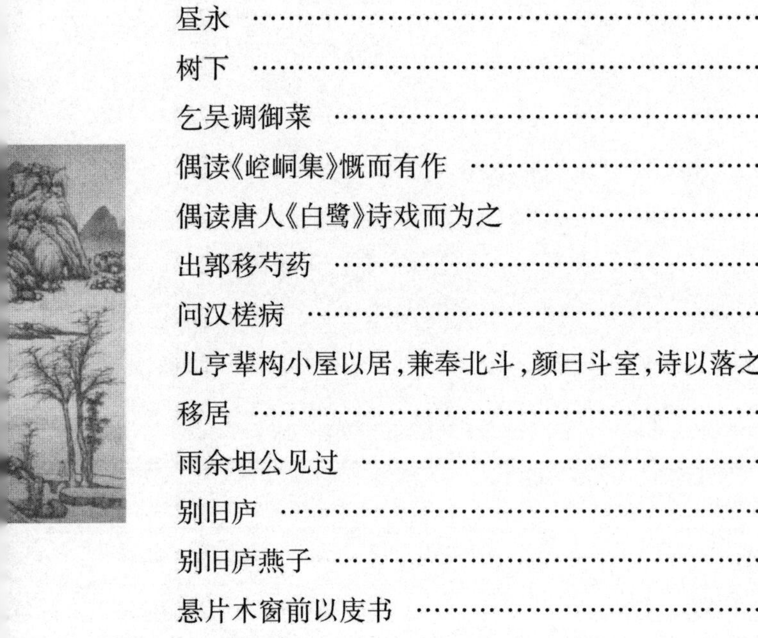

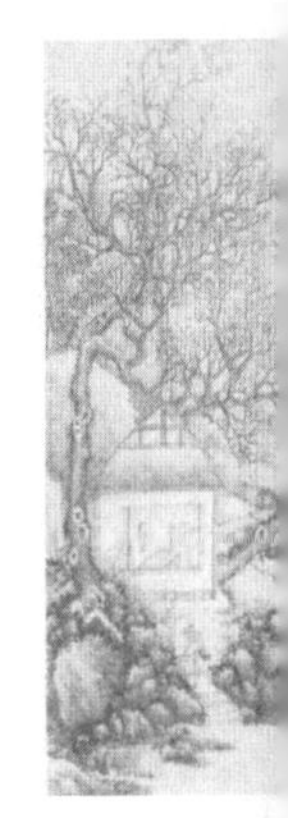

甦 庵 集

甦庵集 辛丑年

甦庵集　壬寅年

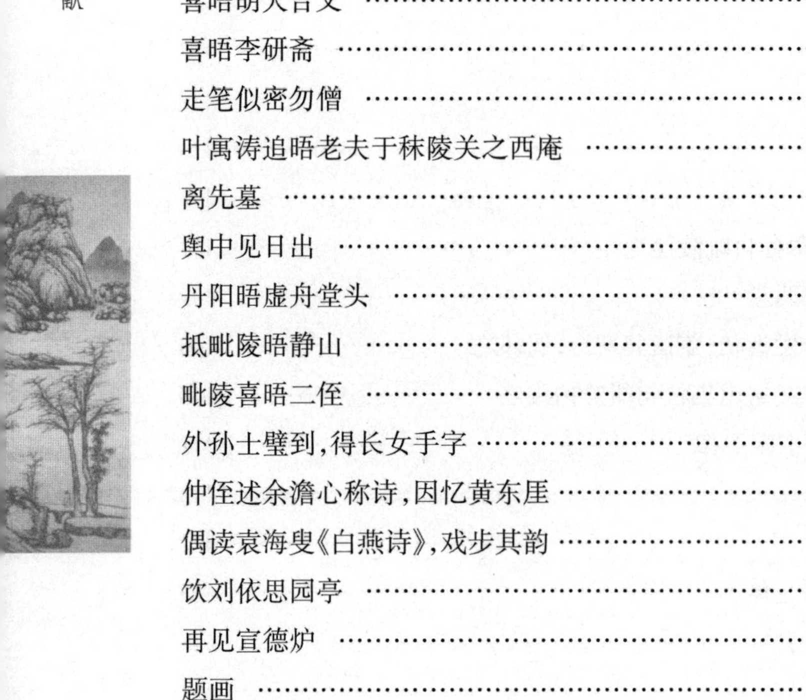

何陋居集

方拱乾 著

题　　记①

莫友芝

戊午秋，得诸江宁旅次，殆付刊写样之本，或当时未果刻，故卷首题名，皆其后裔世守者也。庚子一年无，必佚脱矣。昔老友萧敬孚常喜述其乡桐城先辈遗事及著作，今安得如敬孚者而一叩之耶？

《何陋居集》自叙云得诗九百五十一首，庚子一年所作，当有五百四十九首②。

① 编者按：本《题记》第一段文字末有“独山莫氏”的署名，并钤有印章。全文末有本书收藏者题名：“方篙龄敬藏”、“方世黼敬藏”、“方求晟敬藏”、“方遵衢敬藏”、“方志祖敬藏”、“方山敬藏”。

② 编者按：莫氏此判断有误，详见本书《前言》。

自　　序

老人以己亥闰三月十五日出关，迄辛丑十月十八日生还，流离荒塞，凡一千日，得诗九百五十一首①，名曰《何陋居诗集》，盖取阳明子居龙场之义而颜其所居屋也。屋不盈一笏，鸡毛笔杂牛马毛，磨稗子水作墨渖，乌乌抱膝，聊送居诸，不复料此生此章句再入中华，流传士人口矣。昔人诵少陵诗，秦川以后更佳，殆谓其穷且老尔。余年较少陵入蜀时更老，若穷则不惟远迈少陵，即沈、宋交欢，踪迹犹在舆图内，纵观史册，从未有六十六岁之老人，率全家数十口，颠连于万里无人之境，犹得生入玉门者。咄咄怪事！他日知我者，不知我者，当亦曰：此白头老子，崛强犹尔，尚能于万死中自写胸臆，庶几与少陵“他乡阅迟暮，不敢废诗篇”之意②，仿佛其百一乎！若夫穷虽奇而诗不工，年虽老而诗不老，则学与力实为之，余终身百拜少陵下矣。

辛丑长至日，甦老人方拱乾③ 自题。

---

① 编者按：“九百五十一首”，据我们核实，实为九百三十四首。

② 编者按：“敢”，上海图书馆誊清稿本脱“敢”字。

③ 编者按：“方拱乾”，复旦大学图书馆刻本（以下简称复旦刻本）无此三字，据上海图书馆誊清稿本补。

何陋居集

己亥年

是年自都门出山海关

过沈阳

至宁古塔

共得诗四百首

（编者按：“四百首”，上海图书馆誊清稿本作“四百二首”，据我们核实，为四百八首）

方詹事詩後集

何陋居集 己亥年

是年自 都門出山海關過瀋陽至寧古塔

共得詩四百首

出塞送春歸

出塞送春歸心傷故國非花應迷海氣雪尚戀征衣時序有還復天心何忤違攀條對楊柳不獨惜芳菲

中後所城樓

磨馬嫁城影夕陽登樓一萬緒蒼茫茫海風吹木上

人率全家數十口顛連兩萬里無人之境猶得生入玉門者咄咄怪事他日知我者不知我者當亦曰此白頭老子倔強猶酣尚能於萬死中自寫胸臆庶幾與少陵他鄉閱遲暮不敢廢詩篇之意彷彿其百一乎若夫窮雖奇而詩不工年雖老而詩不老則學與力實爲之余終身百拜少陵下矣辛丑長至日楚老人自題

出塞送春归

出塞送春归，心伤故国非。
花应迷海气，雪尚恋征衣。
时序有还复，天心何忤违。
攀条对杨柳，不独惜芳菲。

中后所城楼

瘏马残城歇夕阳，登楼万绪益茫茫。
海风吹水上山绿，草色迷沙带碛黄。
战垒星棋游犬豕，遗氓涕泗说刀枪。
市朝兴废寻常事，迁客何须问故乡！

吴平西故宅[①]

平西故宅残城里，昔日将军今日王。
天地运开悬只手，君亲仇重岂他肠？
秦关千古成虚堞，汉水分流望夕阳。
记得当年曾把臂，面痕犹带雪花疮。

吴将军战场歌

乱石河边十字路，危冈古庙乌啼树。

① 编者按：《吴平西故宅》、《吴将军战场歌》、《保障台》、《三山》四首为复旦刻本所无，据上海图书馆誊清稿本补。

黄沙白昼吹阴风，云是平西破贼处。
平西奉诏守关门，关内攀髯哭至尊。
父母作俘妾作媵，不降固死降宁存。
出城三战军力竭，日黄鼓死援兵绝。
吞声饮血降皇清，降清端的胜降贼。
半夜钻刀天明战，三十万兵同雪霰。
真王印出太和宫，老父头悬范家店。
吁嗟呼！
贼不亡明清不入，驱除本为真人力。
贼不送死死不速，自投刀俎鲸鲵肉。
古今历数攸归信有神，韩彭事业岂由人。
当日凿门授钺命，
将军乃为今日开天茅土第一之奇勋。

保　障　台

傍海孤台荒且危，昔人筑此欲何为？
千门望断平安火，五夜声号骸骨悲。
成败敢言军似戏，兴亡自古局如棋。
独怜疲蹇闲寻处，想见当年万马驰。

三　　山

未必三山即北山，居然突兀立波间。
晶莹万里无云镜，绰约千峰抱日环。
龙血难腥银汉水，渔舟欲叩玉真关。
投荒不碍茹芝计，立马蓬瀛恣往还。

塔山杏山

吁嗟乎！塔山杏山一平壤耳。
非有蚕丛剑阁巑岏深阻，
何居乎当日公然以天险名！
险不以地良以兵，竭中原全力，
并住于关外之五里一台、十里一城，
宜乎踞虎豹而控门庭。
及其败也，如奔涛雪卷、槁箨风惊，
合十三万人命，不能执寸铁争。
至今父老涕泣指点，塞井夷灶，溢谷填堙。
士卒委草莽，铠甲浮海滨。
乌鸢饱难飞，蛟龙压欲沉。
令征鞍客枕，犹啾啾闻阴风冷月之哭声。
吁嗟乎！
古今征战不一代，书生眼孔何深怪。
君不见隋炀帝，辽东浪死歌声沸，
宫音不返成何济！
又不见唐太宗，猬须日角天下雄，
高丽晚出无成功，筑台瘗骨称悯忠。
三韩从来兵革地，几人称王几人帝，
将有兴者必有废。
吁嗟乎！
兴废惟天岂人为，往事无劳动客悲。

松　山

前朝谙败绩，此地乃松山。
一战倾明祚，千秋输汉关。
濠深流水咽，石冷血花斑。
旧鬼终年哭，谁知丞相还？

募僧收枯骨

败亡二十载，枯骨尚如麻。
中岂无才智，生原有室家。
啼魂昏白昼，掩面乞黄沙。
何处烦冤尽？观空仗法华。

广宁城头

医巫闾是望中山，指点残黎疑信间。
北镇神谁凭享殿，南冠人尚恋榆关。
光熹往事伤心久，刘杜征魂带血还。
惭愧高冈祠李靖，纪功碑断藓花斑。

温　泉

春风不散穷边雪，阳德长嘘北海源。
自痛飞霜寒彻骨，逢泉喜得尚名温。

大 凌 河

登陴夜半鼓声频，道将惊披折角巾。
天晓旌旗忽改色，居人犹说太夫人。

松山之二

降将争看败将奇，李陵不改汉旌旗。
独怜塘报无消息，天子招魂哭督师。

沈阳望辽阳

沈阳道不出辽阳，白日荒荒古战场。
四塞河山全贡禹，千秋封堠尚言唐。
迁都独诎盈庭议，近甸翻留大漠荒。
却忆公孙曾恃险，抚图凭吊转悲凉。

晤剩和尚四首

（一）

函公先我窜，回首十余年。
忽漫相逢日，悲哉塞外天。
惊心看白发，往事指青莲。
绪乱难宣说，无言不为禅。

（二）

罗浮何国土？强说是君家。

谁谓三韩草，偏殊五岭花。
道心增马齿，佛眼小龙沙。
疲茶原无限，何劳代我嗟①！

（三）

医王宁有病，药在故人心。
今日斋房色，十年空谷音。
茶瓜倾橐供，风雨命车寻。
仿佛秦淮渡，茅堂朝夕吟。

（四）

前途余更远，此地可为邮。
万一通鱼雁，无令隔马牛。
法幢宜永日，客枕易惊秋。
未别先留语，聊纾去国愁。

晤赤和尚

赞公杜老同羁旅，尚在舆图板籍中。
嗟尔窜身来绝漠，闻予去路更蒙茸。
孤藤卓处心调象，片笠擎来雪印鸿。
撒手几回还执手，谁言别泪碍虚空！

答陈心简

几年放逐为君悲，而我今来更过之。
斗酒绪从孤戍结，全家路与万峰期。

① 编者按：“限”，上海图书馆誊清稿本作“恨”。

颓龄怕说前朝事，老气欣披近日诗。
莫道相逢旋判袂，殊方离合岂人为！

生　日

不死头颅私怪天，奉兹严谴始惺然。
欲留青海无穷地，令享红尘未了年。
岁月岂因殊域异，沧沤不受老僧怜。
孩心对酒开涓滴，醉舞还同稚子颠。

午日渡年马河

信谗一不用，千古遂称冤。
何与蛟龙事，空劳舟楫喧。
命穷丝费续，天闭问无门。
转觉汨罗浅，临流未敢言。

阻　雨

风雨千山复万山，征装半在水云间。
临河争道公无渡，伏枕俄惊身已还。
塞树密如吴树绿，马声静共鸟声闲。
艰难莫漫悲行路，暂憩浑疑销夏湾。

河边获大木，舆人斲而为薪

栋梁供爨具，用舍更何论。

回忆风霜日，曾劳天地恩。
斧斤寻杀运，林木任燎原。
试问秦宫火，巍峨谁尚存？

五月十三日雨

相传是日为关将军生日。

将军义勇无生死，此日争传雨洗军。
血泪江河流万古，雄心社稷憾三分。
殊方草木知禋祀，异代蓬弧空见闻。
才略如君犹抱恨，腐儒何事哭黄云？

晓行长岭，见山腰皆白如水涌，因忆黄山云海仿佛似之

翠微横坐海，不信是云封。
惟我当年见，黄山日出峰。
羁魂傍旧梦，边地学华容。
径险偏多胜，疲驴代短筇。

马上摘黄花

不采亦盈谷，披榛映马黄。
自然供捃拾，匪独代糇粮。
竞插蜂针乱，轻笼牛背香。
午炊随众饭，手摘认亲尝。

雨　驴

风雨离群牧，孤桩青草堤。
驰驱争马力，冻馁忍鸡栖。
万里嘶危栈，千峰隐障泥。
飘零惭惠子，身病不归溪。

立　秋

马上忽惊秋日至，出门回首尚残春。
流光逆旅不知速，绝塞悲风长自亲。
解网谁能援李白，燎衣何必骂章惇。
伤心岂为逢摇落，转笑当年作赋人。

混同江怀古

混同江是金朝地，夜梦神人冰渡河。
帝业只从辽祸始，天心其奈宋辕何？
伤情白豕风吹雪，痛饮黄龙泪作波。
独笑蔡州函首日，赵家块肉尚无讹。

尝　王　瓜

（一）

食经生四月，尝此乃秋期。
逐客味原俭，殊方土合迟。

不遑计甘苦，安忍问根枝。
一嚼欣然饱，凉生故国脾。

（二）

窜地人传说，阳坡种此宜。
东陵侯已失，南国思何为？
实涩种原贵，天同露不滋。
平生耽老圃，匏系莫深悲。

俘妾行

陈氏广东香山何相国媳，父御史，夫令尹①。

穷庐有妇丑还壮，内家半掩啼痕样。
含悲约略说家门，阿翁曾拜前朝相。
父列台班夫令尹，鬼妻血刃长加颈。
衾裯偏受妒妇嗔，赤脚担柴手汲井。
早知人生一死难，父翁悔作当年官。
孤儿寡妇遍天下，岂只区区何香山。
薄命不独红颜女，地老天荒恨何许？
羁人万死自甘心，转为闺娃泪如雨。

野幕鸡声

驰驱常辨色，三月不闻鸡。

① 编者按："陈氏"句，原作"陈氏广东人"，此据上海图书馆誊清稿本。

旷野声何自？人家河水西。
随风知近远，入枕审高低。
归梦劳惊断，遥遥信马蹄。

卖　牛　行

驾车老犉门人赠，毛疏骨健性迟钝。
负重致远不万里，一石两石差堪任。
艰辛跋涉已半程，土人东指路难行。
泥深石峻病牛足，不如留此事秋耕。
中道弃捐客心苦，卖牛买粟充朝釜。
犹幸不为文绣牺，余年晚食终场圃。
君不见黄须健儿昨朝饥，
生啖牛肉剥牛皮，牛生不辰生斯时。

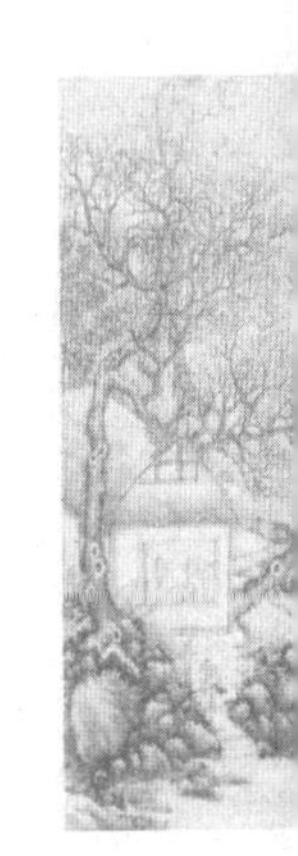

老　牛　别

老牛对我眼含泪，执事不终甘捐弃。
惠养虽劳别后恩，颓龄悔作生前计。
牛兮食草莫深悲，勉强秋田事晚犁。
有力当用勿用尽，用尽谁怜筋骨疲。
刍豆虽嘉勿认真，从来主家惯负人。
尔我相依且半载，此去谁知疏与亲？
夕阳短笛好相对，塞耳莫闻仓廪利。
喜时犬彘共人餐，等闲刀俎如儿戏。
牛兮珍重善自保，不才自古多寿考。

渥洼几个尽麒麟，沙场败枥同终老①。
吁嗟乎！
物微离别亦觉苦，我行有钱当赎汝。

桦 树 行

阿稽林子深百里，松桧蒙茸杂榛杞。
中有桦树高而疏，剥皮堪饰弓与矢。
本朝战伐起关东，器具常思用镐丰。
甲士三百隔年采，课皮不下征租庸。
站道传餐苦供给，余工采参兼采蜜。
天不厌兵害生成，特向深林产此物。
一树皮尽一树枯，更拣大者留小株。
本欲杀人身先死，树乎树乎何其愚！
噫！安得桦树树老不生皮，櫜弓戢矢万方熙②。

宁古塔杂诗

计百首。

异俗难为说，平衡亦寡猜。
忘情游鹿豕，随意侣蒿莱。
塞北犹回顾，江南岂易哀。
艰难兼卤莽，吾道合尘埃。

---

① 编者按："尽"，上海图书馆誊清稿本作"画"。
② 编者按："櫜"，复旦刻本误作"橐"，此据上海图书馆誊清稿本。

勿言老死近，只作受生初。
是地即成土，何天不可居？
鸿荒随手眼，今古总蘧庐。
一室同心远，千间谁过予①。

万法了无味，瞿昙毕竟贤。
相经风雨好，灯借爨薪传。
依托八千里，颟顸六十年。
蒲团相对笑，开辟此中禅。

已拚死道路，仍作里闬人。
历险知天厚，偷生赖土淳。
鸿伤无足慕，龙老不劳驯。
翻笑桃源叟，多方苦避秦。

舆图既轶考，闻见复沉沦。
广袤凡万里，蓁芜绝四邻。
安知千载上，不有似予人。
愚智同黄土，摧颓莫损神。

荑稗公然熟，瓔瓢香色多。
非关珍异种，久矣贱嘉禾。
腹果无余味，神充具太和。
含铺疑圣训，恶莠欲如何？

① 编者按："同心"，上海图书馆誊清稿本作"心同"。

自然成太古，不用闭柴门。
心死身偏寿，形卑道更尊。
减灯赊夜月，尽睡饱朝暾。
归梦寻常惯，浑忘客里魂。

旧书湿未毁，敝砚破还坚。
细认模糊字，孤吟混沌天。
憾端归一画，结习守残编。
耄矣谁堪说，摩挲聊送年①。

同来二三子，错落住山樊。
风俗随鸡黍，荣华足瓦盆。
乌栖柴栅巷，驴背夕阳门。
何必愚公谷，枌榆已是村。

向使买山隐，那能如此深。
只今块北外，独具泬寥心。
皂帽还言近，黄龙安可寻？
惟余檐际鸟，不译有华音。

晒书还晒药，移席趁斜阳。
久识刀圭妄，谁言贤圣强。
累人原血肉，误我是文章。
珍惜复何意？狂痴性未忘。

① 编者按："说"，上海图书馆誊清稿本作"悦"。

颜居曰何陋，岂敢拟宣尼。
忆昔阳明子，流离瘴海时。
平生仰止处，传诵谪居诗。
仿佛如相对，高踪良可师。

但作前因解，犹非素位心。
劳生原自古，任运复如今。
底事成完好，何方不陆沉。
遁荒还逸老，筚路亦山林。

边寒场圃晚，白露黍才登。
碾钝晨炊晏，餐廉木碗增。
提携劳瓮酱，荒蔓抱瓜藤。
麻麦山中味，为农半似僧。

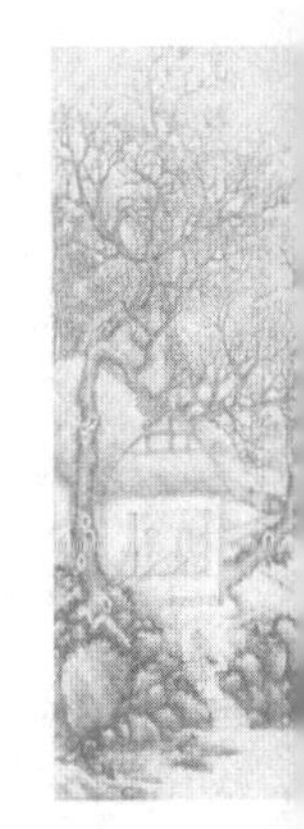

篱落临濠近，芦高水自流。
风来平野色，江上故园秋。
鹅鸭浮还数，牛羊牧未收。
何堪长笛发，客久不言愁。

倦来藉草卧，客至任支离。
礼法宽章甫，兰阇省语辞。
敢言茅屋趣，懒诵采薇诗。
徙倚烦残照，柴车将下时。

闻道炎天雪，俄惊秋日暄。
甘穷疑土厚，拚死显生尊。

依托长镵命，羁迟挂月村。
洞开心不觉，短栅本无门。

怕作乡关梦，生憎京洛书。
冷灰元丧我，絮语转愁予。
麋鹿岂长聚，蜉蝣总太虚。
象王绝回顾，久是厌离余。

负俗留伦理，蓬门孝弟存。
万端归草莽，一线保乾坤。
白水莱衣舞，苍颜藜杖尊。
敢言求野礼，自怪老夫惛。

秋水同心净，频过杖履轻。
远山相揖受，淡日共虚盈。
牧马小如豆，雏鸦啭似莺。
邻家谙熟径，倾耳爱经声。

不畏百罹苦，转疑四大坚。
得天徽瓦注，卜地昧莛专。
笔秃难题雁，波穷羞站莺。
莫伤头白尽，易度是残年。

粥只须三合，裘何妨百鹑。
悠然饱旦夕，早计御冬春。
猎骑贻筐果，村童馈钓鳞。
逢迎欢白发，姓字不通邻。

鸡豚纷在眼，桑拓景依然。
久客初移地，新农学用天。
柴青埘桀稳，篱静户庭偏[1]。
田野终身愿，谁知在极边。

城旷村为市，人贫布作钱。
五都归负戴，三户饱欢烟。
牛背依秋烧，鸦声纵昼眠。
壶中惟土室，疑隐亦疑仙。

偶然问病去，行药亦无期。
自悟生为幻，人言老是医。
方书看湿漏，草木审权宜。
莫笑悬壶易，韩康命似丝。

侏儒何处子，指此是中华。
鱼鳖长充米，貂狐欲换瓜。
衣冠传自异，风土较来嘉。
益感君恩厚，投荒亦有涯。

童山亦作色，晴日照来嘉。
不信霜侵骨，还看篱带花。
放怀天地旷，随步道途赊。

① 编者按："稳"，上海图书馆誊清稿本作"浅"。

稚子侯门近，惊心予有家①。

出门随所适，不问入门愁。
漏屋睡常足，荒厨饱即休。
照临同日月，金石几王侯。
土著犹羁旅，长歌塞外秋。

茶臼当窗立，悠然西北风。
松涛回午枕，柳碗对秋空。
署雨缄滕异，家山节候同②。
旂枪矜白露，万里是江东。

毳帐依篱设，居然堂室分。
坡陀供几席，屋漏溃丘坟。
过简宽新客，初寒爱夕曛。
垂帘休野望，不复恨浮云。

寻常略哀怨，声已惯胡笳。
复此闾阎静，从无鼓角哗。
籁遥生木末，乌噪作霜花。
淳朴山川异，谁言天一涯。

劳劳秋已老，今夕见天河。
露宿野何次，风高汉不波。

① 编者按：“侯门”，当作“候门”。
② 编者按：“署雨”，当作“暑雨”。

生成甘自外，象纬尚无讹。
牛女应相笑，华夷同一过。

孤茅烟泄处，瓜菜即成园。
秋色深栖野，溪流清在门。
先霜营旨蓄，和露给饔餐。
恰称羁人意，笼筐带杖痕。

一泓横似带，争道可容舟。
树杪溪还广，渔家网未收。
拟乘晴暖日，共棹水天秋。
夙负沧浪志，新惊海外洲。

狼狈何生理，经营徒自烦。
先来诸长老，浪指野田园。
菽豆它家囷，柴桑明岁村。
意中堪眼饱，饥卧忍朝昏。

篱门开不正，无意对青山。
黛色朝犹夕，秋光媚且闲。
频过宾客少，偶出杖藜还。
露坐延明月，终宵未上关。

敢希篱落就，入耳爱丁丁。
万里无家子，三间伐木声。
菜留邻圃短，风入纸窗清。
指画何年屋？偷安计已成。

爨余红榾柮，炉寿手长熏。
香贵松脂代，烟微茗碗分。
坐来深日影，闲处度山云。
大地薰莸杂，何劳辨苾芬。

欲出休还坐，秋旸何太暄？
无期荒草路，有荫短墙痕。
农事方矜获，天心尚肯温。
自怜冰窖底，负曝骨犹存。

树少难三匝，穷乌不择枝。
但能安饮啄，焉敢问高卑。
好我劳相识，逢人多愧辞。
盖头还鼓腹，大块已无私①。

莫作求全相，自然颠踬无。
此生何厌足，是物有荣枯。
地远欲谁向，天高岂易呼。
不谋还不疢，孤火照双趺。

造化如山鬼，离奇技亦穷。
凭将七尺受，已觉万缘空。
习坎心常易，安屯志自通。

① 编者按："鼓腹"，上海图书馆誊清稿本误作"腹鼓"，此从复旦刻本。

眼看风色异，元不怪飞蓬。

何曾书咄咄，岂敢唱乌乌？
束发轻名骥，长缨中祸枢。
中元无垒块，人自说崎岖。
箕豆南山末，濡毫砚不芜。

八月风吹面，江南十月天。
秋冬时岂异，远近地应偏。
热客居难问，寒毡坐有年。
长安宁不冷，冻马恋霜鞯。

版筑规模隘，锄镰牧竖骄。
蜗涎惊广厦，象教学孤瓢。
茅浅霜先老，篱疏市不嚣。
拟将河畔柳，傍户插山腰。

少陵梦李白，诗苦不堪吟。
顾我才名愧，何人寄托深。
常怀天宝恨，难问夜郎心。
寂寞青山路，千秋犹旧岑。

明知霜色白，隐忍问农夫。
如尔田畴晚，堪兹朝夕无。
帝天宁好杀，草木尚愁枯。
自叹膏脂尽，他邦借土腴。

曝背亦何候，凌晨爱早暄。
心惊霜易落，眼见日多恩。
马上穹庐幕，半边破栅门。
不因人暖热，白发颇长温。

义兴砂注好，异域煮霜泉。
自信茶成癖，还疑瓦得全。
孤装长物少，低突露华鲜。
水递何劳问，瞿塘在目前。

茅茨宁用剪，摄土竟为墙。
有地将鸡犬，何心计雪霜。
邻家堪过酒，马上已登堂。
偏称君公隐，还无牛侩忙。

村稀邻井近，秋老辘轳声。
月出梧桐断，流回莱叶清。
湾环防雪冻，斟酌与溪争。
汲少童儿懒，公然以让名。

寥寥堪指数，羁旅外无人。
安土离乡客，生今上古民。
话惟知布粟，性不识簪绅。
晋魏宁劳问，嫌他渔子津。

女墙不盈尺，兀立控诸番。
始觉皇威远，弥钦地势尊。

成城宁用众，在德足维垣。
惭愧饥愚老，安眠秋树根。

岂是飘零始，无家三十年。
田庐归盗贼，萍梗饱风烟。
久已忘桑梓，宁须卜涧瀍，
去乡何近远？枕上即天边。

莫妒归巢鸟，鸟言人不知。
试看纷止息，或亦有羁栖。
万物愿谁满，重玄数易奇。
受天还薄责，何处显艰彝？

闻说龙江口，星罗十二城。
人迷石上字，鱼伴海边兵。
此地岂无外，当年尚有征。
遐荒还自慰，声息接神京。

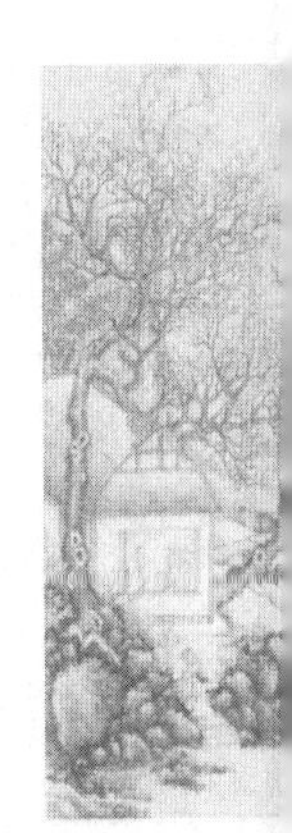

崖蜜求还易，村舂麦复匀。
尝新惊八月，沃饱乐千春。
方法询风土，过逢坐比邻。
谁言饥欲死？毡雪愧前人。

一几同儿坐，分头各读书。
衰年遮眼目，旅食答居诸。
难字休轻过，危机莫浪吁。
古人终不误，没齿爱三余。

秋泥惊见藕，何处已开花？
去此村边路，丛生水一涯。
古城疑瓦砾，残碣隐人家。
岁岁西风暮，红衣落日斜。

饭罢扶筇出，儿随恐力疲。
闲情爱独往，信步寡前期。
屋外清溪水，霜余黄叶篱。
来回途渐熟，仆仆复迟迟。

溪流茶性惬，远汲恐童顽。
亲挈箪瓢往，分携升斗还①。
露芽争日白，生叶煮霜斑。
忽忆江心寺，渔舟郭璞山。

霜重风还善，秋晴暖似春。
有声飞过鸟，无事独行人。
缓步成幽径，新居认旧邻。
坐谈淹落日，不厌杖藜频。

何事惊邻犬，应知杖笠殊。
狺狺宁只尔，踽踽尚存吾。
老丑甘从俗，颠危独守愚。
云中声似豹，亦吠住人无。

① 编者按："箪"，上海图书馆誊清稿本误作"簟"。

马贱钱难售，霜严草已枯。
千秋几伯乐，万里此泥途。
性命崎岖共，形容老瘦俱。
辍餐宁买粟，痛岂念艰虞。

蒲溪清且浅，鸣跃纵鹅群。
力困稻粱少，命从刀俎分。
羽毛谁爱惜，行辈自纷纭。
目断霜天鹤，高音不复闻。

径暖沙仍软，溪寒霜更澄。
衣多喧浣女，猎罢忍饥鹰。
独树对如客，枯藤卓似僧。
相逢惟识面，无爱亦无憎。

不为明日计，已稳一宵眠。
贤圣宁无命，羲皇别有天。
死原惟我分，老肯受人怜。
倔强还恒顺，随心合自然。

晨兴昼复卧，破帐暖秋旸。
炉篆浮书枕，茶声绕笔床。
梦回身世幻，眼对古人狂。
作息浑无度，心安即是乡。

同罹吴子病，今日起柴车[1]。
骨瘦难成句，心伤转读书。
年衰资小友，秋好足从予。
晴屋霜原里，高吟伴索居。

佛字惊群耳，环观笑语喧。
不通彼我义，益省应酬烦。
法界有时尽，慈容何处尊？
霜空照满月，冥对静无言。

薄暄安昼静，高枕使眠轻。
衰力宽沟壑，甜乡长性情。
乱云堆眼白，孤绪逼天清。
何事斜阳醒？书声共梵声。

动即良朋屋，交稀地更偏[2]。
沓来眠食共，不道往还便。
一坐能淹夕，如兹可送年。
曩时桑柘社，尚觉费周旋。

客至茶将熟，亲烹客自斟。
坐稀烟欲断，礼简味偏深。
浓淡殊方色，艰难旅箧心。
松风时入耳，敢问故山音。

---

① 原注："汉槎。"
② 原注："许、彭诸子。"

悔吝原甘受，生平敢先人。
遭兹时与地，况复拙而贫。
屋破赊营土，佣饥缓伐薪。
苟安终易就，事事守吾锝①。

俗浅惊新客，行稀冀后人②。
只今秋欲尽，应与雁同宾。
雨涩溪湍减，霜高岭路蓁。
牛车争晚获，西望待君巾。

累俘犹袯襫，贸贸不啼饥。
勿问来时故，只欣生意微。
路穷机窦塞，受畜土膏肥。
日落前村语，茅柴人醉归。

陶潜曾乞食，疑矫复疑迂。
此地竟常事，人家半有无。
露舂新脱穗，烟灶正烧枯。
一饱辞何拙，频过色转愉。

霜浓群卉改，孤柳尚青青。
自顾生违俗，浑如人独醒。

① 编者按："锝"，上海图书馆誊清稿本作"真"。
② 原注："吴、程诸人。"编者按："诸人"，上海图书馆誊清稿本作"诸子"。

偶然临药圃，谁与结茅亭。
质弱翻禁老，畸踪怪物灵。

率土宁非地，王臣岂有冤？
愧无三字狱，空戴九重恩。
精卫高难问，豺狼远不喧。
漫将哀乐事，轻向古人论。

纸贵挥毫涩，蝇头细字余。
岂无儿代笔，聊试老能书。
得句凭谁和？怀人寄复虚。
敢言才未尽，吟啸当嗟嘘。

邻家邀麦饭，信宿已相期。
不速宽朝粥，因循减午炊。
窗衔霜暖日，阶剩露残葵。
老钝归途晚，苍苍明月随。

死地原生地，穷途非畏途。
人稀逢客喜，德薄不邻孤。
细柳编书箧，新浆浥酒壶。
谁言俗贱老，偏觉重衰夫。

何处山查子？名同味亦同。
故乡霜落候，童稚摘盈笼。
入口如逢旧，惊心是转蓬。
神农应惮远，诠注有时穷。

割豕不成市，操刀问所需。
悲田断口腹，杀牲试庖厨。
何地不流血？斯人犹集枯。
当年鲁国叟，猎较亦於於。

五行惟用木，百货不输金。
缕指资生具，群趋大树林。
斧声霜落早，牛迹雪留深。
别有羲轩制，熙熙亦到今。

秋暄竟裸坐，日到不知霜。
浑似江南候，惟输丛桂香。
天原无德怨，人自作炎凉。
敢恃羲和泽，残曛且暂康。

轰雷禀阳德，何以继繁霜？
未见秋容肃，还乘夕气凉。
溪流争晚急，月影带山荒。
莫怪风吹雨，高空洗更光。

画扇破还补，秋风忍遽捐。
记曾阅新故，不独度时年。
寒暑有常职，衰荣无定权。
从来工织素，难乞下山怜。

前月已闻雁，今看带雨飞。

不知何处去，敢问几时归？
伤重弓应贯，芦高食不肥。
上林亦险地，系足且依违。

既无生可恋，亦觉死徒劳。
巢窟翻多命，沟渠诚一毛。
来时犹过计，人口自虚嚣。
汩汩榛狉队，何心问所遭。

落落乌皮几，纷纷鹊尾垆。
一时开习俗，万死见欢娱。
晴舍频杯酒，秋山足画图。
此中朝夕异，堪语外人无？

四山成绀色，落日照逾奇。
应费烟霜力，知非桃李时。
举头归几席，结想到茅茨。
似解幽人意，衡门对更私。

几日不出户，郊原获已空。
芃芃如在眼，漠漠遂随风。
物性有华实，人生同始终。
自怜根蒂少，触景叹飘蓬。

溪清鱼可鉴，不得亦怡然。
共爱舟如筏，还矜鲫似拳。
沿洄依岸广，欹侧倚沙眠。

莫笑为渔惯，予家江水边。

已结此生局，登车如盖棺。
偶然余一息，何事尚更端？
不绝星辰闰，无垠天地宽。
饥来随匕箸，非是强加餐。

不信诛茅易，羁栖多迕违。
书堆杨子宅，月落孟郊扉。
高卧即离俗，旷观甘息机。
层城几华屋，眼见逐烟飞。

盘餐烦老上，粉黛走鲜卑。
蒲鸽青瓜摘，朱砂丹实垂。
罗生猜色目，甘苦试唇皮。
自愧书绅语，虚怀任俗畸。

双屦不泥滓，踟跌脱帐前。
客知此老静，共许尽朝眠。
书蚀虫纹字，香凝佛面烟①。
向阳霜更暖，不信是寒毡。

无字迎神曲，蛮娘唱竹枝。
非关祭猫虎，应是祝蛟螭。
田祖迷秋祀，湘魂眩楚辞。

① 编者按："纹"原作"文"，此据上海图书馆誊清稿本改。

荒原箫鼓绝，到耳任风吹。

殊方第一节，天似眷羁人[1]。
圆月正中地，危途初憩身。
饥厨催杵急，残帙试灯频。
客睡常愁早，今宵坐达晨。

木几成，作歌书其面[2]

阿稽山头三尺木，谁令斧凿光如玉。
此地从无高脚几，舟师强应工师役[3]。
横堪独坐直数人，胸可高凭足不缩。
鸲眼砚子博山炉，縠皮旧帙堆盈轴。
吾闻此物古来明堂赐国老，只今耄荒色枯稿[4]。
雨露那能冀上方，朝光瓮牖犹杲杲。
衰年对书如对友，拥几摊书书得偶。
闭户三冬忍雪霜，开尊四座延花柳。
重为告曰：几兮几兮，汝勿谓汝隘，
吾将与汝游羲皇、搜禹穴、登鹫岭，
而翱翔于天枢地轴之广大；
汝勿谓汝朴，

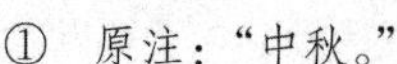

① 原注："中秋。"

② 编者按：此诗题复旦刻本作《木几作成，歌书其面》，此从上海图书馆誊清稿本。

③ 编者按："脚"，复旦刻本原作"腫（即肿）"，疑为"踵"之讹。此据上海图书馆誊清稿本改。

④ 编者按："稿"，当作"槁"。

吾将与汝组织龙蛇、扢扬鸿骏、炳蔚虎豹，
俾精光奕奕亘古铄今而莫可遏。
吁！汝性直兮，何绳之弗从？
汝肤平兮，何险巇之弗融？
汝体方且正兮，何回衺谲曲之弗归陶熔？
吁！几兮几兮洵堪侣，朝兮夕兮吾与汝。

古城行

去宁古塔百里，遗堞俨然，土人呼为货龙城。

野外有城砖石作，七里三里堪尺度。
闻见虽多登者稀，断碑残瓦迷荒落。
土人口说何王地，揣摹知是慕容字。
苻坚败后燕再兴，国分南北堪雄视。
相去辽阳二千里，高丽幅员不至此。
只今落落凤皇城，汉唐旧垒全亡矣。
矧此弹丸安足齿，不毛不臣天所委。
豺虎尚苦孤无邻，帝王安肯争都市。
吁嗟乎！
腐儒手眼勿深怪，循经据史多拘碍。
君不闻地行天中，天包地外，天高地厚，
地小天大，地中皆水，水多土隘。
惟土所居如蚁穴如鸟巢，
不知其几百千万亿都鄙城郭，
如天宫之三万六千户，耳目无可稽而劫运不能坏。
唐虞三代亦不过就其力所能图，
成为衣冠刑政之疆界。

此外荟芸而生者，凡几唐虞、凡几三代。
舆图旷不能穷，史册莽不能载。
然则此一区地，又何必问慕容为何许人，
强凭吊而发深慨。
吁嗟乎！
芳草浓霜冬复春，巍巍阓阛久成尘。
莫伤踪迹孤穷极，城里当年有住人。

吴汉槎见过

(一)

怪尔人扶似老翁，老翁对尔亦忡忡。
病余筋骨应非旧，难后诗篇不御穷。
布幕书签甘眼白，斋厨茗碗爱炉红。
论文敢愧荆扉陋，异域须教饮啄同。

(二)

怜尔文心还至性，常时含泪说衰亲。
而翁先后同门友①，当日师生隔代人。
多难根绳增宛结，半途行李审艰辛。
瀼西一席今虚左，来往风流二老频。

风　幕

风撼布棚如撼屋，怒声直欲卷重茅。

① 原注："吴兹受庚辰出先师李蒲州门。"

佛容不动静满月，云气无根漫近郊。
敢对秋蔬询旧土，却从暮鸟羡新巢。
高空净处群嚣息，大块筌竿也尽抛。

寄广公、赤公

沈阳城东别广老，忍泪临风色枯槁。
自言哀乐忘十年，今朝为我情颠倒。
赤老别我抚顺道，强作欢颜视飞鸟。
明知恶地非人居，口虽不言心了了。
嗟予学道已霜颠，自罹悔吝使人怜。
人怜复是方外侣，汗颊填膺倍黯然。
间关百日才歇马，瓯脱寥寥一荒野。
艰危幸贯道途魂，俯首饥寒亦潇洒。
此地疑非天所盖，巷有居人已足怪。
稗子充肠茅覆头，惠州不在乾坤外。
吁嗟乎，已焉哉！
丈夫太上不能攀璨提能，
踞拈花一席而与黄面齐肩。
其次又不能岩栖川饮，
喻青莲傲白社而翱翔乎不臣不友之天。
最下复不能生封侯死庙食，
极人间世富贵功名，
俾桑门子委为衣钵干城，资金穴以奉金仙。
乃至发白齿落一无所成，身被恶名以出，
竟不得与愚夫愚妇局促龌龊耕中华半亩之田。
更何颜骄语珠林侈谈贝叶，

捋虎须拨马足争一喝而扭三拳。
吁嗟乎，已焉哉！何戴非天，何履非地。
须弥芥子原一视，圣贤盗蹠寻常事。
如来为三界人天大导师，
乃不能为弹丸颛蒙种先天一画之佛字。
吾侪是何许人，又何必劳劳聒聒，
辨鸟兽之群，逃豺狼之畀。
安见此策杖行吟卓锥杜户，
非分祇树之余枝而折刹竿之密谛。
吁嗟乎，已焉哉！
投荒万里夫何意，山下枯牛非异类。
路远还堪数寄书，金篦好抉虚空义。

霁

风过收幕柱，雨歇汲溪流。
香引云霞色，寒增衣带秋。
由来悲远望，何处有高楼？
目断南征雁，飞飞无尽头。

补　幕

布补毡帷暖，茵铺苏梗香。
昨宵看落月，瓶水冻惊霜。
云片堕晴汉，鸡声定午墙。
未须争倚薄，华屋亦寻常。

枕上溪声

溪浅无湍激，因风夜送声。
应知霜一概，遮莫月三更。
衰枕甘乡梦，羁心怪物情。
安澜当此日，乃作不平鸣。

饭后步阶下

坐久思扶杖，衰筋屈待伸。
青精何处饭，荒饱此时身①。
檐际无多步，经声试百巡。
懵懵还汩汩，又度一宵晨。

幕　　务

山幕亦多务，羁栖懒不闲。
书签雠字细，佛课记珠环。
火寿绵香息，茶清煮露斑。
老身纷应接，何暇忆乡关。

过彭太白饭，同窜后先诸子毕集

鸿雪山川开异域，马鞯宾客坐残阳。

① 原注："偶食粳米。"

自怜眼底只予老，人道年来无此狂。
麦饭明朝期已订，危途后彦数难量。
茹荼转觉甘如荠，谁记家园菊渐黄[①]？

野老相过

犹嫌名字在，虚受野人恭。
丧乱前朝语，冤亲何地踪？
莱笼称缛节，稗梗急残春。
浪说郊原好，衰筇堪过从。

乌

黑乌不白头，嘴巨翅掀翻。
土人闻声喜，云是祖先魂[②]。
秃枪系布丝，葳蕤短墙根。
招招下来拜，欢呼慰子孙。
爪肉食必饱，陈设如祭膰。
鸟兽识本性，犹知天伦恩。
不闻杜鹃鸟，啼血来蜀门。
帝王化羽族，到今称至尊。

鹊

山鹊亦凡鸟，玄襟而翠裳。

---

① 编者按："茹"，原作"茄"，据上海图书馆誊清稿本改。
② 编者按："土"，上海图书馆誊清稿本挖空后未补。

不知何所凭，声出多告祥。
愚蒙贪福善，惟恐声不长。
况复婴祸罹，爱之如鸾凰。
群乌正雄噪，栖屋如家堂。
敢以饮啄争，徘徊羞入行。
并生大造内，禀性随柔刚。
赋命有定分，鸟吻何凶藏？
爱鹊不憎乌，化育同茫茫。

蝇

雪落百虫委，秋蝇转薨薨。
既入不得出，纸窗声铿锵。
隙路堪通光，性痴甘守盲。
长安酒肉臭，汁沥理合争。
此地人瘦饥，下食无余赢。
饕餮腹还枵，身徒被污名。
名实且两负，昼夜何营营。
嗟彼餐露蝉，寥寥高树鸣。
冰霜亦已蜕，谁人怜独清。

白　蛉

白蛉是何物？中原初不闻。
出关见种族，极东遂芸芸。
逐如野马尘，集如残败军。
其毒甚蜂虿，弥漫等浮云。

杀之既不武，纵则飞无垠。
清霜昨夜零，性命安足云。
吾肤犹沃若，嘈吮何殷勤！
千古小人态，生死空纷纭。

八月廿四日雪

八月廿四雪大落，旧客平常新客愕。
暄和尚使旅魂惊，况值羲车倒日脚。
骤寒偏侮破茅屋，土床湿压生山木。
龙钟被拥读残书，卤莽盘盛新麦粥。
敝裘在笥敢开襟，留待深冬御凛冽。
老骨崚增如铁坚，众雏肌粟难饶舌。
皇天四序有定时，冬早春温当亦随。
长安富儿貂裘死，杀人宁只穷荒陲。
昨宵野老曾闲说，寒燠无期多曲折。
十月霜晴映旭暾，御夹乘暄有时热。

儿亨雪中遣小童持《史记》，向吴汉槎易《汉书》

柴门开冻径，雪里送书童。
乱世斯何物，清晨溷乃公。
校雠当日义，斟酌几人同。
共笑雕虫技，穷荒益觉穷。

雪　晴

似怜羁客冷，雪住即成晴。

花里曦光露，衣边暖德生。
天心隐回互，人事任虚盈。
万虑墙暄尽，山容入眼明。

只　道

只道天无地，那知雪属秋。
渺弥余碧嶂，淅沥失青丘。
不尽谢连赋，难为宋玉愁。
羲和别有政，莫向玉衡求。

晚　食

鹅鸭归时暮炊熟，下床聊展双趺缩。
锡鼎犹烹昨日蔬，呼儿且歇窗前读。
柴门扪腹倚斜阳，远望当归晚食肉①。
皑皑雪积隔篱山，自诵新诗代黄竹。

偶然作

（一）

人生混沌初，七尺即其病。
一著不复离，到死堕奔竞。
巢许本庸流，不过全身命。

① 编者按："斜"，上海图书馆誊清稿本作"残"。

聃周盗厥声，逃虚以存性①。
勋业果凶媒，文章岂祸阱。
夫何迁邕辈，害与韩彭并。
万古无完人，帝妒鬼则横。
丘轲及跖跻，九泉辨邪正。
瞿昙幻前因，苍茫益难证。
安能委形骸，无生亦无圣。

(二)

经史荃蹄物，古今成败场。
宁徒末世讹，恣臆来洪荒。
桀纣不易命，至今称圣皇。
尧囚舜野死，岂尽传荒唐。
窃钩较窃国，诛侯谁疵良？
斥鷃果灵鸟，理宜笑凤凰。
成周自治乱，何字鸣高冈？
况乃德下衰，栖栖更何方？
叔季无道德，以势为柔强。
奸雄问圣贤，结局谁能量？
前辙视沉舟，颠覆恒相望。
厉阶非董狐，人心自低昂。
缅想结绳先，知识胡茫茫？

阴

雪积山仍紫，烟浓日懒红。

① 编者按："聃周"，上海图书馆誊清稿本作"蒙聃"。

昨宵喧太甚，晏起食方中。
秋色村村肃，舂声处处同。
惮寒偶不出，无意学庞公。

舂　　声

在家愁闻砧，砧声为客衣。
在客愁闻舂，舂声为客饥。
舂本非恶声，客耳自凄其[①]。
砧声砧者苦，舂声食者悲。
此地尽是客，室家亦羁縻。
遘此八月霜，膏粱同草衰。
稗种贱独早，皮尽乃得糜。
十斗才一斛，家家急朝欢。
两舂一口食，廿口将安资。
朔风飘缺月，冷澹无光辉。
声声相断续，远近成巨微。
钟磬从古无，箫管久绝吹。
强作笙竽观，天籁同依稀。

有赋得“一轮明月当三五”者，亦赋之

蟾魄团圞亦有期，应当红蕊放仳离。
从生及晦体长具，既望移弦光独奇。
海外山川同一照，人间哀乐欲何为？

① 编者按：“凄”，复旦刻本误作“栖”。

持杯好问嫦娥意，如此盈虚知不知？

熊肉为鼠所食慨而作此

并生不相害，理难责禽兽。
大小有定衡，饮啄安宇宙。
维熊兽中雄，鼠则瞠乎后。
熊乃为鼠食，吞噬胡刺缪。
回思山中日，余威慑猿狖①。
执鼠以饲熊，熊当憎鼠瘦。
今遂恣强食，甘心为弱肉。
因知虎鼠分，以势相倚伏。
负隅空咆哮，瓦盆余腐臭。

饮孙汝贤夜归

时汝贤新得男子，儿玄② 命以名，如谢客儿故事。座中诸君皆刻烛成诗，归而纪此。

白头欣和将雏曲，行辈深惭已似孙。
荼寥形容宁畏老，芝兰阶砌正垂昆。
檐花细雨同灯落，诗绪清言入酒论。
共讶穷荒今卜夜，铃声牛背响柴门。

---

① 编者按：“慑”，原作“摄”，据上海图书馆誊清稿本改。
② 编者按：“玄”，原作“标”，此据上海图书馆誊清稿本改。“标”亦通，但非此诗原貌。

过张、吴诸子晚归失道

一日十回往①，孤行路转迷。
夕炊淹问字，落日照冲泥。
鸡犬猜颜面，柴桑信杖藜。
怪来津易误，岂只武陵溪。

饲 鸡 豕

祝鸡土室老，牧豕海滨人。
岂必居为业，聊惟寄此身。
遥遥桑树隐，煦煦阮厨仁。
物理浮生共，依栖见夙因。

朝舂得米

病妻颜忽破，得意凌晨舂。
斗稗米四升，奇赢欲盈钟。
不独晚食饱，生理当从容。
自怜遭逢偶，霜雪里微躬。
此地岁素捻，我到遂病农。
少小忝食禄，生不问祖庸。
时闻长老语，稼穑亦在衷。
老妻司管龠，田亩颇腴充。

① 编者按：此句原误作“十日一回往”，今据上海图书馆誊清稿本改。

愧彼丞相女，乃饶贫家风。
恭承太夫人，豸绣云锦丛。
敝衣不曳地，数米及稑穜。
用以训子媳，居富如御穷。
举箸凛鬼神，盈满恐终凶。
今果婴祸罹，回首如虚空。
十世不奢淫，罔知祸所从。
薄德复薄命，粗粝甘如酥。
以此等平素，食息当年同。
况复齿发衰，日月亦易供。
责天一以廉，抚己一以恭。
饥饱随妇怀，我岁元长丰。

鸡　声

终古绝莲漏，鸡声代晓筹。
况经万里梦，不解五更愁。
舂急炊方起，霜严雾欲收。
昼营无一事，高枕复何求。

牛　自　归

落日柴门静，村墟牛自归。
似知憧仆懒，岂有稻粱肥。
雪路车轮涩，贫厨薪火微。
不须歌白石，努力且疗饥。

九日

（一）

郁郁连朝雪，萧萧九日晴。
异乡谁送酒，令节但存名。
目断天无极，风高台转平。
莫嫌人迹远，雁亦罢南征。

（二）

久已无乡国，何须问菊花？
即今居帝里，谁道是予家①。
身老随安土，心伤恕物华。
紫萸迷白雪，山色闭门嘉。

移居

（一）

总一萍蓬地，安居复徙居。
倦飞无定鸟，微沫且游鱼。
茅短山依牖，床高雪映书。
不知谁结构，强说是吾庐。

（二）

行藏勿计大，只此岂由人。
环堵梁鸿庑，荒榛杨子邻。

① 编者按：“今”，原为“令”，据上海图书馆誊清稿本改。

装囊贫任旧，耳目换能新。
漫和莺迁曲，阳回欲问春。

（三）

半生寡宁宇，踪迹老逾奇。
错迕悔多故，艰难获一枝。
汉阴蔬圃瓮，杜甫草堂诗。
信美随成适，心安形不疲。

移门对山

为爱青山影，荆扉好对开。
云烟如长者，昕夕顾荒莱。
驷马伊谁是，龙门何有哉？
愧非延益径，求仲却能来。

补　篱

柴篱虽微贱，难冀去者留。
谁道属吾物，皇皇议增修。
既避车马喧，复为鸡犬谋。
离山不百里，柯条亦易求。
指挥先童仆，枝撑审刚柔。
仍余屋角地，种柳东西头。
意中结方塘，蔬菜绕清流。
忽念故山居，青青松竹幽。

将葺书屋，借得张升季闲窗二扇赋谢

经营开瓮牖，借子读书窗。
爽气陵朝旭，文光灿夜釭。
紫山低入户，白月旷如江。
贪乞廉还与，羁心赖此降。

老妻种葱盂中，笑而作此

老妻好种兰，栽灌必亲手。
是时水仙花，甲坼与兰耦。
疏土度瘠肥，相时揆先后。
此地雪作秋，百卉青无有。
寥寥畦畔葱，盘餐余十九。
拔根置木碗，纷披短如帚。
剪剔等奇葩，表新而芟朽。
心知寡繁馨，青青聊自守。
搴芳既无因，臭味复难偶。
庭少杜甫松，门乏陶潜柳。
贱蔬寄羁怀，寓目何好丑。
杜蘅久萧条，江皋莫回首。

风　　昼

出亦无所适，况兹风闭门。
篱添新棘稳，香注旧炉温。

牖炯书如客，人稀市似村。
明知天欲雪，冷眼看黄昏。

夕　照

夕照能争风际雪，纸窗受景莹琉璃。
旧书老眼正相得，墐户泥床安所为。
寒计欲穷回斡易，羲光暂挽落阴迟。
懵忳忘是何时节，故国还应菊满篱。

陈敬尹四十初度即席赋

同人四十合称觞，殊域偏怜岁月长。
隔日高堂传健饭①，深秋积雪转微阳。
艰难莫问踪先后，诗酒相看兴激昂。
如子壮龄还爱惜，衰翁那不重流光。

小　构

小构耽苟且，爱闻斧斤声。
丁丁殊无喧，心贪不日成。
孱儿歆懒仆，畚锸躬经营。
方广三尺地，土木浑柴荆。
尺五宾客履，尺五诗书籯。
处分领损益，堂室内外明。

① 原注："先一日都门家邮至。"

因思露处日，盖头希一楹。
食息尚未暇，户牖冀余赢。
始悟生人性，终身物所撄。
榱题与蓬筚，劳劳无怠情。

尝都门寄到新茶

九月新茶五月寄，开园三月至长安。
盘旋已是终年计，险阻遥从万里看。
故土色香遑拣择，尺书儿女自辛酸。
穹庐饮啄原随分，斟酌须令旅思宽①。

雪

雪易寒威减，烟高城影孤。
户庭何寂寞，天地久模糊。
鹿走冰如马，鸡栖屋似乌。
中原还稳卧，土室况边隅。

叩　门

叩门长乞药，卜日复寻蓍。
愧我行多悔，兼兹病易衰。
古人身避地，小术道为师。
难拒怀来意，蚩蚩慰所私。

---

① 编者按：“穹”，原作“穷”，据上海图书馆誊清稿本改。

得友人书感赋三章

（一）

李子真英杰，萍逢恨晚年。
白头还失意，青眼独相怜。
客散金钱尽，书来泪点悬。
名场六十载，肝胆一人传。

（二）

亦有雷陈友，平生不望人。
京华自冠盖，边徼合风尘。
德色甘宁怒，昂藏感最真。
久嫌意气累，因子倍酸辛。

（三）

别我泪沾路，同行怪子痴。
只知情至处，岂有字来时。
岁月寒暄易，山川霜雪疑。
嵇生久搁笔，破涕一裁诗。

忆　书

来时曾分书一笈，附吴实宰携。

散帙曾劳同难携，计程应否到关西①。

① 编者按：“到”，上海图书馆誊清稿本作“出”。

传闻消息朝将暮，约束平安冰结溪。
长路侯家依照烛，穷年老眼梦燃藜。
残编佚尽还收拾，缺漏空怀架上题。

立　冬　晴

农书云：立冬晴，一冬晴。

胆销秋半雪，心爱立冬晴。
疑信农经语，苍茫造物情。
牛眠熏细草，鹊饱落高声。
似有羲和泽，欣欣举袖迎。

小室粗就躬自扫除

（一）

积雪手亲锄，前贤口啮余。
砚朱连冻笔，凝素映残书。
炉火盘绡幕，山云结绮疏。
丈夫扫一室，四海欲何如？

（二）

隐几惟容膝，延宾亦曲肱。
陈楼谁百尺，邺架欲千层。
乞米艰云子，烹茶沃雪冰。
人稀剥啄少，缚户不须绳。

（三）

但障荒芦壁，遑分低突烟。

侧身赊白日，随地是青毡。
轮奂河山外，黄虞几席边。
辟疆何限屋，俯仰只孤椽。

早　起

长夜准朝眠，霜暾到枕先。
家无烦老事，人爱早晴天。
砚洗和冰墨，炉温隔夕烟。
星星平旦气，孤坐倍惺然。

雪夜得炭

四山早阴群籁绝，炭车冻碾柴门雪。
窑远木湿官作余，珍重刀痕成断铁。
土屋柴多不苦寒，宿火铜炉爱中热。
胡桃纹爇鹧鸪斑，佛面深灯光明灭。
忆昔读书故山中，寺钟声起樵歌彻。
雪深一丈火孤荧，四十余年如电掣。

有贻貂鼠腊者赋之

贵皮还啖肉，尽取意何伤？
命既归刀俎，魂应恋珥珰。
贪残无弃物，旨畜有奇藏。
曳尾龟相笑，宁劳食指忙。

雪晴扫径

不为客来频扫径，雪消径静白无尘①。
门暄牛马长眠草，栅暖鸡豚亦趁人。
老我诗书闲送日，谁家金石铸成身。
穷边听惯祁寒语，暂拂曦光已是春。

茶　　香

荒边老死不识梅，何处梅花香屋里？
氤氲细溯香所生，雨前茶煮冰溪水。
江南人梦江南花，但觉香生已是家。
当年狼藉千林雪，此日依稀问露华。
风定茶清香不偶，寻香执色花何有？
君不见，羁魂随物见乡园，关山笛里生杨柳。

闻江南寇信

（一）

浪说楼船变，江氛接海氛。
大廷正神武，小寇乃纷纭。
孤迹迷青嶂，全家隔白云。
难余轻世乱，消息任传闻。

---

① 编者按："静"，上海图书馆誊清稿本作"净"。

（二）

封题犹五月，万里过辽阳。
兵事元呼吸，人言何渺茫？
河山殊羽檄，雨雪滞舟航。
南望疑还信，中宵起据床。

（三）

此身如附赘，万虑险还微。
故国已秦越，它家空瘠肥。
自嗟丧乱惯，转爱信音稀。
绝域翻安堵，兵戈无是非。

（四）

岂不怀孙子，愁当避老妻。
攒眉苦何用？任数理应齐。
治乱天家事，平安域外题。
翻矜窜地远，戍火抵丸泥。

（五）

亦有忧天泪，孤臣安敢言？
从来薪湿法，难系釜游魂。
乱世岂书儒，舂城甘旦髡。
犹闻司寇牍，独断九重尊。

（六）

人生忘故土，心死转心伤。

遥忆烽烟际，还怜关塞长。
眼昏凭雪亮，梦醒觉梅香。
送喜春当近，微阳盼彼苍。

感怀四首

（一）

亘古高江划地舆，谁教海浪跃螯弧。
自从塞马浑南北，遂使闽烽轻越吴。
北固波涛飘箨叶，扬州烟火浸蒲菰。
艟艨艅䑴如林立，堪作中流一柱无。

（二）

庙算新传克鬼方，朝宗江汉水汤汤。
燎原只道鲸奔海，厝火谁惊燕处堂。
万顷芦花迷夜月，千艘玉粒滞秋霜。
东南坤轴安危系，不独羁人重故乡。

（三）

狼山雪卷海门东，不数秦关百二雄。
潮断钱塘谁渡马，波漂震泽竟弢弓。
鳄云突尔遮天黑，鱼眼虚教射日红。
独恃至尊躬好武，长杨频试玉花骢。

（四）

采石洪涛接小孤，上连荆楚控彭湖。
转输万里中枢地，割据三分古帝都。

鼎镬游鱼宁假息，郊原飞雁费招呼。
诘戎自昔归敷教，善后凭谁启睿谟。

寄怀陈素庵

（一）

同官君贵我先衰，同难追随北寺时。
四月分襟今岁晏，孤征万里岂人为？
身安懒作还家梦，格老惊披它处诗。
漫信人传京洛语，君恩臣罪久心隳。

（二）

别时伐木望比邻，秋老遥知栋宇新[①]。
笔砚兰芽歌似雪，盘匜萱草日方春。
回思纶阁应前世，暂憩桑田只散身。
西往东来音越岁，青蘋好寄白头人。

喜《通鉴纲目》到

缥缃只旧物，边地即奇书。
羲颉新虫鸟，丘轲老蠹鱼。
古今归瞬息，日月等空虚。
乍到矜初获，孤灯积雪余。

① 编者按：“别”，原作“削”，据上海图书馆誊清稿本改。

对　书

眊眼对书如入梦，寒边何地复何天？
木刀缺舌流风里，雪几乌皮冻日前。
一画伊谁留始祸，三冬毕竟信先贤。
健忘强记聊相偿，老钝还矜胜少年。

晚

读书天易晚，雪色月能留。
猎散人休马，柴归火饭牛。
葛疆空有酒，王粲却无楼。
衾枕驯乡土，谁言故国愁。

逐　客

逐客联翩至，间关道里深。
惊看霜雪色，益重水潦心。
独老甘栖朽，同侍堪入林。
更怜钟磬伴，傍舍送余音①。

数　米

老妻常数米②，棘手胜攒眉。

① 原注：“吴调御。”
② 编者按：“常”，原作“长”，径改。

但计终宵饱，宁烦出位思。
调糜添豕息，莝草护牛疲。
畸俗还随俗，劳劳任所为。

夜　灯

不寐难冥坐，寒灯孤且微。
持书共儿读，结蕊向人辉。
摩眼矜年力，扪肠忘夜饥。
丹铅争纸白，冷月透窗帏。

晴　出

不出其如朝霁何，杖藜随地足婆娑。
儿居别舍门无仆，步绕荒篱径似阿。
雪尽山留鸦背色，冰消沙衬马蹄涡。
寒冬度日如登险，一日暄和一日过。

月

十月既望。

月明堪伫立，不记是何天。
云暖栖乌树，冰开牧马边。
苍茫问乡国，曾否共山川。
客迹惊飘忽，经兹四度圆。

十七夜月

过望月还圆，高空表缕烟。

横山几短堞，大地一平川。
草露凝光湿，书灯借影悬。
羁愁原少寐，坚坐送轮偏。

十九夜月

望久不知生，光疑魄尚盈。
轮亏半树影，蟾抱满弦情。
凝露通宵冷，连星接晓晴。
客心看不厌，夜夜伴边城。

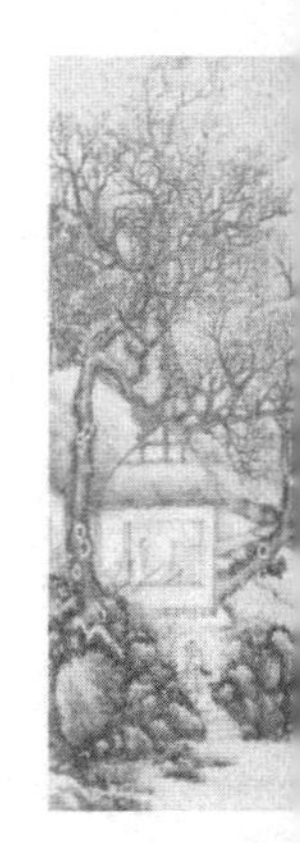

晚　　出

夕阳斜带烧痕红，古堞寒山四望同。
北屋人来篱落就，倾营猎去塞垣空。
虚无故国兵戈里，苟且余生醉梦中。
荒饱行吟随所往，朝朝暮暮荜门东。

读　　史

未谈古人书，尝为古人疑。
既读古人书，常为古人欺。
古人犹今人，才识无高卑。
谁能生不死，谁能安不危？
治乱非人力，运会适乘之。
当局倘易位，休咎如列眉。
及与身相撄，举动迷蓍龟。

圣贤还覆车，帝王且奕棋。
况兹凡庸辈，宁不婴祸罹？
洪荒已江河，岂待叔季时。
掩卷转长笑，勿作下士悲。

夜　禁　歌

荒城日昃人摇手，炮声不放黄昏走。
扫径丁男充猎兵，婴儿妇女留居守。
野旷人稀昼掩扉，不禁且然禁何为？
本朝军法治天下，象魏严如开国时。
月明如水浸茅屋，径绝灯寒慰幽独。
从来治世法必行，表立日中门徙木。

女入市歌

土风贵男更贵女，入市当门人楚楚。
藁砧在田不在家，负担刀布兼机杼。
辫鬟垂颈髻椎光，十年不字只寻常。
双行缠谢莲花步，男儿举趾无低昂。
亦蜌华音莺喉里，口脂对客如流水。
莫道行间气不扬，城号夫人军娘子。

同汉槎谈黄山胜分赋

（一）

旧游何地不堪怜，况复名山廿载前。

别久还疑峰在眼，话深转觉口难传。
孤筇自分淹殊域，一石真宜寄百年。
指画雨风生对面，今宵身宿白云巅。

（二）

此生宁有再游时，对尔深谈如见之。
但是江南山已好，况经身历胜难追。
梦回绝塞孤云远，口代枯藤万壑卑。
半臂九华曾否在，荒唐宗少使人疑。

雪

久暄安客冷，转爱雪情深。
花密疑飞树，空迷欲障岑。
裘贞阴霁态，书蓄古今心。
篱户色元静，苍苍晚更沉。

取苏子榨灯油

预为长夜计，膏火费踌躇。
老钝图过日，家人信读书。
九华光杳漠，千古事乘除。
藜照樵苏里，柯条未觉疏。

汉槎以《黄山》诗来惮夜遄归

足裹层冰至，心惊戍鼓归。

玄言坐未稳，佳句雪同飞。
晚色压树重，山情入几微。
卜晴看健步，莫怪和音稀①。

读《通鉴》有慨而作

收卷忽失声，痛哭发深警。
薄躬方古人，予智复予幸。
不盈径寸书，变幻千万境。
圣贤如抟沙，历数亦骋影。
冥趋不足论，明哲空耿耿。
文章且骑虎，况乃功名阱。
素门鬼尚瞰，华屋谁留景。
尧舜鲜令胤，共欢共灰冷。
道德难长恃，天骘不可永。
万古一衣食，敷天贵要领。
嗟哉痴直身，愆深罚犹省。
居然白发全，糗草随萍梗。
没齿感皇恩，麋鹿同朝请。

糠　灯

名借糟糠重，光争萤火微。
空教照蔀屋，谁与助清辉。
化烛心难问，怀珠愿久违。

① 编者按：“步”，原作“少”，据上海图书馆誊清稿本改。

夜深霜际月，相伴影依稀。

儿玄小病过问之

短椽能洒扫，知尔静中心。
书力应胜病，古人只似今。
茗柯含至理，笔墨涣新音。
大药衰翁习，无须学越吟。

汉槎索墨赠之

无劳赠墨妙，尔自胜渊云。
花笔推年少，松滋拥冠军。
天教华异地，字必贲清芬。
莫洒思乡泪，玄阴积未分。

雪

昼阴即作雪，地白已能晴。
天意几明晦，人心何变更。
务慵徒问俗，书少亦成城。
短景随端坐，平怀见物情。

译使之高丽国

天荒地老更谁邻，属国惊闻接海滨。
豺虎窟多中土客，凤凰城是旧朝臣。

泉刀重译旃裘雪，盐铁归装塞马春。
试问佯狂当日祖，流传洪范可能陈①。

客　集

问屠才订客，割豕事犹艰。
皓首泥涂伴，孤蓬桑柘班。
柴门雪对酒，华屋肉如山。
单俎耽清宴，茅烟接易还。

扫　径

径荒时一扫，客至倍生光。
雪片风回冻，童儿饭后忙。
惜牛宽夜牧，引鹊迓朝旸②。
不是求羊过，谁知尺蠖藏。

懒　老　婆

取轮困枝，截锯倒置，三胫孤茎，跪足凿顶，如承露盘状，衔糠灯，四面照。

共识形骸木，谁怜粉黛名。
葳蕤佯暖热，臃肿借光明。
马照宵征栈，鸡嚎夜织声。
辛勤无令问，徒自伴深更。

---

① 编者按："佯狂"，上海图书馆誊清稿本作"为奴"。
② 编者按："旸"，原作"瞙"，据上海图书馆誊清稿本改。

饭邻家

吴实宰故通侯。

蔬盘长在眼，俊味骇招携。
粒煮余鸎鹉，羞分旧鹔鹈①。
去乡物性贵，混俗客心迷。
犹见轻烟影，朝炊入户低。

崇宁钱

古钱命如客，一样叹飘零。
日月当年铸，山川何处经？
苔痕争蠹蚀，夜气伴龙腥。
金碗三朝变，犹存肉好青。

寒晚

畏寒甘景短，不记昼何营？
笔墨荒荒晚，冰霜黯黯晴。
穷阴来日尽，玄龠此时清。
心在群氛外，宁须问晦明。

雨木冰

天欲示殊色，朝晴冰落丝。

---

① 编者按："分"，上海图书馆誊清稿本作"纷"。

南人惊耳目，古史纪年时。
木印雕虫字，篱披雾豹皮。
前山犹积雪，交错影迷离。

力田行

荒边性命系童仆，长夏耕田冬伐木。
况我衰慵儿腐儒，袖手对书坐食粟①。
妄一男子孱且愚，满州持此鬻为奴。
寻常估直钱十百，此地奴价倍金珠。
卖衣买奴计何拙，官田未到耕时节。
牛瘦时分麦饭盘，犁刓远购朝鲜铁。
锡尔嘉名曰力田，百务纷然复茫然。
破羊裘换鱼皮裤，腰镰且为给厨烟。
忆昔千指空鹿鹿，诗囊笔笈蓝舆毂。
荒哉饱饭六十年，白头才知辨麦菽。

饭牛歌

运草饲牛饥，运多牛力疲。
无草饥且长，多草疲一时。
何如放荡荒山泽，鼻不穿绳项不轭。
草根自在嚼冰雪，复恐虞罗狼虎厄。
牛兮牛兮不若安心食细草，爝火荧荧伴昏晓。
请看世人何异牛，旦昼经营为一饱。

① 编者按：“慵”，原作“佣”，据上海图书馆誊清稿本改。

补　　衣

裘破惕寒威，挑灯针线微。
由来重故旧，久矣贱轻肥。
守啬还逢悔，甘贫敢昧几。
心空如染薙，宛宛水田衣。

长　　至

（一）

微阳天不靳天涯，依旧春生中国华。
愁线随长难计日，心灰久冷漫依葭。
眼昏图史千山雪，口报烽烟万里家。
阛阓衣冠多少事，翛然一杖立冰花。

（二）

抚景那堪思往事，去年此日望恩心。
雷霆偏中回阳律，雨露难穷隔岁阴。
旅雁雪深谁系帛，飞鸿弋远已归林。
敝裘残卷邻家酝，迎暖支寒伴朗吟。

河　之　熊

玄冬射猎不获熊，半蛰树颠半土中。
一熊不蛰翻然出，樵夫掷斧揕其胸。
入城报官齐分肉，皮作鞍鞯脂切玉。

长弓大箭相顾嗤，前宵千骑空驰逐。
吁嗟乎！生既不能渭滨入梦发明王，
复不能西山玄雾同豹藏。
不假虞罗自送死，委地不复夸身强。
禽兽虽微亦天意，出非其时非其地。
西郊误作灵苑游，麒麟尚掩宣尼泪。
况汝蠢质难独立，失几陷险嗟何及。
君不见枯鱼当年过河泣，
致书鲂鲤慎出入。

补　屦

双屦经三雪，防穿添布条。
怪来走万里，只觉坐终朝。
曾伴尚书履，还随行脚飘。
龙钟藏骨相，莫更说中朝。

人之高丽

（一）

极边如故国，更欲适他乡。
日出是何处？天遥却有方。
情穷甘道路，计拙为耕桑。
平壤春应早，归途青草长。

（二）

闻说高丽犊，胜犁蹄角强。

人今耕异土，牛合用离乡。
五羖宁论直，三春已早忙。
叮咛当牧好，结想在登场。

大　木　歌

架屋不须寻大匠，快犊轻车随所向。
腰镰计裹信宿粮，薄栌曲棁迷青嶂。
大木森森数十围，不敢杀根先杀皮。
野烧轰然似雷火，方者成矩圆者规。
谁云万牛回首重，屑霰飞空容易动。
后土千年百年生，田家一日二日用。
忆昔大廷需皇木，上溯荆襄极巴蜀。
虞衡郎督羽林军，锦缆口移千石粟。
豫章一样钟山谷，彼作明堂此茅屋。
向使易地辨穷通，未免移情换歌哭。
古今遭逢不一境，花堕华茵溷坠井。
勿问天年谁不才，木生有幸有不幸。

题姚琢之斗室

文章已失职，怜子读书心。
棐几辍餐买，匡床伴灶吟。
灯花雪际静，江水梦中深。
知有白云望，南陔慰好音。

寿吴实宰

煮石长年丹已成，拈花又欲证无生。
迦文笑对安期语，豺虎难容龙象争。
桑海一身凡几变，乾坤万古本多情。
遐荒疑与蓬瀛近，佛火茅檐达旦明。

寿吴汉槎

吴郎明岁才三十，名著多年废两年。
诗老还惊人似玉，祸深谁问笔如椽。
读书日月归才富，历险冰霜炼骨坚。
莫恨倚闾心缱绻，春风行帐即堂前。

再题琢之斗室

牛首招提里，僧僧如此房。
但添书几卷，恨少树千行。
结构殊荒俗，茶瓜解旅囊。
知君乡思重，居止学山堂。

杖雪有声，戏得起句成之

杖雪似车声，谁云步屧轻。
亦知循稳路，却爱伴闲行。
隔袖手长暖，思梅根倍清。

朝仪输国老，冰窖任纵横。

逐　巷

逐巷成门门径幽，山云山月去还留。
书声歇处闻嘶马，乡梦回时呼饭牛。
木远妄营供佛屋，年荒预作早春谋。
关心有事本无事，自顾微躯何所求。

夜　话

积雪残书灯烬寒，妻孥拥被话艰难。
荣华当日无奢举，粗粝今朝犹旧餐。
只恨修名翻堕甑，谁教持满自倾盘。
荒原白草时相笑，悔杀阳葵几叶丹。

张升季木火盆

凿木原生火，为垆不范金。
谬将母子义，强慰雪霜心。
书照砚朱字，香生铁布衾。
燃灰谩相问，黍谷渐生音①。

角　声

角声边方习，此地乃稀响。

① 编者按："谩"，上海图书馆誊清稿本作"漫"。

乌乌何处来，霜冷月初上。
此声无悲欢，入耳循所向。
吹者本无心，听者自成想。
穷荒万里客，白头对苍莽。
向使忧能伤，岂复有天壤。
至人会古今，喧寂无来往。
笙歌不肯移，哀音安能攘？
寒灯一卷书，冥怀罗象罔。

邻家酿酒

邻家闻煮曲，香欲度墙来。
老病本蕉叶，艰难况草莱。
熟应明月尽，饮对雪花开。
方法山妻问，何如故国醅？

月　皎

十一月十七。

月魄皎翻弱，空荒不胜霜。
只堪孤客眼，掩映旧书光。
大地宁殊照，人情各异方。
姮娥未出塞，肯为旅怀伤。

苏　子　油

种苏惟撷子，弃梗荒草场①。

① 编者按：“梗”，原作“根”，据上海图书馆誊清稿本改。

耘锄等黍稷，经营灯火光。
器具率意匠，凿柱如糟床。
滴滴泉源声，碧碗清流长。
坐令骨髓干，为膏徒自戕。
朱门艳兰炬，绡绮照膏粱。
顾兹寒陋资，得充腐儒堂。
夜深伴难字，斗间辉文章。

三　　更

画书当漏晷，约略欲三更。
烂漫童煨灶，荒寒月过楹。
梦长赊道路，句就抵经营。
驶景留还驻，优游迟暮情。

玄成以读书几请，作歌书其面

读书不问地，穷荒即衡泌。
读书不问几，榛棘即梗梓。
勿言祸患枢，咎不关读书。
勿恨遭逢苦，读书娱今古。
寒空闲昼清霜屋，端居何以遣幽独？
缥缃出塞转精神，蜗蜒蠹蚀增金玉。
笑予老钝一无能，眊眼摩娑抱膝吟。
汝年正是读书日，丘坟以外当何营？
丑讨冥搜无二理，屈宋亦在关濂里。
饥寒弥见圣贤心，千秋多少流离子。

忆汝三岁识难字，鸡坫鸾坡如梦寐。
名姓长劳旃幄呼，灯膏难醒毡裘睡①。
吁嗟乎！
挂角驱鸡安足论，箕裘旧物百年存。
好将一片光明木，留印双趺万卷痕。

几日不出

古有避世翁，门前手种树。
端居十五年，树边未一步。
今我茅檐无寸木，雪阴雪晴忘信宿。
眠餐屈指将一旬，踟趺未展蒲团足。
随缘喧静何起止？藜杖有时过邻里。
始知古人非有心，出与不出偶然耳。

扒　　犁

似车无辐，似犁多箱，冰坚道砥，载重攸利。

掀淖嫌牛懒，经营履冱冰②。
去轮还远驭，合轨自成棱。
薪积催炊急，山遥趁雪登。
颠危傲华毂，身贱任多能。

竹　火　垆

编竹为垆易，艰难道路深。

① 编者按："幄"，原作"屋"，据上海图书馆誊清稿本改。
② 编者按："冱"，上海图书馆誊清稿本作"沍"。

坚贞君子性，冷暖老人心。
火宿冰间色，茶鸣淇上音。
筼筜当日谷，徒费岁寒吟。

章钺自石河归话田家

信宿不言冰雪冷，挑灯故意话田园。
知予避地难成隐，却说离乡犹有村。
土窖树鸡栖黍麦，雨畦秧马走儿孙。
衰筋老尚堪驴背，拟向春郊趁早暄。

食粥加一匕

岂是强加餐，贫厨薄粥难。
流匙怜齿滑，仗饱坐更残。
充腹思金匕，回头问玉盘。
艰辛伤往事，不易此饥寒。

月　起

二十二夜。

月起客当睡，茅檐受影偏。
冒寒时出望，无语独凄然。
籁逐虚无尽，霜随睥睨悬。
莫嫌弦欲下，光侧魄长圆。

双燕雏

雕梁亦传舍，莫只问乌衣。

顾母花随嘴，看人眼识机。
巢无常宿处，天许半空飞。
到日春虽暖，心同旅雁归。

偶　出

日光射雪雪不破，枯藜冻路牛车过。
城南城北两三家，径往径来人一个。
孤茅遥映炊烟长，门在斜阳古堞旁。
入门接杖先索笔，偶尔成诗恐健忘。

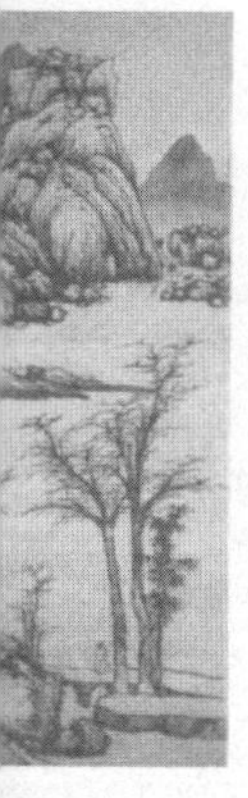

吴 会 吟

儿辈作五律，老夫忽念畴昔，短咏不尽，乃放笔为之。三十二韵。

我昔游姑苏，天启乙丑年。
珰祸才萌蘖，四海犹晏然。
我时初下第，识暗意气膻。
所重在功名，聊借游观宣。
揽概略阊门，独寻寒山颠。
寺破僧能诗，清池生金莲。
最爱天平山，峰峰剑戟连。
屧廊共莲径，茂草沦荒烟。
遭逢叹西施，我命如婵娟。
一月淹钟磬，志不在管弦。
相别二十载，国步忽更迁。
远游非览胜，仓皇避乱船。

往来五六过，云树杂戈铤。
至必宿虎丘，剑池看月圆。
有时值谷雨，手摘茶芽煎。
惟恨太湖滨，不遇橘柚天。
倏忽又十载，羁绊难孤骞。
只料抽簪后，放眼看山川。
岂知塞外躅，天风万里悬。
名都雄古今，王霸及名贤。
凭吊不一端，所钦才哲先。
伤哉高先生，壮龄吐句妍①。
生逢圣明君，官阶贵佐铨。
四十刑戮死，罪名无可传。
至今读遗稿，不死当更坚。
虽婴鬼神妒，亦怪天地偏。
菲才百不逮，居然要领全。
魑魅供扫除，白发歌新篇。
同难半桑梓，思乡泪如泉。
睹子憔悴吟，动我今昔怜。
踪迹既荒罔，岁月复如弦。
谁能挟我梦，直堕灵岩前。

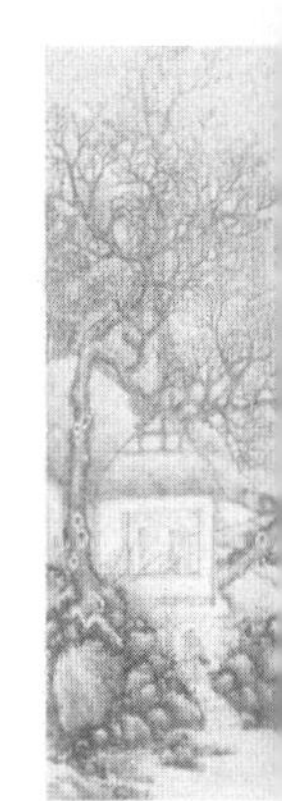

终　朝

终朝不着履，护足炕长温。
书簏堪为枕，诗人时到门。

① 原注："季迪。"

冰稀敲火砚，春钝压灯飧。
晦夕欲生月，迟眠忘夜昏。

长　干　行

长干长干尔何地，六代千秋拥神器。
游人揽涉尚移情，况我成家长老稚。
长干有水接荆襄，长干有屋俯沧浪。
周逵夜静人如月，帘幕春深语似簧。
繁华终古同一致，歌钟鸣磐当年事。
珠楼三万六千场，香林四百八十寺①。
侠邪年少挟金丸，才子诗僧同坫坛。
青溪酒对翻经杖，笛步莺呼养鸭阑。
城北城南三十里，朱楹茅舍千花里。
凤凰台久无凤凰，燕子矶还飞燕子。
乌衣巷近谢公山，棋墅苍苔岁岁斑。
智井罗衣窥影去，桃根湘管载笙还。
梅花香老张公屋，一树童童胜灵谷。
明远长歌庭树词，秋娘怕唱关山曲。
幽人偏爱住山间，芒屦孤峰未许闲。
茶青手摘斋厨雨，石古时披枯木岩。
书声远逐歌声歇，小阁溪光深映雪。
鹤鸣不让夜啼乌，花开岂怪枝头缺②。
十年战伐贯都城，移鼎从容未被兵。

---

① 编者按："场"，上海图书馆誊清稿本作"觞"。
② 编者按："头"，上海图书馆誊清稿本作"流"。

疮痍犹带绮纨习，衽席徒伤桑海情。
闻道江烽新接海，楼船知有将军在。
敬止空劳桑梓怀，绸缪合问朝廷宰。
已焉哉！
松菊谁歌归去来，吾庐今即在蒿莱。
长干莫厌羁人梦，枞水龙眠更几回！

闻 夜 鹤

霜空何处鹤？白昼不敢鸣。
顾此群籁灭，珍重堕其声。
风榛远寂寂，听者不世情。
翮带矰余血，胎息代如更。
圆吭天所留，明月助高清。
既脱华亭唳，宁问辽东城。
和音何必皋，矜慎葆厥生。

糠 灯 焰

如线复如云，丝丝绕夕曛。
谁将枯木影，篆作栋梁纹①？
藜火空悲老，灯花不及君。
客贫甘焰短，睡眼对氤氲。

① 编者按："栋"，上海图书馆誊清稿本作"画"。

与汉槎及儿辈论诗

衰躯客到恕不拜，为听新诗特下床。
一字半句微扬扢，寸心千古真文章。
雪窗日落坐易久，冰径路近行无妨。
共笑贫病成百懒，苦吟何事偏皇皇。

夜

草难牛任饱，灯贱屋常光①。
不必月生野，还余雪积场。
营生随习俗，送老恃篇章。
莫道更筹杳，风声似漏长。

调御贻新酒

偶得险韵，乃终其篇。

比邻酒熟雪寒夜，提壶分馈新离醡。
淮安麴学惠山方，即在长安已高价。
淋漓犹带侯家香，荒边一勺胜千斝。
忆昔龙眠酿秫浆，气如橘柚甘如蔗。
妇藏开必对庭花，朋来醉即眠桑柘。
只今万事付空华，岂独糟丘悲代谢。
老病连年甘独醒，穷愁转觉杯难罢。

① 原注："糠灯。"

把杯又恐百愁生，解忧翻怪杜康诈。
醉乡多少古人居，长庚明月青天泻。
酣余作梦梦应轻，还乡好向驾鹅驾。

砚　冻

砚冻急需火，火炽损砚神。
不如闲櫜笔，墨绣养冰皴。
石光涵日影，窗静寒无尘。
新句腹在笥，欲生波澜春。

怨　歌

怨莫歌，歌时怨岂极，怨将如歌何？
羲皇恨不长住世，坐令后代踞山河。
尧舜无子，汤武无君。谁登揖让，谁逊干戈？
宇宙蘧庐，历数机梭。虞庭罢舞，湘纍沉些。
红颜寂寞，白骨嵯峨。
予将鞭日挞月，蹈海扬波，问混沌而溯开辟，
共游于无哀无乐，寄魂魄而超婴罗。
长庚不敢觑，大角不能诃。
泊然此青天垠圹之宇，傲山鬼而摈湘娥。
歌不怨，怨莫歌。

薪　米

嘉平月朔。

惜薪防岁逼，乞米值邻贫。

赖此经营日，不伤羁旅神。
窗阴留雪晚，火气报冰春。
计闰稽璇政，经年万里人。

听野人歌

野人歌，歌奈何？
野人胸中无一字，冲喉犹带江南吹。
衰年侧耳不敢嗔，怜他悲喜常任真。
穷荒千古绝鼓乐，击缶乌乌哀亦乐。

列　　子

尝读列子书，戴山十五鳌。
龙伯钓其六，山根遂动摇。
岱舆及员峤，中断随洪涛。
帝曰此遐陬，仙官安肯巢。
玄都有迁客，畀彼螭与蛟。
愆深命敢违，涕泣别松乔。
抛掷珠宫居，朝天虚暮潮。
途中遇精卫，莫填沧海高。
海填天不知，木石心徒劳。
荒唐掩卷叹，羽化狄蓬飘。

思　归　乐

胡不归，人生飘泊将安为。

蓬生十尺依木根，谁肯随风万里帖天飞。
自悔出门何草草，封侯争说关山道。
离乡饱较在乡饥，商量毕竟餔糜好。
白首荣华几酒泉，卢龙城下动经年。
门前一步即异域，况复迢遥山上山。
丈夫不甘故丘老，弧矢峨峨悬门表。
浪子前途遂渺茫，月明难听砧衣捣。
吁嗟乎！
南山豆，北山薇，多少英雄轻别离。
乡里老叟不知家园乐，久客归时乐始知。

偶过诸家

诸家空所历，积雪冷柴门。
此地人还出，今朝天稍温。
书留晨读色，坑理夜崩痕。
径返无留语，衰筇偶过存。

腊月八日忆长干塔

金陵长干塔，古寺大江边。
四月腊月八，檀那礼数虔。
经声响城郭，百里归香烟。
我昔僦僧房，坐观童叟阗。
讲坛如澄海，人肩如涌泉。
千灯燃檐铃，侧月光成圆。
夕梵绕周遭，朝诵登层颠。

枝撑日月角，二水三山连。
冥搜尽穹窿，咏啸多诗篇。
此塔溯创始，东吴赤乌年。
杀僧配军伍，开士来西偏。
生搏舍利珠，显豁恫孙权。
输金铸浮屠，仰谢灭法愆。
流传千余载，遗风尚依然。
四时种菩提，钟磬销戈铤。
嘉平较孟夏，岁晚心倍专。
此日此地同，万里异山川。
犷俗佛性死，弓矢马牛膻。
幸有琉璃龛，孤火茅屋悬。
佛亦遭厄地，逭计人迍邅。
膜拜泪如雨，不为乡思牵。

豆　腐

村老就贫厨造作，殊适口，为之一饱。

煮豆饱朝炊，希夷味自知。
研来心匪石，吹去火燃萁。
方法故乡似，经营田父为。
原非鄙肉食，藜藿漫相嗤。

虎　皮　行

邻家晾皮因问虎，此物胡然归网罟。
弓矢只与狐兔期，元恶一朝委黄土。

双睛入地成灯光，四脚支撑肉作脯。
耳上爪痕已逾三，食人踪迹堪历数。
闻说荒山雪尽时，追熊不及虎逢之。
大箭如雨马如猬，当亦天亡岂人为？
吁嗟乎！
皇天赋性有善恶，宁独虎然人不若。
吾闻虎饥乃食人，人今杀虎夫何心？
虎食者谁杀虎谁，恢恢报复胡参差？
古今强极终归弱，亦如人事有哀乐。
虎兮虎兮，当日负隅张翼自拟兽中王，
岂知今日颓然一鞟挂鸡狗践蹋之泥墙？

晓　出

日下尚飞霜，宵衣积曙光。
质凝原雨露，律转待春阳。
野客席无次，杖藜冻不妨。
只兹寒暖相，癯骨任徜徉。

冰　井　行

井冰如山滑如玉，健步扶持还蹑足。
光明浑似午门桥，朝官蹀躞趋灯烛。
回头笑语冰上人，世路无如此井平①，
井栏即蹶岂伤身！

① 编者按："井"，上海图书馆誊清稿本作"路"。

蔬　　食

经旬未肉食，却不以斋名。
佛亦难容世，人惟安此生。
何颙心自好，苏晋眼长青①。
夜静风如磬，新诗作梵声。

城东晚眺

树栅为城茅盖门，四山云尽尚留痕。
夕阳晚食偶然步，孤火荒烟何处村？
旷野不知天大小，居人共指水渊源。
心惊十日春将到，草绿应先自近原。

月夜对酒

新诗欲就月初上，浊酒一瓢心惘然。
此身飘泊定谁托，彼苍有无能相怜。
年荒强饭雁鹜粒，雪静偷生豺虎眠。
高吟大笑倚庭柱，山空野旷夜如川。

月　　晕

十二月十八日晕极大。

月晕欲环天，寒空豁大圆。
难将风信卜，除是客愁填。

① 编者按："青"，上海图书馆誊清稿本作"清"。

痕落虹霓似，光随乌鹊旋。
关山归一照，故里在谁边？

辑今年所作诗

老钝诗篇无拘束，客愁绝塞才思缩。
雕镂既觉衰颜羞，潦略复恐先贤辱。
持此两柄将安从，汗漫经年倏盈牍。
长吟掩卷不示人，吴子时来共儿读①。
丈夫仅以诗文传，已负平生悲鹿鹿。
况复荒榛绝见闻，江左邺中只茅屋。
万事心灰一卷劳，性灵陶冶娱幽独。
千古文章自有神，光芒岂在登青竹。

夜　　雪

（一）

苦寒还望雪，乃见极边情。
路滑驱牛易，山冰纵猎轻。
积阴多变转，灏气自虚盈。
客绪冷如昨，窗灯夜夜明。

（二）

雪大星犹灿，空明不作阴。
律穷知地性，用错想天心。
疑似昨宵月，苍茫屋外岑。

---

① 原注：“汉槎。”

杖藜谙野径，晓起欲相寻。

雪　户

难将踪迹问荒原，岁晏云昏昼掩门。
日月移人天不老，冰霜匝地火还温。
只缘看雪时披户，不为论诗直废言。
一卷长开如未读，炉香烟过澹无痕。

壁间供佛

（一）

无处闻钟磬，关门即是庵。
连天迷白草，何树现优昙？
凿木香铺案，依墙石划龛。
化城宁定所，松火照琅函。

（二）

泪随膜拜落，斯地见斯容。
累佛知身业，依僧学律恭。
回思千月影，遍对六朝松。
谁信莲花界，萍蓬与客从。

春　至

（一）

长揖迓东皇，殷勤领曙光。
元来昊天意，曾不薄遐荒。

淑气山开晓，晴云空作香。
不须怪霜雪，久矣鬓毛苍。

(二)

东风一万里，吹面到羁人。
故国正今日，玄杓无二春。
那堪忆往事，聊且对嘉辰。
梅柳江天外，空蒙欲报新。

春　雪[①]

即雪已非冬，飞花别作容。
无梅堪赠客，有泽欲敷农。
落片衔山鸟，鞭泥问土龙。
青阳无处见，隐隐寄朝春。

王 昭 君

儿辈与汉槎以五律作乐府题，适拈此，老夫亦戏为之。

(一)

向使昭阳老，容华岂遂终。
所悲空出塞，未御已辞宫。
命合同缯币，心毋咎画工。
胡旗飘绣袂，犹望汉家风[②]。

① 编者按："雪"，上海图书馆誊清稿本作"云"。
② 编者按："胡"，原缺，据上海图书馆誊清稿本补。

（二）

古今长恨事，不独一娥眉。
只为容颜误，徒劳歌舞悲。
草青难辨地，花落不还枝。
胡汉都非昔，常如出塞时①。

儿亨云此题当无剩义，再戏为之

宁独红颜命，天生合嫁胡②。
燕支自有妇，椎髻亦成娱。
空使杜陵影，虚悬汉月孤。
长干长袖满，白首酒家垆。

班婕妤

宁须谗妒入，娇爱有成功。
枕箪何分理，丝管谁始终？
无端逐流水，不必待秋风。
转悔承恩日，倾人尚未工。

边马有归心

纵随伯乐顾，千里尚回头。
牛皂况何地，龙吟谁共游？

① 编者按："胡"，原缺，据上海图书馆誊清稿本补。
② 编者按："胡"，原缺，据上海图书馆誊清稿本补。

渥洼空郡县，苜蓿几春秋。
奚似驽骀老，柴车守旧丘。

树　中　草

不能成大木，甘作女萝依。
物类有余荫，人寰多畏机。
顾希逃匠石，采秀贯湘妃。
春雨年年绿，偷生伴蕨薇。

空　城　雀

飞飞审寥廓，蹭蹬满阛都。
只此无人境，堪容不肖躯。
粒微甘众弃，翮倦异群趋。
居盛祸随集，城东有大乌。

梅　花　落

结实还逾陇，矜花不度边。
一声风里笛，万里雪中天。
香阅岁寒古，芳怜春到先。
罗浮谁入梦，官阁问当年。

秦女卷衣

苻坚宠慕容冲。

来鹊歌同辇，前鱼欢入宫。

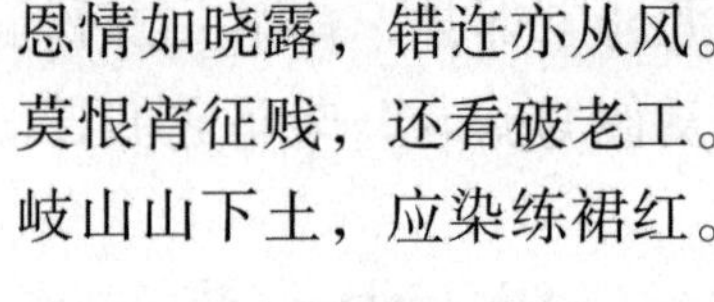

恩情如晓露，错迕亦从风。
莫恨宵征贱，还看破老工。
岐山山下土，应染练裙红。

邯郸才人嫁为厮养卒妇

长门一寸地，若个不凶终。
纵遇人非淑，还胜鬓似蓬。
笙歌徒入梦，蒯枭尚能工。
不必买词赋，铺糜举案中。

蜀　道　难

谁道天难上，蚕丛只等闲。
那堪四海大，别有五丁山。
西日随空落，东风吹梦还。
攀跻安逆旅，犹幸在人间。

行　路　难

履顺长怀险，况兹九折危。
心徒迷砥矢，蹶不在驱驰。
久怪圣贤厄，今知嵩华卑。
循墙终坦坦，习坎是吾师。

妾　薄　命

汉许后。

椒房敌帝体，肯作女儿怜。

鬼祸忽然至，天心谁与宣？
已同长信伴，难说竟宁前。
春蕙偕秋草，随风等弃捐。

将　进　酒

醉乡不可问，日月本双丸。
尘世亦何事？端居尚觅欢。
况经万里客，更抱千峰寒。
涓滴肯终弃，忍教达者叹。

幽　涧　泉

细响落深夜，泠泠何处琴？
寻源蹁散步，分沫助微吟。
泄濑矜藏窦，为霖慎出林。
濯缨还浊甚，况乃世人襟。

于阗采花

胡花采胡女，娇妒有良心。
不似入宫眼，徒悲出塞吟。
水流三月尽，风落五更深。
金殿闲箕帚，攀条泣堕簪。

山人劝酒

痛饮亦无讹，瓔罍斟酌多。

宾筵少执法，山鸟有娇歌。
中圣心同野，主人颜共酡。
酣眠松树静，醉尉岂能诃。

折　杨　柳

关山亦有柳，所贵别时枝。
叶叶窥人眼，丝丝挽妾思。
月明闻怨笛，雪际数归期。
偏是汉南树，春风无尽吹。

刘　生

日落玉鞭斜，繁霜拂剑花。
清时贱客侠，终夜醉娼家。
四海无然诺，千金等咄嗟。
弹丸知百中，莫射上林鸦。

铜　雀　妓

英雄亦重色，将死恋婵娟。
气尽三分业，魂销九地烟。
香随履迹散，歌带樂声旋。
台瓦无情极，苔花年复年。

沐　浴　子

伤屈原也。

谗慝不关口，君心中最微。

即无萋菲巧，已堕网罗机。
兰朽莸还萎，醉昏醒亦非。
笑渠多沐浴，苍狗古今衣。

东　武　吟

封侯原有命，岂在战功多？
麟阁分茅土，龙庭几剪颇①。
血红残甲胄，骨白旧关河。
剩得馀生在，宁烦伏枥歌。

夜　坐　吟

君行昼夜情，夜久思多萦。
雁去书千里，乌啼心五更。
灯随金剪落，月共玉关明。
风远知难达，偏为肠断声。

君子有所思

陵谷既难久，渊冰亦太劳。
寂然不动处，霜月向人高。
物静虚回影，光微鉴彻毫。
由来江海上，砥柱自波涛。

① 编者按："分"，上海图书馆誊清稿本作"纷"。

结客少年场

束发至高阳，年华未足狂。
田文羞鄙陋，剧孟笑寻常。
富贵倾杯酒，恩仇看剑芒。
不知岁月里，犹有鬓毛苍。

战城南

鼓死国多殇，旗登阵亦伤。
但听鬼哭处，只有柳成行。
日月迷躔度，骷髅筑太常。
好还天意隐，戢火愿时康。

远别离

沩汭何尊重，潇湘太惨凄。
始知儿女怨，上与帝天齐。
竹渍当年泪，碑迷异代题。
怪来陵庙里，常有鹧鸪啼。

陌上桑

桑下树芳蘅，其人姣且贞。
虽持大义重，已动使君情。
金石岂渝信，鸳鸯不野鸣。

伤哉闺阁女，未嫁被污名。

君　马　黄[①]

天闲骐骥吟，介驷报恩心。
夙夜都俞合，连钱毛色深。
谁令轻一斥，只为误千金。
寄语盐车下，和鸾别有音。

乌　夜　啼

人为乌所怜，声入耳凄然。
夜色树间静，天书云外传。
客心何倚着，物类若几先。
好刷南飞羽，嘤嘤江水边。

采　莲　曲

芙蓉漫自夸，妾面岂殊花。
衣落沾红露，房青倚素华。
不知笠泽外，谁是苎萝家？
心苦应同胆，吴宫有越娃。

公无渡河

偶尔乘流去，沧溟真作家。

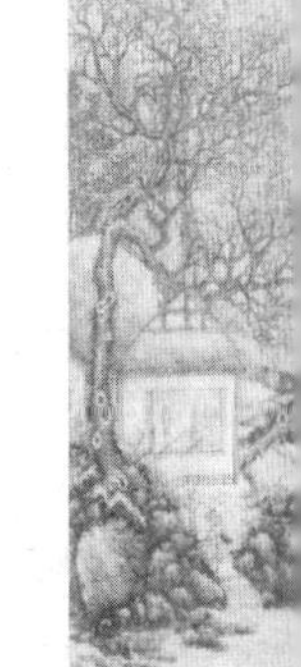

① 编者按：“君马黄”，原作“君黄马”，据上海图书馆誊清稿本改。

呇当归狎水，恨不在搏沙。
岂有汨罗泪，难同碣石槎。
向令登彼岸，利涉至今夸。

中山孺子妾

汉帝重婵娟，天潢下陈伶。
桐圭分此意，棣萼借人妍。
赐出舞衣贵，擎来锦句鲜。
平阳等骨肉，旦晚欲开筵。

乌　栖　曲

思妇经年别，娇娃午夜娱。
人情自欢怨，城上一般乌。
养子春巢满，争枝明月孤。
卢龙空有恨，废址视东吴。

春　日　行

春日去还留，盈盈曲水头。
千金买梅柳，万古寄箜篌。
天上迎王子，人间问莫愁。
惜阴何处叟，孤啸对芳洲。

枯鱼过河泣

山根有窟宅，不与豫且谋。

偶尔歌鱼藻，颓然供俎羞。
辙怜相沫处，芦冷落花洲。
醒眼看香饵，千秋此一钩。

登高丘而望远海

孤身四望间，极目纵而闲。
汩没难为水，嵚崎岂独山。
浮云逐野尽，落日带鸥还。
疏峙如胸次，高深谁许攀？

古朗月吟

朗月古今明，流光几代更①。
悲欢阅尘土，出入自沧瀛。
不夜临关迥，长庚对酒倾。
宁徒青嶂畔，独动白头情。

前有樽酒行

举头何所见，万绪竟茫然。
赖此古人酒，且过今日天。
劳生为乐晚，阅世觉杯贤。
白发禁谁得，开樽欲少年。

① 编者按："朗"，上海图书馆誊清稿本作"明"。

登高丘之二

长嫌跼尘世，一息近沧溟。
似有风雨下，始知日月灵。
荡胸吞泱漭，转眼失清泠。
向子踪难问，千年岛屿青。

野田黄雀行

挟弹少年事，翻成解网人。
敢图檐隙报，难副再生身。
微分只残粒，何方无败榛。
翱翔天地在，啧啧野田春。

千　里　思

苏李殊方别，遂成千古悲。
上林雁至后，衰草马嘶时。
归国赏宁薄，君家数本奇。
单于台下月，长系茂陵思。

关　山　月

萧萧玄菟塞，经历几蟾蜍。
万古不改色，多年空寄书。
流苏机上织，传箭雪中庐。

人意争明晦，高空自卷舒。

梁父吟

南阳倘不出，汉鼎绝西川。
恩重蛟龙雨，途穷鸟鼠天。
魏吴原定划，管乐仅同传。
安稳庞居士，逍遥草木年。

长干行

城南里。

金陵十万户，车毂气氤氲。
独有长干月，孤栖江上云。
塔凌山影露，钟过竹声闻①。
当日雨花石，年年桃李纷。

白头吟

茂陵子不憾，转悔昔年琴。
容易当垆意，遂成行路心。
鱼多难恋竹，风杂肯留音。
懵懂长门子，空输买赋金②。

---

① 编者按："凌"，原作"陵"，据上海图书馆誊清稿本改。
② 编者按："懂"，上海图书馆誊清稿本作"憧"，亦通。

黄葛篇

葛苦莫辞采，行行越水湄。
君王忍茹蓼，战士望衣絺。
芍药无堪赠，汝渍敢浪期。
隔江即吴地，莲叶醉西施。

苦寒行

绝塞四时寒，宁徒雨雪难。
直缘人意苦，莫问岁年残。
齿涩空言饱，衣冰不为单。
阳回谁见晥，鸩鹊在长安①。

门有车马客

故乡草亦好，况是故乡人。
不必问邻里，居然接毂轮。
眼疑隔岁面，履起及门尘。
明识身犹客，一时桑梓春。

车遥遥

久客惮车声，何方更远行。

① 编者按："晥"，原作"晼"，据上海图书馆誊清稿本改。

伤心看发夕，深虑在严程。
回想霜侵骨，坐愁沙满城。
还家莫是路，结束愿宵征。

吴会吟

太湖五百里，龙虎踞其东。
今古霸王气，英华文士风。
绮罗俗任旧，盐铁代称雄。
寂寂兴亡月，非徒吴故宫。

双燕别

鸟亦有离别，难言人事同。
春秋分节上，治乱一梁中。
好护参差羽，还随集聚风。
衔花长铺子，莫问汉王宫。

玉阶怨

虽贵原因色，容华敢自伤。
悔先当寝室，恨不隶平阳。
掩镜悲流水，开门迎太阳。
还疑天上顾，万一到残妆①。

---

① 编者按："妆"，原误作"粧"，据上海图书馆誊清稿本改正。

思归乐

但言归即乐，莫问乐何端。
历数他乡苦，都成故里欢。
水依原壑稳，鸟恋旧巢完。
惝恍还疑梦，中宵秉烛看。

怨歌

谁能怨不歌，歌苦怨还多。
天地同噫气，河山尽网罗。
心伤声涩后，情奈夜深何？
几许琅玡泪，终年流似波。

夕行闻鹤[①]

鹤与夜相习，高空若有情。
翮迷霜不见，声助月逾明。
无意根尘合，自然藜杖清。
缑山知近远，何必问吹笙。

晨征听晓鸿

宾鸿亦如客，趁晓首前途。

① 编者按：此诗题，上海图书馆誊清稿本作《夕行闻夜鹤》。

行起曙星落，声高旅耳孤。
浮踪惊印雪，行色看衔芦。
欲附还家字，云深不易呼。

岁暮悯衰草

草根命本薄，况值雪霜滋。
何物能违岁，群生贵及时。
举头惭岭柏，转眼问江蓠。
莫怪王孙远，春风取次吹。

霜来悲落桐

辘轳金井涩，树树报秋深。
可惜凌风叶，犹余抱子心。
凤饥推食远，蟾冷落光沉。
疏干凋还壮，能生满院阴。

玄圃临春风

艳深色太侈，爱此发生初。
嘘吸气相受，敷华赋不如。
文章栖草木，蜂蝶悦衣裾。
谁识春来路？暄和自太虚。

碧池望秋月

月亦择佳地，一泓清正秋。

寻常依眺涉，此际独孤幽。
有托游鱼静，无根桂树愁。
所思千里外，何事上高楼？

解佩去朝市

巍巍神武门，销尽百年魂。
恋栈亦终罢，辞缨谁久存。
皋夔宁得已，箕颍敢轻论。
日月几先暗，荒芜满北原。

被褐守山东

谁不有初衣，人人悔昨非。
泌衡终岁计，金紫几时归。
久识茹芝妄，还疑采蕨饥。
心灰随地隐，带索已忘机。

弃　妇　词

蘼芜不敢采，旨畜亦空留。
大义既中绝，妾心宁自由。
所伤父母命，恐重丈夫羞。
若就微躯计，长捐何足忧？

北　风　行

大块宁分北，方隅人自拘。

即非长恋土，那不惮摧枯。
胡马思群立，衡鸿向日呼①。
翻疑鹏海上，容易奋南图。

行行且游猎

熊罴渭水后，有梦亦难符。
何似郊原旷，且为鸟兽娱。
马嘶三窟蹙，弓落万山枯。
拍手高挥觯，禽荒言尽迂。

侠　客　行

只此一头颅，黄金谁有无？
通侯宁足贵，酒伴转相呼。
千古旂常妄，六经钟鼓迂。
功成不德色，长揖谢东吴。

巫　山　高

神女怜才子，故教词赋真。
至今云雨里，长有佩环人。
灵格形原著，山高梦转亲。
悲秋太愁思，疑此绮罗春。

① 编者按："胡"，原缺，据上海图书馆誊清稿本补。

芳　树

中庭芳树嘉，荣落阅年华。
露浥长栖鹊，云昏后至鸦。
众奇高乃见，群嫮色何加？
莫作飘摇恨，参天影未斜。

明　月　篇

月正四山空，孤城夜气中。
柝铃依路火，牛马定更风。
有客寒开户，无心恨转蓬。
怪来霜色薄，春信漏房栊。

捣　衣　曲

寄衣原寄心，不贵月明音。
歇杵思回抱，题封裹泪深。
至时秋欲老，梦去漏将沉。
仍见旧长短，风霜尚未侵。

临　高　台

乡远不可望，台高安所为？
即令穷目力，徒自重心悲。
花发游人处，莺啼送客时。

平临空万里，芳崩任风吹。

游　仙　曲

岂必栖天上，惟应出世间。
尘寰归一瞬，咽唾已三山。
鹤载妻孥去，龙衔日月还。
玄都容散吏，香案莫重班。

上　之　回

皇威骋有路，不必向深宫。
警跸何朝暮，飞腾自雨风。
三驱空海岱，五柞即崆峒。
谏猎书多事，天王正射熊。

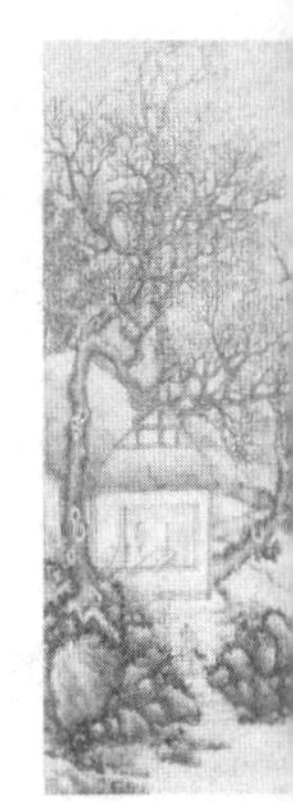

估　客　行

作估男儿事，所伤樊邓留。
钱多大堤女，风滞石尤舟。
云鹄难攀翼，江鱼不返钩。
东流日夜水，空绕杜蘅洲。

陇　头　水

水尚两头流，客行无尽休。
艰危别有泪，呜咽不曾愁。

伤手痕长湿，断肠声未收。
昆明正清彻，樯缆起飞鸥。

鞠歌行

汉有鞠室，唐人之旨，悲时际也。

圣贤重遇合，况乃众人情。
三泣玉方贵，暗投珠早轻。
巫咸宁有识，邹鲁亦空名。
脱略鹖冠子，终身无所成。

独漉篇

伤报仇也。

掬浅欲污手，厉深还过头。
大仇如此水，中夜不能流。
至道泯施报，孤清化怨尤。
鸿蒙归渤海，何物不沉浮①？

结袜子

重报德也。

受德不在大，千秋重一言。
况兹国士遇，直迈古人恩。
斟酌身躯贱，等闲意气尊。

① 编者按：“海”，上海图书馆誊清稿本作“澥”。

请看脚上袜，犹带旧精魂。

猛　虎　行

虎猛不如人，空荒巨毄身。
先王曾格兽，异类本能仁。
牙爪远还脱，弓刀报且频。
伤哉强肉食，冠盖满城闉。

浮　萍　篇

元亦有根蒂，飘飘一任天。
不知谁辖属，惟赖自生全。
海阔因风聚，人逢比月圆。
莫嫌结实少，垂问素王前。

子夜四时歌

（一）

高楼何所思，桃李被风吹。
不为远行客，难看新上枝。
伴羞芳墅晚，妆落晓窗迟①。
迢递欲谁语，春衫独著时。

（二）

永日不肯暮，浑如更漏长。

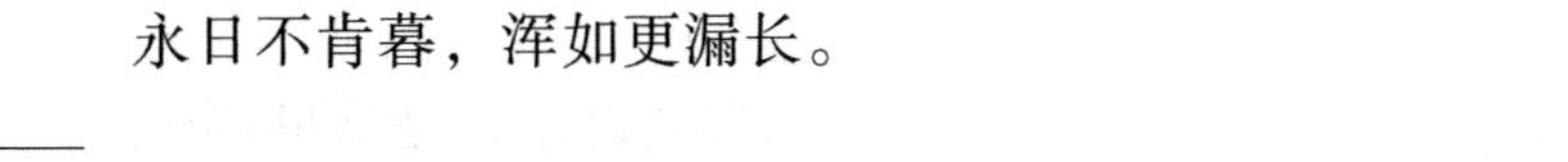

① 编者按：“妆”，原作“粧”，与诗意不合，径改。

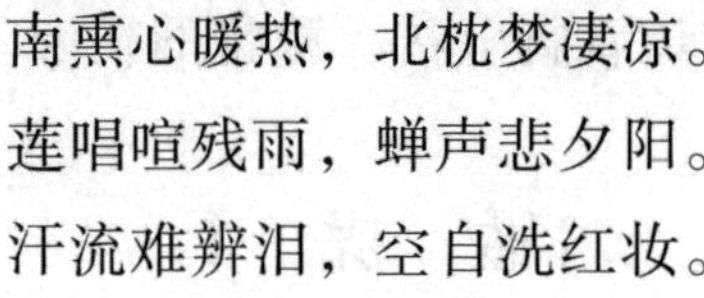

南熏心暖热，北枕梦凄凉。
莲唱喧残雨，蝉声悲夕阳。
汗流难辨泪，空自洗红妆。

（三）

流火莫惊候，深闺日日秋。
更飘金井叶，益动玉关愁。
寒到君先觉，书裁雁不留。
黄花应似骨，难上玉搔头。

（四）

又是一年过，难为万里人。
计程无尽日，算别自初春。
漏冻传筹涩，灯寒落烬频。
谁言霜雪路，魂冷梦偏真。

紫骝马

天不降房精，霜揪卤莽鸣。
九重真间出，千里尽知名。
伯乐希终顾，骅骝重独生。
东郊老共弃，谁识路纵横？

雉子斑

凤凰既高蹈，是鸟可依栖。
登俎矜新羽，悬宫勒旧题。

声清云笛下，舞罢月梁低。
谁问原陵外，饥乌彻夜啼？

君　道　曲

神龙不自致，夹辅用斯灵。
所以皋夔佐，相传虞夏庭。
罗纮无逸宝，箕尾有恒星。
宵旰独忧处，苍天何杳冥。

高　句　丽

习舞也。

如鸟舞衫宽，群胡耸壮观。
前春肃阊阖，异俗正衣冠。
易姓提封远，披图故垒残。
只余辽水渡，四月客犹寒。

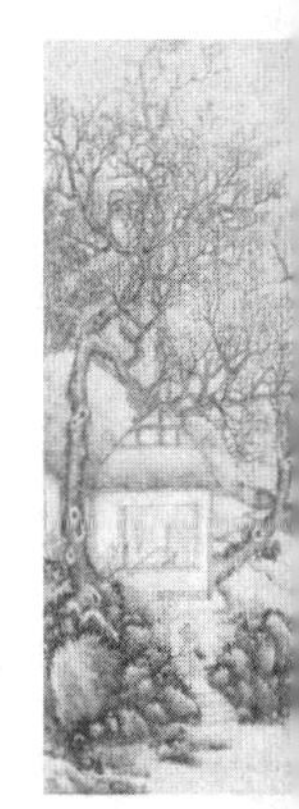

鼓吹还朝曲

龟兹百部乐，凤辇五云车。
驿路旌功柳，关山藉辇花。
嵩歌倾彩日，渑酒祝丹霞。
后载多黄发，苏卿老返家。

洛　阳　陌

洛阳千树花，掩映玉堤骄。

藉草提筐女，垂杨卖酒家。
博赢钱易掷，歌转日难斜。
传说黄河畔，春郊犹似霞。

白 马 篇

白马骋芳春，争看马上人。
颜同鞭似玉，花落雪如茵。
天育应分色，横门不动尘。
时清未出塞，桃柳步逡巡。

秦女休行

女报仇也。

敷天尽巾帼，大义在蛾眉。
竟作丈夫死，顿忘闺阁谁。
仇头擎翠袖，妾命付柔荑。
莫漫嗟生女，今朝果胜儿。

幽州胡马客

岂有方皋眼，聊同郭隗心。
对人矜赤汗，为客贱黄金。
沙碛死生重，渥洼云雾深。
世争夸异种，伏枥只空吟。

鸣 雁 行

雁本朔方鸟，先秋南向飞。

如何中土士，偏与北风依？
声共霜空冷，行同夜月稀。
归时江上信，应说客当归。

白　苎　词

莫问梁尘落，心怜不敌伤。
酒才倾上座，天倏报东方。
流水同残月，红颜归白杨。
宁须待销歇，绮席已悲凉。

塞　上　曲[①]

推毂心难副，封侯愿尚轻。
功期无辱命，报不在捐生。
敌胆寒新垒，军声肃旧名。
安边体神武，不战显王征。

塞　下　曲

将勇军心壮，军皆有将才。
身方随列伍，气已摄登台。
尺组名王颈，孤锋铁骑垓。
所期在麟阁，闻笛不曾哀。

① 编者按：此首为上海图书馆誊清稿本增出，兹补入。

日出入

日月迷人眼，茫茫西复东。
试观沧海外，乃见昊天功。
烁景托何始，沉光正未终。
烛龙长静穆，万古一鸿蒙。

龟虽寿

灵龟无寿夭，终岁九江滨。
所畏渔人网，难为太庙神。
泥沙涵日月，河洛点星辰。
笑向波臣语，甘心海若民。

相逢行

何事相逢好，只缘别恨多。
人情惊岁月，天意惜关河。
意气归杯酒，萍蓬强笑歌。
枋榆经聚首，经此莫磋跎。

偶作[①]

束发学道心，到老无优劣。

① 编者按：此首为上海图书馆誊清稿本所无。

拙懒识所归，岂敢夸禅悦。
江河人心危，锋镝悲田裂。
一伪戕百诚，圣绪几中绝。
遭难复颓龄，争持逞笔舌。
鼓唇即战场，披缁亦末节。
闭门趺蒲团，出门茹毛血。
此意尼山知，未向颜曾说。

何陋居集

庚子年

是年居宁古塔得诗二百四十七首

（编者按：“二百四十七首”，据我们整理核实，为二百三十八首）

元　日

（一）

荒甸亦朝元，鸿钧百汇蕃。
浮生难指数，造物本多恩。
凤历悬云远，龙沙破日昏。
何方占蓂荚？白草变衡门。

（二）

绝塞无风俗，新年旧草莱。
人憎周礼数，地少汉楼台。
击钵椎鬟舞，悬弓皂枥开。
恰宜衰老叟，箕踞独徘徊。

（三）

礼简起偏早，挑灯拈佛香。
穷途更甲子，衰齿仗空王。
漫作衣冠异，相寻几杖长。
万端归幻观，双树足流光。

（四）

椒盘无剩味，浊酒集同人。
不作他乡语，依然故里春。
鸳鸿谁是伴，虎豹雅堪邻。
忽忆千官骑，回中雨雪新。

（五）

砚冰轻自涤，试笔写新诗。
工拙无心计，波澜任老为。
力难称日月，获欲比畲菑。
迟暮还矜重，春风惬所思。

（六）

老为人所恕，穷与命相於。
异土强安稳，衰筋胜起居。
熊经尘药谱，鸡卜检农书。
共指春膏暖，墙边地可锄。

风

风劲面堪受，举头知是春。
天心难遽转，蘋末且相因。
简出声鸣户，飘空雪作尘。
无端寒燠意，疑信眩羁人。

饮庄、张诸子

不易今朝酒，蔬盘出阮家。
居然邺下意，莫作异乡嗟。
在眼看瓶注，衰情藉众哗。
雪篱衔落日，失喜问梅花。

新　月

万象新惟月，今年第一生。
谁将邃古色，故向异方明。
晕薄凝春浅，光圆摄地平。
江山无二照，脉脉度羁情。

人　日

莫怪年增老，还看日是人。
并生思寿国，无外领王春。
梅柳乡园梦，参苓藜杖身。
衡茅烟接处，步屧路如新。

莲　灯　歌

剪绢为花，悬丝作幕，姚子琢之手为之。佛火茅楹，奇光亘烁，佥曰畜眼所未见。

衰迷易视春宵月，儿童争道灯时节。
土室松龛延白光，九华谁发千枝结？
红莲忽漫生乌几，吐焰如珠璧如水。
金针细度绛绡轻，文心作手推姚子。
颓龄异地易为欢，破卷寒篝侧眼看。
蒲团火树辉相射，猎烧孤星照未残。

偶忆及门包工部，剪丝镂竹苍颜古①。
花鸟山村夺鬼工，广陵散断高江浦。
绝技惊逢如故人，把新抚旧倍劳神。
荒边今夜星桥北，宁让江南梅柳辰？

偶　作

身是覆舟余，转畏风帆恶。
箫鼓正中流，洪涛早喷薄。
举足魂已颠，不待沉渊漠。
众令彼岸登，侥幸不可作。
江河岂杀人？人自投蛟鳄。
超超陆地翁，誓死无失脚。

早春杂兴

(一)

春气稚未壮，悠悠动林莽。
不见班鸠啼，流膏欲润土。
耕耘在何方？妄指城南坞。
力作性不能，低头愧场圃。
典衣买丁男，越境购健牯。
吐食慰朝饥，炊豆饭夜午。
寸铁未入田，望已盈仓庾。
笥翻神农书，长谣学太古。

① 原注："稚修。"

平生慕老农，今日成田父。

（二）

新年未读历，暗数度雨水。
日出霜尚飞，亭午风渐微。
村氓入城中，农谈朝夕始。
耒耜衰难胜，代勚顾儿子。
辍读以事农，物迁良亦喜。
瞩眼视邻家，炊烟如缕起。

（三）

小犊大如麋，群言当待年。
试轭步颇健，昂然老悖先。
不忍伤其力，素餐且迁延。
小童驱饮水，冰上漫着鞭。
归来夸牛强，拍掌还戮肩。
私向其父言，明朝堪下田。

（四）

绕篱余旧畦，草枯牛马牧。
我欲树短垣，堪艺蔬与菽。
昨岁春出关，菜种盈衣簏。
漫散又经年，敢冀及时熟。
犹记到时秋，瓜茄尚在目。
霜早百卉忙，力难及黄独。
尝读王维诗，锄瓜眠树曲。
客来树下迎，高话羲皇腹。

念之忽欣然，欲及古人躅。
呼童急理锄，龙钟试手足。

（五）

朝坎急人饥，牛饥较人急。
辍人且食牛，食牛为人食。
官草虚有名，私草价倍直。
放场四月青，二月欲负轼。
不识何阡陌，当需几牛力。
秋饱寄春刍，仓皇妇孺色。
悔不少年时，举家学稼穑。

（六）

相逢无新故，开口话桑麻。
岂无杂言笑，但觉穑事嘉。
贫富视臧获，未耕力已赊。
层冰坼有声，残雪半水涯[①]。
共指山上路，高低拥柴车。
下有荒田塍，编苇作人家。
地性隔皇舆，肥瘠多参差。
一熟三四熟，力审获乃奢。
诘曲询耆叟，语多村日斜。
绝胜簪笏谭，萧萧袯襫华。

（七）

疏篱带丛薄，净尽忽如水。

① 编者按："坼"，原作"圻"，疑误，径改。

谁使短帚功，竟与丹垩比。
童仆谙处分，牛马别居止。
遂令明月入，清光耿终始。
不忍闭门卧，夜深还一起。
冒寒独行吟，我心澄若此。
佛灯映窗明，身浸琉璃里。
朴遬务原寡，尘滓易为理。
林宗逆旅居，渊明柴桑里。

戏书走马灯上

孤光役群动，环往不能穷。
积火易为力，缘源何处功。
物形生表里，人眼破鸿蒙。
明月春宵灿，浑忘剪彩工。

啜　　茶

静啜泉味出，乳花生旧瓷。
童子怪舌灵，远汲不敢欺。
涤器还审火，不假他手持。
笥中谷雨芽，又及谷雨时。
风霜不改色，犹如初脱枝。
侑以沉水香，坐对古人诗。
穷居寡擅褥，至味合希彝。
饮茶如饮药，倏然堪扶衰。

河 冰 行

俗以正月十六日，女子无老少，率往河冰上卧起，如祓禊戏。

满风春望拔河戏，燕支影落冰痕睡。
女子联翩男子观，倾营穿镫摇鞭至。
日高人散客来迟，冰床如马凌冰驶。
掌大雪花接雪堆，耳寒酒热中流醉。
旅况无端听睹新，感时抚地为欢易。
长安今夜月盈街，千门环印婵娟臂。

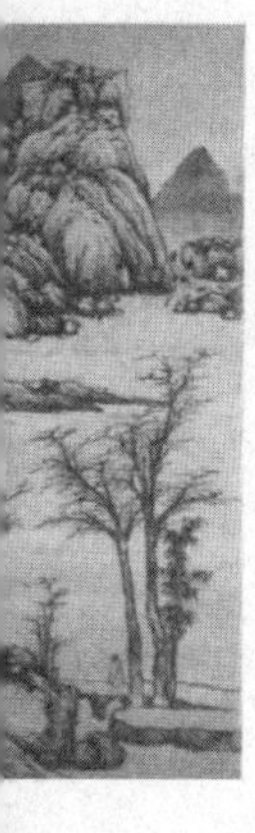

客从长安来

客从长安来，不识长安事。
浮沉石头书，混沌羁人意。
口亦说江南，恍惚乖辞义。
不如梦中归，消息犹堪记。
兵散秋祖冬，岂少梅花使?
但闻大羽猎，远涉沿边地。
足觇至尊暇，了无南顾累。
不然庙谟殷，八骏宁容易。
以此慰旅怀，万缘轻饱睡。
翻笑王无功，田园询位置。

买 牛

卖牛复买牛，交易心何有?

不识角蹄良，殷勤问田叟。
贱畜亦有名，声彻邻人口。
牵靷丛群牧，指点如琼玖。
明知夸言词，爱好情甘诱。
踏滥试疾徐，引重量所受。
解裘偿其直，春风聊抖擞。
衰肌岂不寒，全家冀升斗。

春　自

不知时节早，春自雪中深。
片落未归地，风过欲散林。
人多向畦色，牛识踏泥心。
寂寞荒原旷，无端亦出寻。

春　昼

梦去梅花醒尚香，客心生计两苍茫。
虚将晴雨摹农事，强设安危待故乡。
古史眼余知性饨，篆烟定后识阴长。
共看杨柳溪桥远，似有游丝过短墙。

诗　成

诗成如有获，又过一朝天。
老见静中力，春生砚上田。
莺花谁世界？日月此山川。

汗漫送迟暮，多生铅椠缘。

刘重显卜居沙岭

（一）

自嫌荒朴极，犹有住城名。
独去躬耕地，才穷远窜情。
就车陇草近，绕灶涧泉清。
同作辞乡客，离群恨亦轻。

（二）

传闻沙岭路，直接古东京。
图籍迷宫殿，阴霾见甲兵。
拟乘春骑暖，一问旧城名。
到日应经过，看君原上耕。

为　农

（一）

为农先有色，少长纷多营。
蓬门日光出，力作皆成声。
老夫亦早起，端坐视柴荆。
乌犍畜宿力，薪车隔夕轻。
长镵添积铁，曲木刳短衡。
未知阡陌地，官作自期程。
但看草芽青，不听仓庚鸣。

（二）

东北与西南，土性原殊方。
在南不谙耕，追知北尘良。
时地询众口，多指转荒唐。
倾心恃奚奴，习惯谋或臧。
缚屋采近木，觅种给官仓。
肥硗无定壤，课勚在锄荒。
天高候踌橱，意锐手足忙。
忽忆故乡日，戴胜墙头桑。

（三）

河东田近瘠，河西田肥远。
水涨渡船难，旁城土脚损。
两端迷适从，钝足日偃蹇。
书佣作田畯，心急事事晚。
黄犊当亲驱，朝出暮须返。
还拟禾黍青，衰筇临陇坂。
桑麻未成村，意中先缱绻。

（四）

闻说远城村，灌木俯清流。
不独网得鱼，且堪操小舟。
深夏草木齐，野花满林陬。
茅屋构怪石，川气绿光浮。
雨过溪月明，闲棹资冥搜。
我欲觅巢居，艰难愁路修。

疲马未忍卖，留为信宿游。

（五）

牛渴甚于饥，日饮城河水。
童小牛力雄，跳踯不受使。
笑扶枯藤从，约束踵其趾。
渊渟寻汲窦，新冰坼文理①。
此即煮茶泉，斟酌澄且旨。
同流无污清，谁是许由耳。

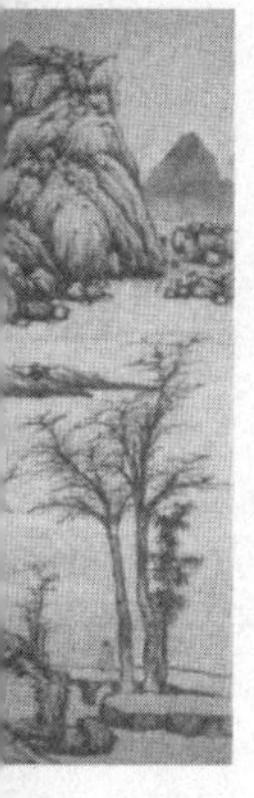

（六）

架屋不采山，就兹爨下薪。
随意择栋梁，匠石即樵人。
冻路趁牛车，未耕及早春。
棁栌无寸铁，茅针手自纫。
圭窦成不日，俯仰容欠伸。
问彼华屋客，千间只一身。

（七）

二月不怪雪，雪中节候移。
老农谙春气，雪化冰亦随。
寒食群卉萌，早晚皆耕时。
初耕百事暗，力弱心转痴。
履亩田一试，恨不先人驰。
畏难复贪获，交战中怀危。

① 编者按："坼"，原作"圻"，疑误，径改。

把犁仰天叹，舍此将安为？

（八）

寒鸡春始鸣，有卵未忍吃。
及时应生成，馎雏随羽翮。
啄晬尚无期，恍惚见赤帻。
遭难杀机绝，匪关遵禅律。
口腹贯刀俎，无心合仁术。
云中桑树遥，尸乡阡陌隔。
埘桀只寻常，死生宁损益。
自顾性命轻，何暇及微物。
聊作并生观，乾坤无顺拂。

得 家 书

（一）

岂有佳消息，平安即大欢。
兵过留旧国，人在发长干。
朝典疮痍峻，江程雨雪寒。
羁怀原易慰，无恙且加餐。

（二）

寻常烽火里，不易是家书。
况复关山外，更经忧患余。
情危征字涩，缄渍计时疏。
今夜灯前眼，翻疑见面初。

分　田

（一）

乞田如乞米，德色还夷犹。
土秖本不毛，膏腴从何求？
一亩倘可种，即是良田畴。
饱牛敌瘠犁，力耕敌坐耰。
不敢希仓箱，或是足沟窭。
瞩目视千家，何人乏干糇。
饥饱元分定，人力亦沉浮。
是修魑魅职，宁徒鸡犬谋。
茫茫大宇宙，饮啄争脱瓯。
我生初何许，于此觅菟裘。
岂无龙眠田，回首天尽头。

（二）

尝读沈宋诗，惆怅交欢天。
只言交欢行，未给交欢田。
交欢虽舆图，竟与穿胸连。
谁云古会宁，不在日月边。
国制迈前代，皇恩溥且偏。
饲牛捐官草，盖头锡短椽。
复有蒿莱地，号曰陌与阡。
似怜貙虎余，留兹犬马年。
自愧才名薄，遭际过先贤。

得江南消息

桑梓何劳逐客怜，真传消息倍凄然。
书来尚带戈铤色，梦去还惊井灶烟。
铁锁万寻悬地堑，金瓯半壁恃江天。
欣闻奏凯纾宵旰，到处长杨簇管弦。

风

春风来无自，呼吸弥长空。
骤披威如冬，徐拂乃冲融。
意似眷南亩，相将肇岁功。
习习卷土膏，令转地亦从。
播种虽殊方，时则中华同。
大造夫何心？人自感至公。

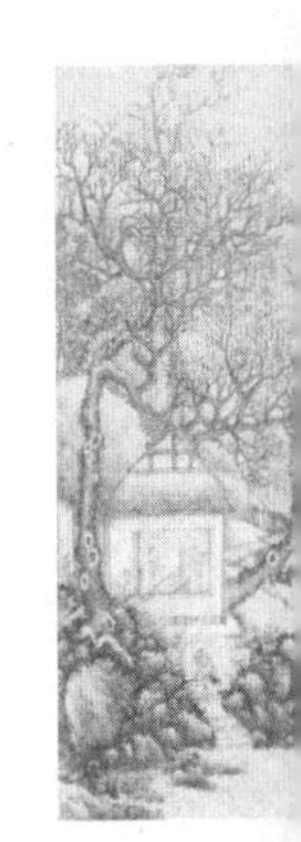

木　槵　子

木槵物微细，经年劳把持。
既重故山生，复重山僧贻。
霜雪不敢侵，涵濡切肤肌。
如环贯终始，如珠吐光辉。
时时系心口，往往误读诗。
警玩还剔垢，尘氛焉能淄。
幸非金玉质，险阻得长随。

春　半

绝塞寒多倏半春，芜光空色尽含新。
貔貅比屋过烽静，豺虎随肩野食均。
章甫久抛忘适越，桃花不见已逃秦。
莫嗟九死沦冰窖，几许山头廷尉人①。

塞　阅

万里惊看整六军，旌旗遥自上林分。
镐丰本是飞熊地，海国应争献雉勋。
帝满声名天外肃，臣苴指画日中勤。
独怜江汉春风里，残垒新烽断白云。

挽广和尚

（一）

死别意中事，谁知反属君？
尸罗犹未老，祇树倏无闻。
几点旗亭泪，千年绝塞云。
忘情还饮恨，不独为离群。

（二）

远窜已如死，翻憎会面多。

① 原注："时闻以江南寇乱，多所逮鞫。"

十年隔江水，一月聚辽河。
喻法寂无语，论诗耿不磨。
双趺何处见？梦里示维摩。

（三）

闻说千山寺，巍巍不坏身。
虽然多住相，亦足信时人。
木瘁果何事，花开未必真。
可能留水月，衰眼得更亲。

（四）

何地不堪死，归空宁定方。
倘然征本愿，毕竟恨离乡。
文字缘应尽，河山气未忘。
梅花消息好，终带岭头香。

晚　出

出门惊径软，应是冻全消。
柳为谁开眼？山因雪折腰。
绹新添草屋，月满报花朝。
尺五墙东路，高吟步亦遥。

历　日

最喜无历日，绝地泯干支。
穑夫循俗习，争问布种期。

随意命良辰，迪吉当在兹。
阴阳元杳冥，黍杪易差池。
羲和且卤莽，况乃流传非。
敢言征应乖，洪范本精微。
秋成虽人力，岂尽人力为。
蕉蕘必丰年，造物原难窥。
耕凿忘休咎，毋劳测土圭。

寄怀赤公

（一）

避人原杜户，闻更住高层。
月冷千山伴，风摇五叶灯。
钟声摧犬桀，幡影静獠能。
习坎经还惯，波涛显定僧。

（二）

抚顺河边别，心伤色故欢。
至今关外水，犹带去年寒。
禅人交情古，空开绝境观。
怀人应有句，莫作棒头看。

题张升季新居

春风谁问子云居，直为承颜先结庐。
执杖预开篱外径，洁飧早种屋边蔬。
应门仆少长关户，映雪灯深好读书。

更许老夫还往惯，蓬蒿拂屐不须锄。

杂感五首

（一）

淮海高牙仗虎臣，舳舻万里接通津。
尚书履正留天阁，渔父歌惊问水滨。
岂有杜蘅终古恨，空看芦荻大江春。
转将憔悴荒原泪，洒向从龙授钺人。

（二）

金焦浪涌阵云寒，怯薛惊看战鼓残。
猰貐未曾归右钺，麒麟早已挂南冠。
三韩血染欃枪赤，二水膏流肺石丹。
纵使王章宽介胄，那堪大树折江干。

（三）

绣衣争道出江东，贯索俄萦御史骢。
省咎幸无铅椠重，遭时亦遇网罗工。
摇山羞问狐狸窟，煮海愁听魑魅风。
眼见荣枯曾几日，残生犹剩鹿皮翁。

（四）

星坼楼船堕上游，束身新法就累囚。
孟明自许秦三北，浞野何妨汉再侯。
薪束穷檐悬令旦，棘吹圜室冷霜秋。
辙鱼争冀监门活，升斗谁知涸不流。

（五）

象齿从来焚厥躬，金夫祸亦等雕虫。
生非乱国典偏重，化自文成儒自穷。
春野怜啼江树鴂，秋官骑比上林鸿。
遐荒闻见同淳古，坦腹酣眠对日红。

将植柳

榆柳本贱木，此地如琼枝。
江南隔冬栽，二月已垂丝。
寒食尚大雪，群言当需时。
近闻官河边，僻生颇离离。
柴车堪便携，移当窗西陲。
既非汉南种，亦无雨雪诗。
恐伤河桥心，落阴甘迟迟。

户静

风暄户更静，日色澹窗光。
忘却身何在，惟知昼渐长。
焚香还寂寞，开卷任荒唐。
饥饱等闲事，嗤儿学稼忙。

卜隐

步平嫌杖累，蔬胜育脾强。

本自无期会，何曾少稻粱？
老依诗律惯，春守鬓毛苍。
卜隐宁劳筮，浮踪久遁荒。

清　明

（一）

边城不见柳，人说是清明。
此日新枫火，终年故国情。
荒塍看晓犊，江树听春莺。
客梦甘寥远，徒为令节惊。

（二）

去年当此日，困苦尚中华。
身历今何地，愁宁只忆家。
烟迷山有路，春到塞无花。
万里云台树，伤心五夜鸦[①]。

（三）

沈杜曾题句，悲哉客路春。
莺花犹恋洛，行李欲归秦。
谁似龙钟老？全家雁塞尘。
泪枯无可落，转笑昔时人。

---

① 原注："七年未扫先茔矣。"

试　扇

纨扇又春风，冲融称薄躬。
记曾尘敝笥，不敢恨苍穹。
取舍自然异，炎凉从古同。
衰年令眼惯，一物有初终。

奇楠香扇坠

奇楠香国伯，南海来不易。
辨族肤理微，宁惟生产异。
中土且崎岖，胡为至此地？
远携识畸情，孤存赖众弃。
冬蛰等龙蛇，养舍木鸡气。
和风自天来，氤缊互嘘吹。
佐我白羽麾，生我芝兰肆。
衰年对旧物，不独青毡贵。

昼　闲

边心不肯为春愁，昼永庭荒人倍幽。
偶尔成诗销日课，杳焉出户抵郊游。
冰消茶到砂壶旨，风软香从画箑留。
饭罢柴门谁仆仆？苍犍负种事西畴。

作书寄沈阳人，属其转寄关内

（一）

圣代私迁客，还嫌瘴疠非。
特开新玉塞，不是古金微。
寒燠无常候，星辰易改围。
渔阳尚回首，几度寄书违。

（二）

搁笔仍挥涕，同为失路人。
聊因近京国，或得傍情亲。
绝漠少飞雁，缄书似败鳞。
浮沉敢浪必，心是寄时真。

给官粮种子至

公田野困分春种，黔突荒烟饱暮飧。
不到千山十死地，谁知一勺九重恩。
雨过牛力宽砂碛，日落鸡栖闹瓦盆。
自务生余豺虎吻，官家犹似护残魂。

谷　　辰

举头天气好，今朝播谷辰。
穷荒无令旦，穑事重在春。
割豕表微诚，再拜酹田神。

初农如乍客，动作依比邻。
耕耨量深浅，菽麦随所陈。
侧闻山杏花，踞石生河滨。
石上可诛茅，河畔可垂纶。
老兴勃然起，柴车及时巾。

高 坐

违俗舒高坐，无人觉日长。
摊书看气象，数息凛斋庄。
蓬户何曾掩，空天若有香。
伛偻忘几命，弃置免循墙。

禊 日

不识祓何事，溪流空自清。
久甘同汨没，谁复问渊泓。
日似涵花气，春犹入鸟声。
翻嫌邀笛步，多事踏歌行。

风 昼

不是飘风数，居然戴日华。
栅鸡娇似鸟，瓶柳供如花。
忍眼宽书课，加餐习饭沙。
自伤踪迹异，未敢怪天涯。

将辟菜畦筑短墙障之

编席为门长不扃，短墙聊用障荒町。
飞蓬乱扑四山紫，种菜遥怜五月青。
播植后时期宿雨，畚锄入土拨残冰。
力衰胥靡难从队，莫向明王问梦醒。

谷雨后大雪，兼忆吴汉槎

二月十一日。

春雪不积地，连山高尺余。
阳回疑再冻，山田半已锄。
不知遐方土，寒燠性何如？
短墙才立版，堵峙泥复淤。
既虑早种谷，又恐迟种蔬。
人情奔原隰，阘道少行车。
屦迹静柴门，飞鸟不肯逾。
吴子日数过，三日隔城隅。

忽　雪

争说雪宜春，奢情到旅人。
除耕复何望？惟老更相亲。
土迹看膏润，檐冰识气钧。
自惭牛力弱，亦未后东邻。

种　　蔬

辍谷且种蔬，融雪尚栖土。
堂下三四畦，墙成可以圃。
呼牛驾短犁，妇孺惊争睹。
后时嘉种稀，艰难乞邻父。
艺广期廉收，行疏仗密补。
更记来时花，乱开飞红雨。
无名觅野根，间青栽宿莽。
敢觊盘中餐，且博眼前妩。
汉阴机久忘，青门蒂本苦。
聊用送晨昏，锄镰含太古。

三月十六，月上仅半轮，久而知其食

月上不闻令，惊亏既望轮。
占天宽外服，修政贳羁臣。
太史传应远，朝廷德自新。
春秋何数数，笔削亦劳神。

诏　　至

一骑走王言，丝纶贲北原。
禹汤迹合迈，史册美何繁？
君圣天当悔，刑尊世不冤。
载旸春已暮，告诫罢朝元。

饭　蔬

饭蔬犹分外，不敢不加餐。
性命亦何有，膏粱宁足欢？
山寒薇晚茁，毡落雪春残。
死岂尽关饿，荒哉白玉盘。

扫　径

何事不荒秽？门庭乃扫除。
莫言无好客，长自有柴车。
徐步客行杖，流清堪引渠。
当篱新植柳，雨过欲何如？

圃　成

人生无快境，意愿视所成。
顾兹堂下畦，自冬劳经营。
相形置埘桀，度势开柴荆。
春雪乃好我，新锄硗确平。
一径塍曲直，十堵墙峥嵘。
插柳塞圭窦，鸡豚不敢争。
觇土布种子，多寡费权衡。
自领赤脚蜂，提筐携瓶罂。
岂无丁壮男，趁雨下田耕。
萌甲未及兆，意中罗绿英。

拟结小茅亭，瓜时青蔓萦。
凌露审初沐，晞旸望渐荣。
循墙如长廊，举步记经声。
转笑灌园翁，逃人还畏名。

煮　茶

亲煎出茶味，手与舌相矜。
岂是物情异，难除我相能。
松风生画扇，蓬梗瀹春冰。
忽忆岩前火，旗枪试老僧。

柳　茁

旧柳才如烟，新柳苞已茁。
非关气候殊，情穷易成悦。
三月山不青，通城无寸蘖。
纤纤窗下枝，生意不我绝。
草木无平奇，希觏种即别。
幸非当户兰，不才免攀折。

燕子来

（一）

双燕从何至？乾坤元自宽。
谁教无地住，却向此中安。
岂亦关驱遣，空劳足羽翰。

只因怜远客，宛转伴栏干。

（二）

燕语即灵籁，悠然清客心。
双飞听睆睍，静坐忆高深。
是物含生意，何山非故林。
送春还几日，已有落花音。

晚　　步

荒城尽日无宾客，别院儿归送出门。
空里缕烟悬似带，望中篱落乱如村。
餐添粝饭甘炊晚，油湛残书破夜昏。
自笑端居拳曲甚，铿铿转爱杖头痕。

读孙旂家报，谢顾松交

娇孙书至不忍读，满纸云天父执情。
敢谓明庭能载半，已知此子属更生。
饰欢应博苍颜慰，恤后遑言黄卷声。
衰骨自惭无寸补，堪供千古结交名。

蔬　　茁

贱蔬原易茁，春过已逾时。
吐甲如落花，历乱青参差。
助长笑儿躁，拨根出土窥。

生遂无骤理，信宿掩柴篱。
移晨果异色，如弃良树师。
啅啅黄雀嘴，啄食还高飞。
自忻锄力薄，已足疗雀饥。

送　春

（一）

春归人不归，无计挽斜晖。
忘是愁相伴，惟余老共依。
燕如啼鴂语，雪当落花飞。
宁有芳菲恋，空劳客思违？

（二）

故园春亦去，岂不惜韶华。
芳草虽多怨，王孙尚有家。
几年随老大，万里滞天涯。
日月羁人恨，宁徒逝水嗟。

偶得野花种盆中，适调御贻我新酒，酌而酬之

春残才见花，花复无名草。
殷勤栽瓦盆，颜色强称好。
九十韶光愁病过，留春不住奈春何？
老眼入花花婆娑，细撷宁必繁枝柯。
矜红诧紫等珠玉，升堂颠倒花神辱。

古今何地非金谷，恰值邻家新酒熟。

立夏日步河滨

知春才去急寻春，料有遗踪在水滨。
乱石漱湍清带雪，平芜浥露浅如茵。
几山云影疑为马，三里柴篱不见人。
应是东风吹土润，短犁牛力晓来新。

闻　　雷

四月闻雷雷不惊，殷其犹带早春声。
神龙晚起沍冰蛰，燕子新泥旧垒成。
麦垅几朝应拆甲，蔬畦隔夕已敷英。
羁人何处农桑计，却向殊方较雨晴。

生日自寿

（一）

一年又不死，此日觉多生。
弃置已天外，浮沉若梦成。
灰心辞药物，何意眷蓬萍。
谷贵无劳辟，松乔命本轻。

（二）

龙蛇悲父祖，幸过又三年。
应用衰龄蹶，聊酬壮齿愆。

啬能留混沌，顽可比贞坚。
苟活无堪恋，逍遥且得天①。

（三）

中寿已多辱，期颐当若何？
封人太稠叠，老子正娑娑。
黍酿鹅儿酒，花衔燕子窠。
翻经还得句，笙鹤漫同歌。

（四）

焦沫亦奚有？重劳大造心。
随端已我克，微意欲谁寻。
前后身何属？人天果自深。
中华残甲子，相伴到如今。

（五）

骨瘦饭还健，眼昏书倍醒。
枯毫何亹亹，拄杖独亭亭。
瓶摘乱花紫，窗移野树青。
千秋魑魅地，今见老人星。

溪　上

闭户不知溪水高，篱根溅落似秋涛。
杖藜徐步日黯黯，乱石激流风滔滔。

① 原注："自先高祖而下，四世皆享年六十有二。"

远烧流莎铺浅濑，晚年随渡上轻舠。
却怜极目空原静，谁见飞花送伯劳？

闻孙云昙已娶妇喜寄示

汝已是婚时，离孑觉早期。
喜心惊作父，回首忆为儿。
荼蓼持门户，诗书审播菑。
含饴人长大，衰叟肯嫌衰。

邻家野花树

邻家花隔径，晓露独看来。
入夏几朝见，通城一树开。
无名矜艳异，闲出带香回。
未必色倾国，空劳妒草莱。

摘　　蔬

时蔬护初苗，不摘已堪食。
摘非为食谋，手种生矜色。
回看荒榛地，青青满沟洫。
卤莽愧锄犁，良惟后土德。
匕箸盐豉娇，入口还心恻。
种不异乡园，义可通黍稷。
素餐六十年，白头乃食力。

移郊外野花树植窗前

心爱隔林花，欲乞拙言辞。
纵步适原野，婀娜何多枝。
短锄载牛车，宿土带花移。
预审来年屋，开窗向所宜。
穷边雨露晏，盛夏如春时。
繁英扑几砚，临风颇未衰。
我亦无根株，配尔同栖迟。

三日三出郊

三日三出郊，罢老为花役。
枕上问饭牛，更仆易柴栅。
后载色青青，瞪目笑樵客。
指是斧斤余，累累将安适。
荒徼澹平芜，疏英点广漠。
尺五读书窗，种蔬剩墙隙。
岂有树木心，聊塞诛茅责。
荣枯敢预希，怡悦慰朝夕。
顾此菁葱枝，重迁商土脉。
虽无金谷资，庶免爨下厄。
武陵千树桃，当亦岁月积。
衰年赊花期，羁栖忘顺逆。

雨　凉

细雨休疑五月凉，新移树正怯骄阳。
轻阴乱拥无名绿，残帙微生有字香。
稚子湿驱逋犊壮，老妻亲摘脆蔬长。
贫厨麦饭添荒饱，不向饥乌问稻粱。

古山咏怀，兼寄沈阳诸子一百韵[①]

卜地疑无土，依天幸有方。
舆图遗典籍，造物费阴阳。
九野何占次？三台犹堕光。
居聊营窟穴，险匪恃垣墙。
草昧江河下，迢遥斗柄旁。
乍经惊杳冥，久处习寻常。
种族迷蛮貊，流传舛汉唐。
旌旗分八部，令甲省三章。
译乱侏㑩舌，人随鸟兽行。
巾车披筚路，鸣镝落云冈。
鬼剩饥鹰肉，乌从牧马疮。
田畴根性命，耒耜重刀枪。
习战食惟力，长征获我疆。
四时恒作雪，五月尚飞霜。
岁计看荑稗，农书漏稻粮。

① 编者按：本诗实为九十八韵。

家长矜斗勺，口不厌糟糠。
测景斜圭窦，偻形俯木桁。
金城栽栅壮，风屋卷茅忙。
列骑川原旷，双鬟门户当。
高烟冲谷雾，矮突炙泥床。
何处留风俗？无因问否臧。
古今余混沌，夷夏等苍茫。
有客老循运，临危蹇遁荒。
咎深知谴薄，途远戴恩长。
春发秋才至，徒痡马不良。
半肩凌淖滑，一榻敌风刚。
穿径空颓宇，编蓬倾敝装。
难称容膝坐，强作读书堂。
米困堆图史，经筹署药房。
积愆悲宿劫，永愿事空王。
破灶松毚火，低檐石臼香。
雨花风谡谡，月面夜琅琅。
舍利同心供，菩提到处场。
敢言筊鹫鹭，不解入豺狼。
磬定声偏越，幡休影自扬。
琉璃元摄世，迦叶亦离乡。
木槵中宵静，牙签随意扬。
清音箴俗耳，梵吻逗吟肠。
衰乏惊人句，谁推作手强。
群儿同律咏，小友析题商。
痦寐夔州叟，师资辋水庄。
风追四始义，粉褪六朝妆。

自分江淹笔，惭携李贺囊。
联翩成白社，唱和只青缃。
岂是歌为泣，非关老更狂。
生平无胜技，率尔任徜徉。
拙抱甘孤陋，飞英谢众芳。
沓焉酬日月，誓不念行藏。
梦幻鼠牵穴，游穷虱困裆。
微躯同泡影，脆骨阅桑沧。
濒死身嫌在，偷生魄已亡。
久拼随萎叶，何意恋明珰。
血肉缠铅椠，头颅羞剑芒。
之无豚犬累，文字蠹鱼殃。
但识传经癖，宁知厝火张。
万端归白发，几度付黄粱。
回首辞京洛，忘情赴沅湘。
年过休赋鹏，俗混漫看羊。
汩汩沦蒲柳，硁硁守桂姜。
峣田官给种，羸牸雨犁秧①。
卤莽开塍洫，方苞冀秀稂。
炎歊能执热，卒岁便陵仓。
堂下畦依席，篱根水渍塘。
乱栽商苣苋，及熟觊瓜瓤。
粝饭加匙进，新蔬带露尝。
粒余施瓦鹊，网贵贯河鲂。
惟俭能常供，虽耆不异粻。

① 编者按：“峣田”，当作“硗田”。

巡除闲鼓腹，觅伴或褰裳。
行野搴芳杜，缘阶植野棠。
浓阴绿自得，长昼艳堪将。
我自赊卿法，人徒怪彼苍。
名空劳魍魉，种莫辨鸱凰。
云树怀时惄，关河路实妨。
同罹分近远，异息共凄惶。
玄菟睽明月，句龙涌巨浪。
黑头黄阁宰，赤管紫薇郎。
司马门谁叩，非熊弓早伤。
张凭船错落，刘向火辉煌。
台冷花骢柏，亭悲大鸟杨。
壶中芝草碧，斗下鹤衣黄。
临济还高座，尸罗倏北邙。
别离思往昔，生死一彭殇。
书就稀飞雁，言讹惕沸螗。
弃捐那足道，绸结未能忘。
沈宋当年彦，交欢各异航。
至今诗宛转，如见色悲凉。
河广槎侵汉，途歧泪积眶。
才名嗟不及，踪迹欲相望。
弃物甘明圣，残边乐小康。
鱼赪欣脱饵，骥病怯思缰。
睥睨临窗儿，伊吾对屋梁。
骋迷车躄躄，饥忍泌洋洋。
稽古轻兴败，伤时罢颉颃。
只从经鼓吹，不听鸟笙簧。

悔晚知居易，安贫即履祥。
风来敷广陌，日出盼扶桑。
鸡树耽栖羽，牛溪耻钓璜。
涛声吹北枕，土室已羲皇。

鸡　雏

鸡雏新离鷇，全身大如果。
曾见画图中，葳蕤牡丹朵。
初移窗前花，瓣落毛衣裹。
旁有襁褓儿，欲攫足还跛。
乳豕不负途，踯躅殊婀娜。
家人尽破颜，衰颐亦觉可。
何徜久绝荤，蔬甲松厨火①。
畜此将安为？共祝孳息夥。
多生纠结缘，自笑羁情颇。

书亨咸读书几上

乌皮几子荒林木，物以人灵视所属。
称诗作画更临池，敢言三绝希高躅。
中宵贝叶字琅琅，近复栖神猎老庄。
清音鹫岭莲花白，皓月缑峰鹤羽黄。
聪明当骋亦当止，古光湛湛澄于水。
冥对堪穷作者心，龟龙乱扑光明纸。

① 编者按：“徜”，当即“肻”（即“胔”）字。

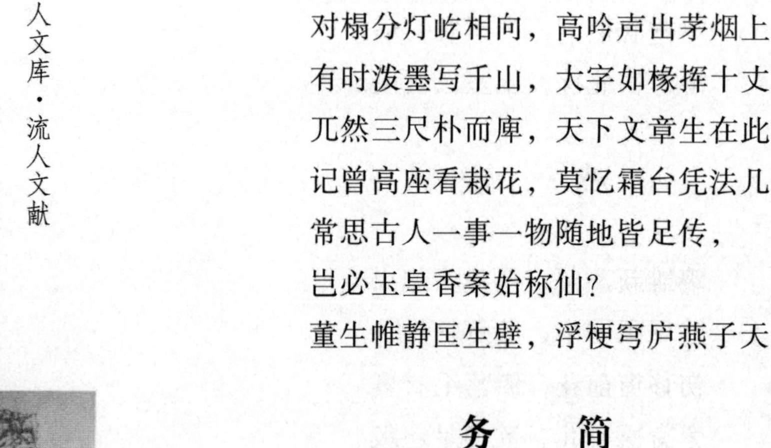

白发老翁傲且愚，穷通春夏一床书。
传经不道青毡误，惜晷宁教紫塞疏。
对榻分灯屹相向，高吟声出茅烟上。
有时泼墨写千山，大字如椽挥十丈。
兀然三尺朴而庳，天下文章生在此。
记曾高座看栽花，莫忆霜台凭法几。
常思古人一事一物随地皆足传，
岂必玉皇香案始称仙？
董生帷静匡生壁，浮梗穹庐燕子天。

务　简

野花瓶水亦开谢，五月阴晴犹似春。
几席即成行乐地，诗篇不怪老年人。
诛茅计拙赊秋获，锄菜工稀后比邻。
镇日杜门群务简，半安吾懒半安贫。

过儿标屋

偶作诗书其几上，招汉槎来观。

别院儿居时过讯，晴窗坐久雨冥冥。
栖鸡树隐篱根绿，牧马山归枕上青。
棐几墨酣留句老，蓍筒香静识经灵。
隔墙求仲招寻惯，踏湿应来户莫扃。

郊　行

（一）

秣马视天宇，言适我田畴。
田畴乃属我，踪迹何其浮。
儿耕已逾月，禾苗一以抽。
藉兹揽时芳，庶足豁心眸。
中路登高台，巨石吞长流。
此地所由名，俯瞷千家幽。
兀居徂冬春，才为三里游。

（二）

群山环一水，分流争参差。
回抱即成村，耦处不相知。
儿童喜客来，牵马问所之？
溪深路多泥，指点山西陲。

（三）

双犁破坚荒，馌食依丛薄。
昨日城中人，负薪还苦作。
羸牛恋青迟，汗与石俱落。
审彼谋生心，犹知有生乐。
况我已暮年，躬未亲耕获。
何为出入愁，蹙蹙心力弱。

（四）

麦长草争茂，田家争锄忙。

妇子尽在野，计日戒其荒。
聿彼群雏雉，猎草腾高冈。
小儿拍空手，仰面驰日光。
怪来弓矢地，还容此物翔。

（五）

敝庐隔河是，野老候河边。
麦饭且下马，暂憩徐呼船。
芃芃无殊畴，何方为我田。
田夫指引忙，巡塍履屐穿。
菽豆杂所陈，随意便成阡。
踏溪爱石壁，颓然树下眠。
黄鹂何处声，惊将野梦还。

（六）

老媪托田邻，邀我尝浊酒。
赤日烦襟暍，悠然正适口。
自云知客来，床头蓄已久。
脱网银鲫圆，朝雾剪短韭。
莫嫌归渡迟，小船傍篱柳。

（七）

斜日衔野渡，景落前山徐。
痞马指浮云，为我留斯须。
一望瞩十里，川原返照铺。
鳞次象帷幕，当是何人居？
缕烟认晚炊，中有客子庐。

客子胡庐此，华屋久丘墟。
浮生信所归，扬鞭任踟蹰。

摘花入瓶

瓶花已狼藉，出必带花还。
岂是爪指贵，良惟攀折闲。
枝头留绿雨，几上过青山。
来往本无度，柴门晚不关。

游东京先一日柬汉槎

久有东京约，非关浪出游。
知君能吊古，此地是神州。
穷迹思先哲，孤怀赖胜俦。
踏泥须借马，山色雨堪留。

放　马　行

缚马苦马饥，放马苦马逸，
缚而放之马情适。
牧场草短不受拉，官田苗长防践踏。
马腹虽饱足拘挛，谁云骋步得人怜。
既从羁靮难辞辱，骅骝自古盐车哭。
即令物色仗前荣，一鸣辄斥何所成？
马兮马兮，
念尔识途存尔老，犹胜沙场膏腐草。

游东京旧址

荒烟平断七十里，郁葱楼阁云中起。
心知村落无此观，云是前王故宫址。
马近万象渐虚无，触眼颓墙长荆杞。
冲城车轨滑于脂，崩桥留垛横流水。
天街荡漾接龙楼，右垣左个分明里。
明堂居然南面存，阶墀陛墄纷堪指。
寝殿回廊领六宫，瓦破鸳鸯疑堕珥。
平台柱础布棋明，野杏花残新结子。
金刹忽开南市陌，毗卢百尺嶙峋碧。
莲花刀削太华峰，想像庄严如满月。
石塔玲珑八面库，金茎孤峙天山雪。
万井周遭车马痕，青苔细蚀璃琉屑。
钟鼓依稀昼漏闻，狐狸睡处鹓鸾列。
宏模不让涧瀍雄，匪同草昧蜗牛穴。
惟余闾阖缺炎方，似避当阳守臣节。
不然事事等帝王，方隅割据那能测。
步步披寻步步真，遍地榛芜无字碣。
吁嗟乎！
今古兴亡原等闲，闻见虽湮犹史册。
如斯宫阙属何人？稗野差讹文献绝。
岩关一线断梯航，金亡粟死摧盐铁。
凭谁云构谁星罗？六丁缩手公输拙。
朝鲜疆宇本荒唐，指画金元亦渺茫。
乌禄分封曾辟土，东京或恐是临潢。

此中大抵乐浪地，洪范千年寡记忆。
土人掘得正隆钱，揣摩难合当年事。
讹呼慕容为贺龙，阿房更始多茫昧。
书生耳目何内外？信其所传置所怪。
豺虎有口不能言，青竹几曾蝌蚪在。
六合奇离何不可，洪蒙益见乾坤大。
吁嗟乎！
楚殿秦宫尽野蒿，弹丸何处问前朝？
莫悲万古无人境，多少英雄向此消。

五　日

湘鬼当年怨骨寒，谁教末俗转为欢？
只今万里孤臣泪，洒向千秋五日看。
柳叶旌旗空蓟北，沙棠箫鼓自江干。
茅檐白水菖蒲泛，醒醉无劳问佩兰。

移得野芍药，花开盈砌

（一）

烂漫秦淮养鸭阑，丰台芍药马头看。
何如牛载柴车满，老眼摩娑应接难。

（二）

宜晴麦秀好锄田，芍药新移带雨妍。
半霁半阴人意惬，黄梅翻作养花天。

偶　成

对花读易意悠然，图画何如草木先。
莫问东风消息好，中边原不在山川。

雨

是日夏至。

不知雨意积，晚色静柴门。
时燠忘忻倦，昨宵月魄昏。
瓜苗长当移，带湿连土痕。
童儿少蓑笠，携锄避篱根。
殷雷响不大，溪声助之喧。
灵辰协阴生，树谷应滋蕃。
复恐芃芃麦，吐穗爱朝暄。
颠倒阴晴心，安得老农言？

雨余巡圃

（一）

菜肥喜园广，菜荒嫌园宽。
不及邻家畦，反复急盘餐。
儿孱锄力躁，一暴还十寒。
老夫闲行乐，束手愁雨干。
培菜苦不长，芟草苦不残。
我心自爱憎，遇物何由叹！

（二）

野花开郊陌，移根畏骄阳。
仰看浮云翳，已觉长镵忙。
宿土远还落，附丽惜荆筐。
凝露照夜深，枕上问朝光。
搴揽劳目力，聊欲代篇章。

（三）

园蔬本多族，种艺各有时。
秋迟春复早，朱明惟良期。
霭霭冬瓮青，畏日成我私。
度尺布种少，种多翻苗稀。
嘉生挺独秀，不受苋苣欺。
惭愧白玉盘，容易霜前枝。

锄　瓜

瓜蕃宁计食，聊慰种瓜心。
老眼乡关异，微生草木深。
偶然同造化，杳尔更晴阴。
转笑青门地，端居易陆沉。

朝　圃

（一）

积雨爱日出，入圃肆微勤。

老罢安足裨，薄锄聊乐云。
伛偻忘我劳，童子懒亦欣。
荒治苗自良，深绿生浅耘。
怪来长读易，消长于焉分。

（二）

邻叟新治圃，乞我圃中瓜。
瓜种乞自邻，好还无争差。
惭愧锄力薄，事事后邻家。
复堪供邻乞，蹇偃何深嗟。
草木有定分，人心空廉赊。

儿亨、章随同学诸子斋心礼斗，喜而赋之

（一）

似有罡风至，冷然香一林。
屋离鸡犬色，人抱圣贤心。
行苦昭慈近，天高答愿深。
今朝王子晋，应向别峰寻。

（二）

虞猎千年地，清斋众志归。
神仙宁易致，性命合知几。
坛过青莲雨，灯明绿萼衣。
寥寥笙鹤响，只在读书帏。

偶简得旧帐子，上有甲午五月八日长安记，儿亨作画，老夫题以诗，慨而作此

（一）

开箱惊旧帐，诗画七年前。
岁月真同梦，山川忘几迁。
人生无驻景，此物亦穷边。
双眼醒犹昨，高眠懒问天。

（二）

旧诗甘散佚，睹此忽心伤。
微物堪栖托，重吟抵健忘。
莫矜风格老，空对地天荒。
客梦随残字，牵人到故乡。

（三）

何处巅崖屋，分明家畔山。
画时已旅旷，此日更间关。
塞雨添溪色，边风映月颜。
丹青无近远，高枕水云间。

问　农

雨晴事寻常，关心劳田畴。
田夫入城来，干溢询所由。

岂独获我畦，惟冀敷天收。
我畦获亦隘，我饥老易瘳。
穷边乐大有，不独中土愁。
倘复较歉丰，衿肘公私忧。
侧闻十日麦，高已出人头。
更祝霜信迟，菽豆方优游。

儿育、儿膏至

（一）

是亦名团聚，何如离别愁。
周详劳圣泽，踪迹岂人谋。
勿问稻粱计，聊纾道路忧。
夜阑休秉烛，留梦守江楼。

（二）

年老愁难受，愁多转恨年。
心灰忍再拨，巢破敢求全。
久是意中事，休从乱始传。
强将澹漠语，欢笑断肠天。

（三）

家山经丧乱，亲故几存亡。
自觉百罹易，遂令万事常。
此生因累重，太上学情忘。
转怪闲时梦，劳劳桑梓乡。

（四）

寄书宁不感，徒乱读时心。
家破转多信，天高谁好音。
即今甘悯默，自古有浮沉。
冷眼置高阁，情知抵万金。

（五）

诗篇老不废，稚子亦能吟。
岂是惊人句，难为痛哭心。
青毡宁祸始，白发得知音。
险阻推敲细，年华较力深。

（六）

只作予孤遣，群雏恨莫随。
艰难出塞计，竭蹶过庭时。
异土贫厨饭，衰年和韵诗。
人生麋鹿聚，碌碌复怡怡。

寄张婿浚之

（一）

不独门楣重，根枝等属离。
自伤老失路，益觉女胜儿。
急难风波易，间关岁月驰。
书来疑觌面，忘是别何时。

（二）

敢怪公车晏，徒嗟塞马忙。
春风阻一别，夜雨泪千行。
世棘文应贱，珠危渊合藏。
南宫今日罢，羽翮不云伤①。

（三）

渍血浮书面，淋漓弱息情。
老夫开忍视，而母痛无声。
谁识皇天眼，空劳抢地诚。
悔教曾读史，动口说缇萦②。

（四）

臣罪胜乔固，宽恩感法轻。
娇孙如李燮，半子即王成。
善后何长策？从前信积诚。
茫茫理数外，犹自说平生。

得水厓四兄手书

（一）

闻说我兄在，先教百虑轻。
把书手尚战，笑眼泪长倾。

---

① 原注："浚之己亥下第。"
② 原注："仲女刺血作书。"

贫病意中见，形容梦里明。
衰龄惭小弟，两地保余生。

（二）

跪读语何壮，平生傲骨同。
情浮尺素外，痛甚不言中。
祸乱天伦苦，艰贞道眼空。
披吟忘寝食，百变几曾穷。

（三）

别尚不能别，遑言会面期。
风摧鸿雁老，难到鹡鸰奇。
何处水厓屋？昨年华祝时①。
黄云回首尽，仿佛大江湄。

（四）

望断云台墓，通天罪莫伸。
松楸谁听雨，棠棣正留春。
只作未生我，还多启后人。
江船知不远，时问秣陵津。

凿　井

秋蔬卷秋焦，凿井欲代雨。
近河地多沙，轻锹不尽土。

① 原注："兄以去年七十。"

甃穷木作石，皂枥割供斧。
烈日照泉寒，短汲充深釜。
不知何处青？蓊然来野圃。
久识得丧无，敢将新旧数。
常读鱼复诗，宽忧怪杜甫。
今我更艰难，一滴甘如乳。

食新麦

来牟争秋熟，微雨早登场。
奚奴驾犊车，轻斋矜先尝。
告我黄稗色，芃芃田畴黄。
羸饿本意中，薄撷过所望。
公然荐我新，俎豆充馨香。
亦复召亲故，笑语盈茅堂。
租税六十年，坐食忽仓箱。
今始辨菽麦，宁不感穹苍。

煮豆

煮豆不掷箕，珍重手所植。
邻家昨朝贻，比量青青色。
邻豆岂不硕，终饱邻家德。
何如今日餐，全家齐食力。
稗谷尚在田，待时冀岐嶷。
隔宵雷里冰，幸贳前山黑。
举箸不敢余，天心怜鸡肋。

剥　菱

童子牧牛归，野菱提荆筐。
不怪菱多刺，所欣溪水凉。
贵粟不贵果，殊俗田家忙。
薄采悦老颐，亦见孩心良。
剥食呼长幼，次第遍分尝。
惭愧江南时，红裙歇芳塘。

野草能花

菉葹亦能花，傲然待秋霜。
一日不凋零，根荄颇自良。
及乎同委落，万类尽销亡。
兰蕙岂不茂，谁得长芬芳。
因思松柏林，日月饱千章。
牧儿钊其皮，腐蠹尘高冈。
造物无贵贱，生灭何低昂。
培覆论徒凿，真宰空茫茫。

育盛买得读书儿请诗

即次尚未安，先买读书儿。
谈汝途中诗，知未荒经史。
秋清场圃毕，高山多杞梓。
斧斤视厥力，构屋甘陋痹。

蔬园霜欲涤，西偏足容趾。
读诵三冬余，树艺明年始。
我来行李艰，残篇杂泥滓。
合汝今所携，分披颇不鄙。
重复翻九经，繁郁逮诸子。
问字老夫堪，师友柴门里。
高吟鸟兽群，是亦伊洛里。

书膏茂读书几上

人生读书不能及古人有两故，
功名妻子更端纷出萦挠以相误。
圣贤岂作青紫媒，室家洵是诗书蠹！
而汝今日鸡肋既为天所断，
呱呱之儿既随糟糠之妇远隔江以畔，
即欲百计累汝安能累？
端居饱食穷荒地，倘不读书更何事？
高秋茅屋天如水，荒鸡声静乌皮几。
侧身不知世代谁，
悠然揖让羲皇，寤寐孔孟，攀提屈宋，
河洛阐先天，珠玑飘奕代，
而忘栖迟于侏[illegible]魑魅之边鄙。
俯视逐蝇吓鼠，拖金曳玉，
惴惴焉莫必旦夕之命。
左顾娇冶，右挽襁褓，
忍谪北门，骄语东郭，奚啻径庭乎百千万里。
吁嗟乎！开卷即精深，

一义深一心，万卷万义归一义。
但一澄怀静探，早已入其窔而穷其扃。
吁嗟乎！
自叹束发至白发，蠹鱼空老文章窟。
及今一帙不敢闲，父子兄弟相与编磨砥砺，
以送毡裘蘧庐之岁月。

过沙岭看莲花

（一）

青蒿路尽处，花叶蔽秋川。
岂料今生眼，还看此地莲。
种经谁手植，名自几时传？
苍莽疑身世，高江曲岸边。

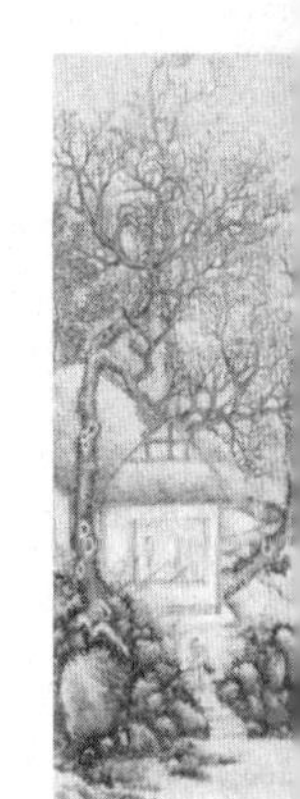

（二）

花亦惊人至，无端物色奇。
自从沦绝域，宁复冀相知。
采择固所愿，离披安可悲？
误生甘失地，怪尔共羁迟。

（三）

榼草藉为幕，风来水上堤。
鱼过知浪细，鹳起与云齐。
酒砚欺瓜脆，菱根压艇低①。

① 原注："食瓜甚甘，以（廓）〔?〕注酒。"

深芦人不见，似有棹歌迷。

（四）

尝闻花异种，生产必殊方。
安见此邦土，独非莲故乡。
关山空眼变，草木莫心伤。
千古苏台下，荒泾吊夕阳。

鱼　梁　词

鱼梁浅，鱼尾剪。鱼梁深，鱼眼腥。
梁无心，鱼自婴。鱼无命，梁已定。
噫！朝餐瓦盆脂切玉，鱼不能言悔失足。

驴　背

蹇驴破笠翁，曾见图画里。
孤影映斜阳，形似差堪拟。
晚炊茅屋青，返照前山紫。
鱼梁溜潺潺，砂石杂相齿。
牛车散不巾，莲花共莲子。
弥漫辋川庄，纷杳桃源里。
自顾转翛然，龙钟忘老鄙。

采　菱　歌

无心持竿菱角多，有心拏船菱角少。

菱船岂不盈，人心奢难饱。
君不见，
黄雀得粟啄且飞，吞象之蛇长苦饥。

煮　麦

煮麦堪作麋，剥豆亦成豉。
瓜茄荒未锄，朝园如市肆。
举家大半斋，不斋亦蔬食。
亲朋偶然饭，无复宾主义。
中厨随所供，不辞亦不愧。
自食还食人，生理惭惶遂。

秋　暄

微雨澹秋阴，余暄心转欢。
情知天心厚，将霜必先寒。
昨年记此日，举目百卉残。
土人惊鹿声，屈指场圃完。
田瘠牛力薄，竭蹶供朝餐。
在田还在眼，持箸意盘桓①。

寒

虽经八月冷，尚贳昨年霜。

① 原注："老农云：鹿鸣十八日，天乃霜。"

窗剩花悬树，郊留黍在场。
鹿声劳晷影，雁阵乱云行。
摇落本无分，北风何事伤。

夜　阑

客久不惊寒，凄风吹夜阑。
忧来知有处，路失事无端。
牛马声何壮，鹪鹩枝未安。
梦非醒岂是，天地古今宽。

霜　色

天心不可恃，霜色已盈空。
拙矣衣裳计，危哉稼穑功。
年丰贫肘露，务简旅情穷。
谁似南征雁，无家任北风。

页　子　行

樗蒲变局化为纸，朱者是卢缥者雉。
抡筹数自洛书来，图形别象争堪指。
黄巾青犊本纷纭，咄咄梁山乃冠军。
英雄斗战有时尽，却向稗官循见闻。
机心入微成小道，作者苦衷近于盗。
传说宣和钤印红，封么欲袭开元号。
画耦成三的则一，争奇觅偶齐奔逸。

射阉忽发汉宫春，满座喧呼颜色失。
吁嗟乎！
杜甫长安客舍间，刘毅家贫儋石难。
穷边荒饱更何事？谈笑双丸一握间。
胜固欣然败亦喜，登坛逐幕同流水。
君不见，
筹稀客散白几空，今古兴亡尽如此。

八　哀　诗

尝谓少陵《八哀诗》，为他人作传，非性情语。论者乃比之风雅，偶尔效颦，殊失本色。近人诗篇中，多有《七歌》。予笑其本无七，而因公遂故七之。予今日得毋亦因公而故八之耶？衰息边荒，生不如死，交游凋丧，动辄兴思，不尽于八，而且八之矣！

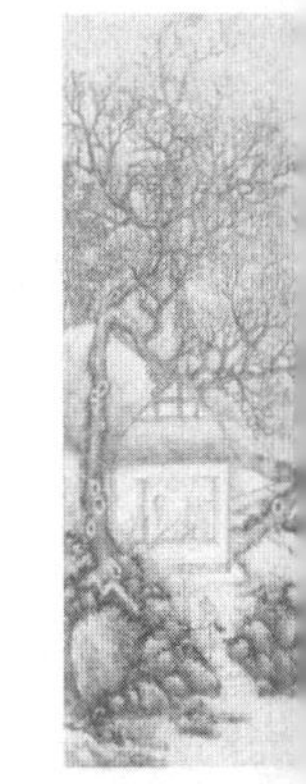

相国史公可法

史公拨乱姿，良将称忠臣。
躯干三尺小，老气废千人。
学术起廉吏，心可贯晨辰。
皖口一小郡，寇狡而民贫。
公时统疲旅，历险不顾身。
莝豆喂战士，敝席眠衰亲。
折冲未必武，摘伏颇如神①。
御众寡卓识，立己能苦辛。

① 编者按："摘伏"，当作"擿伏"。

从此声名大，江汉咸推轮。
授钺清淮上，千艘歌阳春。
管枢丰镐重，适构天步屯。
仓皇近代邸，壁垒安能新。
划河乃作边，置公荒河滨。
四将号虓虎，公如弱草尘。
中朝复构党，戈戟遍簪绅。
北来问罪书，义严无可陈。
维扬经月火，圭窦无活民。
骷髅啸夜月，徒跣卧草茵。
但记城守处，不见骨嶙峋。
又传马上走，蹩躠野渡津。
羽书报公死，闻见无一真。
公死我则信，人言讹且频。
前年妄男子，揭竿聚城闉。
面目无一肖，徒劳母妻嗔。
遂令数千卒，化作江干磷。
以此卜民心，系恋良有因。
至今枞阳岸，香火祠昏晨。
我过必再拜，痛哭呼苍旻。

少司马刘公之纶

刘公生峨嵋，强壮方弹冠。
蜀人多习兵，公独穷其端。
追随承明班，时论尊柔翰。
公偏话长刀，冰衙暖不寒。
大师压近都，天子不能餐。

侧闻腐儒队，有人长据鞍。
废食连骑召，相见泪阑干。
借箸画地灰，韬钤如转丸。
貂珰咋舌听，公卿瞪眼看。
推挽同心友，说论翻波澜。
时有大言僧，睥睨羞千官。
能使鬼神卒，徒手摧楼兰。
盈庭沸转静，宫日移雕阑。
倦抱天子脚，偃蹇卧金銮。
登时赐大纛，巍巍上将坛。
卢沟师既败，匹马出长安。
孤城声援绝，大雪弓刀残。
一箭贯颅骨，遑论身上瘢。
老母抚尸哭，开眼喷血丹。
剪鏃复剪翎，中段不得剜。
官促家弥贫，孤榇路辛酸。
有弟坐仇死，国法何常宽。
婺衰无子养，存亡消息难。
记昔把臂时，期许托心肝。
蜀云万里余，举头只长叹。

相国马公士英

贵阳有相国，伟哉中原英。
卓荦多才艺，快意在论兵。
开府罹咎殃，荷戈来江城。
侘傺劳俯仰，谈笑许与轻。
夹袋觅颇剪，下车询子荆。

寇盗逼陵寝，凿门膺专征。
胥靡受八座，慷慨神不惊。
猰貐宁遽除，亦见鲸波平。
太丘诛叛井，功成囊橐清。
国破四镇在，神器赖军营。
定策逢机会，峨峨冠上卿。
政府兼中枢，国朝无此荣。
公实御将才，谁令居台衡。
胸本无水火，恩仇徇人情。
叱咤羽毛长，嚄唶疮痍成。
自然膻可附，谁言器易盈。
湖阴妖孽起，遂成反侧名。
武昌方操戈，维扬已偃旌。
海航无帝咼，榇璧即秦婴。
生常擅青鸟，逢山必卜茔。
死无坟可葬，谁闻野哭声。
母老不能养，登堂涕泗横。
摄提同甲子，后死惭平生。

司马阮公大铖

盛唐萦华胄，司马挺英姿。
生为中丞孙，胎骨荣朊资。
见闻当世务，指画已列眉。
十八登贤书，争夸麒麟儿。
公车蹶埋头，读书摘古词。
蕊榜只寻常，骈言惊主司。
尔时洛蜀盛，公乃两存之。

上书气凌云，顾厨拜前旗。
同里结宗盟，胶漆难渝兹。
宵人忽构隙，馀耳遂参差。
杯酒成山岳，抽簪增群疑。
珰焰适借手，杀人如芟荑。
杀者公所憎，百口安能辞？
沉痼十七年，沦渊无睍期。
黄巾遍故国，移家清江湄。
狂生榜都市，姓字罹魅魑。
骨肉甘雀罗，望门不敢窥。
昏夜或偶过，白昼众则嗤。
散金结才士，弹冠即乖离。
予时共诗酒，同辈指狂痴。
天崩洛龙飞，台司变所为。
公借党名起，亦如珰借时。
便殿召见数，赐衮压手垂。
代狩阅江兵，洛阳苏季归。
长吏拥浪迎，亲朋伏牛椎。
昔日榜名士，舐吮马前驰。
炎鼎不再立，牛渚沦军麾。
会稽王师偃，孟明人共知。
荐牍墨未干，黄垆掩旅帷。
存孤怜宅相，若敖犹不饥。
孝友反绝胤，意气空淋漓。
寂寂祖堂路，谁咏咏怀诗？

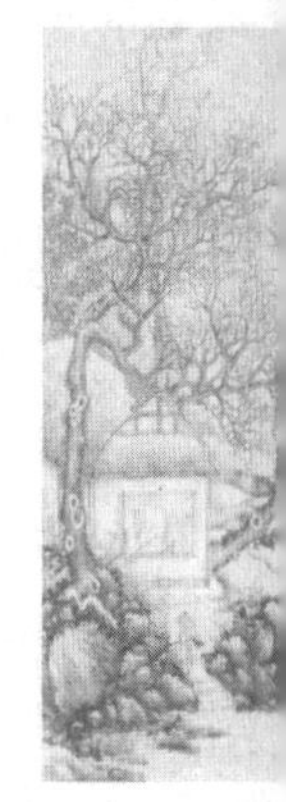

家中丞公震孺

吾兄淮南秀，江东无此雄。

峨峨八公山，点笔争铦锋。
生逢万历季，南北部成风。
青蒲捷终南，一斥荣三公。
兄曾无推挽，毅然决所宗。
披疏长老惊，坛坫钦元戎。
甘为异已嫉，刀斧堪心胸。
千指无疾死，借端惟辽东。
豸冠统貔貅，厥事安能终。
江夏本人杰，群小诬元凶。
指兄为党逆，累绁婴而躬。
爰书无生理，五年北寺钟。
残冬必锁项，髑髅过眼红。
锁什魂未归，长夜阴蒙蒙。
珰败祸方解，角巾还山中。
功高名不策，乔固心忡忡。
白门控吴越，枢要声气通。
朝端大举措，谈笑时折衷。
文字本华赡，歌舞亦从容。
曾买梅花女，莺燕娇房栊。
有时事法王，心印参虚空。
晚年获节钺，旅榇归崆峒。
爱妾奉遗命，歌些伊蒲供。
一抔牛首土，风雨狐狸封。
恰对大阮冢，童童一样松。

度支郎蒋公臣

子卿一布衣，雄名弥天壤。

八岁试诸生，为文已泱漭。
长老颜色丧，有子不愿养。
知公有文母，床头弄珠掌。
乡塾未游时，经书早成响。
英姿复过人，披图穷象罔。
十八衿才青，落笔争幺赏。
场屋竟如仇，俯首凡九上。
晚年膺荐剡，鹊起欣吾党。
上书骂丞相，拂衣披宿莽。
落拓侯王间，不庳亦不仰。
记室陋孙荆，筹时效袁盎。
俯眼卑牧吏，抗志冀卿长。
著书数千言，词强理不枉。
细旃有司农，逢人询忠谠。
予言公异宝，堪用天子享。
长安客舍穷，高眠雪三丈。
鸣趋访侯生，踞床声朗朗。
名闻召平台，国用方抢攘。
会子楮所为，国初曾敌镪。
英主破格俞，断独谋宁广。
内帑十万金，速畀中使往。
桑皮雪白干，朱印明霞晃。
授尔含香郎，何须黄金榜。
大仓尚未纾，群言吠浩荡。
公少禀遐躅，不挂温饱想。
堂有白头亲，饥寒颇怏怏。
以是层云标，难禁狺狺吭。

萋菲隙未成，桑田已波荡。
未扳鼎湖髯，且稽空王颡。
妻肉累无穷，何周未足仿。
飘泊泛江淮，忧来空惝恍。
日夕共盘餐，无病而神怆。
从容长干寺，童子奔呼抢。
云已僵无声，趋呼目犹睆。
我殡愧范张，至今怀荒惘。
身厄埋文章，聪明灭灵爽。
我交天下士，如公才无两。
衰穷梦犹频，屋梁时想像。

相国陈公名夏

陈公有名癖，结发交游场。
獭上寡耆硕，吴越相颉颃。
制义一小道，奥窔尊瞿王。
公时苦步趋，析义劳微商。
攀提走少年，奔附斗身强。
既挺七尺躯，佐以舌苏张。
浮沉二十载，人知陈溧阳。
出果冠南宫，群情艳相望。
予时厕锁闱，赞许亦堪将。
天变召对急，谈论钦昂藏。
涕泣授都谏，虞渊旋汨光①。
江南党祸寻，池林名士殃。

① 编者按：“汨”，当作“汩”。

渡海棹复返，只身归岩廊。
开国重科名，公则恃文章。
犹然八俊籍，忘是三公堂。
元勋结奥援，依稀百度康。
稽古本夙昔，开口曰归唐。
群小象意旨，附焰而褰裳。
默存狐兔悲，未免鹓雏伤。
所以祸枢深，同声沸以簧。
介休痴御史，构血成玄黄。
九天咳唾微，两观诛神羊。
屈指仅逾期，为公梦黄粱。
此地御史死，今朝丞相亡。
人言天好还，我则摧中肠。
手滑祸未艾，江河正汤汤。
早知有今日，谁言公独戕。
令子悲同逐，近地犹倘佯。
望望夕阳亭，时有大鸟翔。

冢宰王公永吉

王公人中杰，修髯戳双肩。
作令钱塘时，鬖而美少年。
蹭蹬入度支，逡巡趾未前。
东南竹箭盛，声气推挽先。
备兵通津口，倏腾骐骥鞭。
三月授牙纛，齐鲁声赫然。
取次督岩关，师丧身独全。
予时狼狈走，知公步迍邅。

还家欲航海，死灰难再燃。
起为兴朝臣，抗疏复归田。
再命佐大农，三命典戎旃。
时当丞相诛，天怒如烈烟。
争唾尚书面，公髯奋向天。
意则白臣冤，词与天意宣。
帝曰此髯壮，颜色为之捐。
刹那拜中书，气盛复典铨。
论事必慷慨，声直旨则圆。
满俞汉不拂，佥称吏部贤。
犹子歌鹿鸣，屐齿折谢玄。
过我喜溢颊，诵其场屋篇。
闱狱命公典，台司坐群毡。
公独叱咤呼，周内以株连。
岂云鹰鹯击，正是鼠器怜。
谁知三字狱，无端相沿缘。
鹡难苦急原，龙怒测深渊。
一病已不起，参术空缠绵。
三公不骑马，公独好鞍鞯。
醉卧拥姬媵，一饮常十千。
坦腹示人壮，自言可希仙。
信哉忧伤人，阴阳犹后焉。
天子悯公死，温纶贲重泉。
知公在天灵，存亡赖机权。
洋洋淮水流，哀声如悲弦。
招魂不能哭，一息伤穷边。

闻李吉津宫詹奉诏入关

时以旱祷肆赦。

桑林诏出玉门关，八载纍人此日还。
臣罪宁干六事责，君恩岂独一人环。
荒陬灏气穷通际，薄海天心倚伏间。
莫向苏卿争伯仲，丁年甲帐尚堪攀。

闻季天中给谏奉诏归骨

披鳞当日已无身，碧血宁须塞外磷。
帝许孤魂依老父，天将一死表忠臣。
若赦有侄承簪笏①，贾谊无年对鬼神。
惭愧同行多白发，龙钟冰海漫垂纶。

闻刘宪石相国就廷尉

狱吏何如丞相尊，台星鼎足岂轻论。
久知事事龙符德，何意呶呶弩中樽。
倾覆敢矜先事识，荣枯犹记别时言。
怜君生死珍残笏，白发青霜候禁门。

闻周栎园少农议辟

井底还惊有溺人，回看九死尚存身。
敷天盆覆君尤甚，阴律阳回理可真。

① 原注：“诏荫子。”

北寺诗篇应对雪，西园花柳自生春。
衰年久矣忘悲乐，转为同罹数怆神。

九　日

（一）

纵令台百尺，怕为望乡登。
况此平沙屋，先封八月冰。
樽空难冀客，发短久如僧。
断饮还稀出，飘风何处凭？

（二）

殊方无令节，不独怪重阳。
即有南山菊，何如故国觞？
天高稀度雁，篱冷只栖霜。
事事同摇落，非徒物候伤。

九月十三夜月明，儿辈就许、姚诸子酤饮吹箫赋诗，诘朝向老夫称说，亦为勃然

用汉槎原韵秋字。

月朗深怜霜夜秋，少年襆被强遨游。
洞箫声变难吹市，吾土心非肯上楼。
未必佯狂全是酒，也知歌笑甚于愁。
三更魂转茅檐静，白发丹经坐未休。

月夜过吴调御随喜施食

不为听经出，也应踏月寻。
烟光笼咒力，炊影肃斋心。
芥子何年地？莲花此夜音。
苍茫忘漏永，移步是香林。

八　咏

殊方物产，不登于俎，采之撷之，如食堇，如茹草，习而成风，罔测所始。即物赋诗，偶得其八。

欧李子

但少赤盘泻，匀圆似火珠。
摘疑井上剩，种较道旁殊。
甘苦更谁择，风霜未易枯。
传闻原庙里，俎豆及时需。

棠　梨

酸心不独物，种莫问哀家。
赋命天惟啬，当春地亦花。
过江宁有橘，泛海久无槎。
雨露且同实，承筐徒自嗟。

葡　萄

葡萄如缀粟，空说大宛名。

转让中华熟，徒伤绝域情。
蔓荒篱不罥，味苦鹊无争。
忽忆长安舍，丹霞十亩盈①。

老 鸦 眼

漉其汁以为膏，其色紫。

尝从尚食侧，紫玉怪流膏。
始悟前王制，长珍故土毛。
名徒争鹊眼，赋欲拟麟胶。
愧比成都荔，同看百马劳。

榛 子

莫怪携筐出，从来山有榛。
牧刍方近雪，椎髻竟如春。
丝布竞成市，城隅密似茵。
长镵闲自适，捃拾未言贫。

松 子

觅子者必伐其树，一树可得十数斛子，子得而树弃矣。

松高子不落，剥子乃戕松。
悔不孤根老，长栖积雪峰。
时危憎附赘，俗狡贱龙钟。
几日层冈上，愀然匠石容。

蔷 薇 子

菹之可点茗蔬，可饴可豉。

蔷薇结红子，红子艳于花。

---

① 原注："长安邸斋中，曾手植四五株。熟时丹实累累，蔽檐际阴。"

绝胜霜中叶，平铺水一涯。
摘同苍耳迹，点入橘奴华。
雪瓮供鲑菜，萧萧庾杲家①。

狍子尾

腥风矜肉食，蔬亦以膻名。
弓矢无遗物，茶瓜多野情。
丹芝空有术，锦带亦无羹。
今日斋房著，寻声复好生。

雪夜

又落穷边雪，还输昨岁寒。
惯经安地苦，苟活任年残。
初猎马声壮，长饥鹊语干。
夜长难遽寐，拥被醒袁安。

降乩行

块尔无灵方寸木，交横十字如车辐。
截箸簪头似珥毫，辅以书签断纹玉。
竹皮条子澹朱书，顷刻风生两腋如。
龙蛇画脱平沙案，大者如碗小者珠。
碧落黄泉莫适主，飙轮霆驾随心举。

---

① 原注：“庾杲之食惟韭三种，任昉戏之曰：谁谓庾贫？食鲑尝廿七种。”

李夫人自帐中来，杨玉环同楼上语。
昨宵皓鹤王乔坛，今日苍麟帝子渚。
呼之若应听无声，不符不咒自然灵。
有时鹫岭莲花座，蓦地山魈薜荔城。
筳篿不事事文字，建安才子搴裳至。
滕王阁上落霞明，玉树歌中鹃血泪。
不知胡帝复胡天，作者当时未必然。
董威束手灵均哑，情状参玄更格渊。
虚室无人疑自动，睁眸白昼黄昏梦。
若有凭焉何处神？函关谁挽青牛鞚。
怀疑有客频摇首，六合内外无不有。
听鬼由来乱世情，茎短龟长皆敝帚。

铺　糜

糜子非常餐，今年开新荒。
此物颇不恶，乃逊荑稗良。
春来看牛耕，榛根挽脚强。
雪深碾力钝，卤莽试初尝。
其味甘如饴，岂独充羁肠。
故乡亦有此，荒哉鸡鹜哀。
始知后稷教，树艺原多方。
古今同一饱，谁问膏与粱。

敝　裘

一裘衣十年，摩肩复穿腋。

向在长安时，虽贫岂难易。
妄觊归江南，奇温无用惜。
迢递遐方寒，长安较什百。
去年重阳前，积雪堆十尺。
今年霜落迟，早起酸风射。
披裘殊适体，亭午隐肌粟。
因知造化恩，哀益怜衰客。
此物此地饶，尊毛而贱革。
辍餐购不艰，所重故物惜。
安贫非有心，固陋说朝夕。
翻笑晏大夫，虚名挂史册。

海上凯歌

（一）

穷边已万里，万里更开边。
传说山无地，还惊海有天。
人头争似鸟，马足驶于船。
汗漫牂牁种，凭谁纪汉年？

（二）

何处摩崖字，人今亲见来。
更传猿鸟状，都向崭岩开。
风纪迷阴藓，龙文留积灰。
铙歌已重译，又自越裳回。

（三）

送喜烦星使，应知悦圣颜。

武功方四讫，远略更重关。
重器鱼为服，累俘发似环。
太常图画变，别有一河山。

（四）

孤臣悬发命，荒服幸安眠。
此外还余地，公然不是边。
远过禹贡赋，羞说舜山川。
始信师中子，推轮下讲筵。

枕　上

万缘身以外，一息夜方中。
泯象窥无始，观心会有终。
雪消轻贮月，水静远因风。
乡梦久荒邈，长惺惕薄躬。

月　食　歌

噫！此日征月迈，黄道赤道，躔度往来，
自然之参差耳，曾何与人主事。
而古圣贤乃拳拳焉，劳心神以昭法戒。
吾闻羿射日，其妻奔月，未见乌死而兔坏。
进而求之，天是何物？司天何人？
在天上下，在天内外，歆犊谁口？
东顾谁眼？艰难谁步？将羲和有舌而不能话。
尧囚舜殛，朱绝均丧，桀仁纣圣，汤篡武逆，

唐溢商干，丘贱回天，夷饿跖饱，
亦谁昭明？而谁聋聩？
噫！我知之矣，
群天下亿万人并生以奉一人固已。
山莫与陵、而川莫与介，更不奉一天焉，
以制其福威节其理，欲将膏亿万人之肉，
不足供恣睢之一快。
于是焉，吹阴吸阳，镂星刻宿，举动关朓朒，
喜怒象寒温，捷景响而投针芥。
然则十月称诗，春秋纪异，
安得不垂箴于庶征，而惊心于志怪！
噫！司天不照穷荒域，春来月晦才知食。
九月既望魂当中，转盼孤光浸于墨。
君圣相良将士强，谁令蟾蜍有微忒。
明知不碍清明躬，小胆孤臣亦变色。
君不见嫠纬不恤乃恤周，千古劳人长叹息！

梦

梦欢还恼客，况复梦多愁。
乡远难为路，夜长宁只秋。
古今谁眼醒，天地此生浮。
炯炯贞平旦，旷哉吾道悠。

乩　言

巫咸久落职，杳漠向重阍。

不睹青天暗，谁知上帝尊。
善淫终自偿，缁素早先浑。
万古鸿蒙朕，劳劳独尔言。

琉　璃

但觉万缘息，不知孤火燃。
宿疑梁上月，坐似水中天。
物象领虚照，中怀入湛圆。
移光成佛土，随地可安禅。

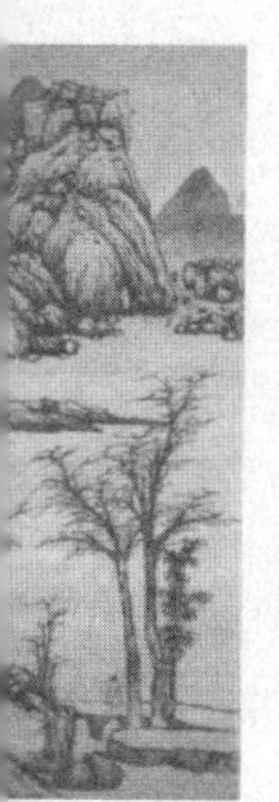

久　矣

久矣迷天地，何须问晦明。
丈人元有子，长者本无兄。
鸟兽群应习，鹓鸱吻熟争。
劳劳鲁国叟，忠敬说舆衡。

妇　孺

妇孺长斋惯，翻经茅屋喧。
多生豚犬累，此日鹿麋村。
饭味添炊晏，窗光破雪昏。
论诗还罄欬，应接亦何繁。

过吴调御

举步过吴叟，居然老比丘。

床留煨芋火，手滑点经筹。
扛杖谙予懒，清蔬与妇谋。
往来随落日，不异给孤游。

夜　酌

夜雪闭门深，佛火通窗白。
殷殷屋梁声，诗歌杂梵策。
床头适有酒，手炙醎亦酻。
句中罗山川，高深生几席。
古今踪迹奇，天地谁金石。
衰颜此际红，不欲论畴昔。

悼　古

（一）

休将玉树泣西风，自古蛾眉几令终。
飞燕妆销歌月冷，当熊人去猎云空。
珠绡何处连痕赤，金册前年带印红。
料得帐中留半面，汉皇长许梦魂通。

（二）

六铢双树获长庚，王母中宵冷玉笙。
寿圣几能留国色，死生方得见君情。
梦随箫凤无还羽，歌到关睢有断声。
犹记葭飞雷击日，特为共辇祝瑶京。

（三）

虞渊无计挽颓波，黄土其如粉黛何？
莫怪续胶麟凤少，应知急泪鹭鹓多。
马嵬当日曾留袜，鹊驾它生再渡河。
雪满回中撑木殿，倩谁击节和高歌？

（四）

电光难照九洲山，万古彭殇只等闲。
自恨辱多缘白发，敢将命薄咎红颜。
玉关青冢春风怨，长信深宫泪雨斑。
如此君恩非断绝，香魂应不恋人间。

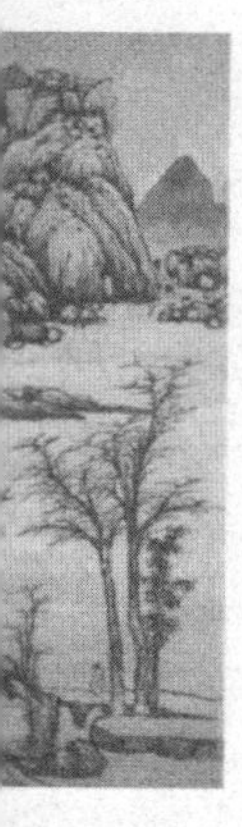

窗　　曝

牛曝窗前日，摊书影欲分。
不成挂角读，聊得及群曛。
晷短延暾永，柴冰忍爨焚。
拂棂疑竹吹，雪片堕声闻。

砚　　冻

晨起砚忽冻，呵毫缀墨丝。
可知作字少，岂独结冰迟。
近爨老夫席，同题儿子诗。
满怀尊朔气，转怪暖相随。

时　　清

时清民志畏，孝弟诎公忠。
折鼎岩焚齿，攘羊表直穷。
庭闱无匿慝，衡鉴有休风。
苟活安麋鹿，传经悔老翁。

夜　　深

道书偎火短，佛号敌更长。
不觉冰天月，旋低薜荔墙。
拨灰忘作字，度线冀回阳。
尚怪牵乡梦，梅花醒后香。

梦上便殿命赋《双燕诗》，五言近体，枕上宛然可诵也，晨起只记得末二句，因成之

双燕随鹓鹭，云霄足品题。
微风三殿羽，细雨百花泥。
恋主艰难尽，窥人顾盼低。
莫教金弹打，依旧画梁栖。

至　　日

（一）

寻常信倚伏，此日警天心。

细数阳生路，如闻夜半音。
风微能过纸，雪眂必依林。
物象自南北，葭灰何古今？

（二）

此地又长至，端居候一阳。
朝仪既杳漠，乡思亦荒唐。
浊酒几人醉，梅花何处香？
闲将羲画理，行复印空王。

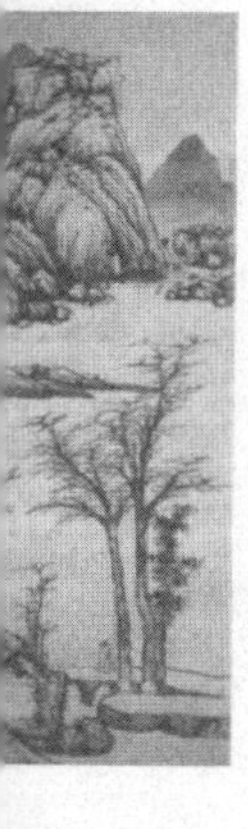

猎　骑

黄日荒原猎骑还，木城无锁正开关。
汉儿上马眼同碧，牛背包麋毛共斑。
雪浅烧留天一线，云昏弓挂月如环。
曾从图画惊闻见，习惯追随只等闲。

偶　出

僧帽羊裘策短驴，胡童荷杖挂残书。
休经绝塞眼中见，却忆山翁画里如。
天远梅花迷冻壑，日高星叶映穷庐。
出门无度归无事，卧雪先生自卷舒。

梦游庐山，僧伸纸索诗，走笔有“水面微波吹绣縠，小孤月已照南昌”之句

（一）

两度庐山三十年，无端魂梦尚依然。

天清五老立云表，日落九江明眼前。
终古雨风喧瀑布，先朝花叶长池莲[①]。
读书李白堂边石，时吐香炉峰上烟。

（二）

衰脚中华再往难，况当绝域路弥漫。
他生缘结名山癖，长夜游忘冰履寒。
索句岩头僧面熟，濡毫江上墨池宽。
泠泠枕畔清音在，犹带松风嗽石湍。

经　　声

城中人出问，昨夜诵经声。
散野响无定，因风听转清。
老将谁藉在，贫只此经营。
却笑莲花净，冰霜处处生。

佛　　课

更长不可度，佛课偶然增。
数比生阳线，光分喻法灯。
祇园无异地，庞老举家僧。
舍此更何事，逃禅惭未能。

① 原注：“东林有池，相传远公凿，种白莲，僧成道则开一枝。”

食　肉

猎骑劳分肉，蔬厨忽异粻。
群言饱七十，自觉味寻常。
养老家人志，随时贞困方。
闻韶终岁月，染净信斋房。

出　户

不缘行药出，綦履岂知霜。
越阈即殊天，刺面风何刚。
始信土室中，阳德厚匡床。
久矣千山冻，群兽饥周张。
不寒亦简出，非关畏虎狼。
老钝无一能，埋头闭户强。
即令居中华，舍此何所长？
谁谓榾柮炕，独异校书堂。
侧闻后来彦，奉谴离沈阳。
冰压阿稽井，指断身半僵。
又见朝天使，驱马层冰冈。
百宝黄金鞍，雪花亦琅琅。
悲愉视遭逢，玄冥无低昂。
枯薪赖羸牸，爨热饱秕糠。
只显皇天仁，不觉后土荒。
寒燠准空明，朝夕琉璃光。

得北寺故人书

休官复寡累，屈指数君闲。
谁道纥干雀，亦罹廷尉山。
难看冰窖字，骄语玉门关。
曳尾岂容易，悲哉天地间。

别　感

烹狗藏弓今古同，长城未必贰师功。
可知事事成骑虎，翻使山山羡印鸿。
竹帛千秋谁雪恨？镯镂一顾已流红。
白头青塞黄粱饭，鼓腹尧天感薄躬。

何陋居集

辛丑年

是年居宁古塔
至十月
得诗三百一十一首

（编者按：“三百一十一首”，据我们整理核实，为二百八十八首）

元　　日

（一）

殊方两易岁，节物转寻常。
白顾鬓毛定，翻嘲日月忙。
眠餐驯土俗，梅柳自江乡。
芦酒随斟酌，偏先年少尝。

（二）

地僻应酬简，况经新令严①。
比邻人不揖，高座佛争瞻。
法喻琉璃净，眠同榾柮添。
维摩手口懒，著论未名潜。

（三）

新注楞严义，冰花落砚滋。
健忘凭佛忏，索解比僧痴。
欲代椒花颂，何如彩胜诗？
矜持聊送日，未敢惜支离。

（四）

儿须看半白，老子老如何？
罪籍天伦具，颓龄道气多。
庞公法眷属，杜甫句婆娑。

① 原注："禁贺元旦。"

经历回头幻，休惊岁似梭。

（五）

遣遇既云妄，谭空亦落玄。
曦光歌旦旦，老眼阅年年。
法雨莲花儿，条风稗子田。
谁言豺虎境，不是五云天。

新　月

贞明万古月，今夕乃名新。
蓂荚随更岁，蟾蜍旧认人。
野荒悬隐魄，痕细拥全轮。
过影占乌鹊，飞飞似识春。

人　日

瓮牖朝光也复春，荒原且莫问青蘋。
吟哦习酿诗书俗，朴拙情成邻里亲。
自惜颓龄天赐老，偶披新历日为人。
灯花不用镂金结，佛火清荧未是贫。

出　饮

经旬杜户浑常事，破雪迎暄恣所如。
眼惜人情还客拜，心伤乡信厌儿书。
莲池不断陶潜酒，牛背时逢曲逆车。

出世入廛何定法？青阳白发任居诸。

春　　月

春月已堪对，浑忘露立寒。
初弦光欲溢，残雪照应干。
值此累心尽，弥知坤轴宽。
冰壶原有魄，何必问雕阑。

元夕月明歌

今年春暄暄到月，元宵光湛晴空雪。
心知梅花边不生，鼓声似带香风彻。
振衣长啸问青天，亘古蟾蜍几圆缺？
吾闻月有宫、宫有户、户有主，户畔有树，修树有斧。
朓朒所见不过细如钩、大如盆。
其实环月而悬者，不知几千万里浩渺之区；
受月而入者，亦不知几千万里泬寥之土。
则此图经所不载黄沙白草之荒原，
当亦与吴宫晋苑布棋错绣之山川，
共纳芥子于须弥，而不足当姮娥药臼之一杵。
又何必问其谁瘠谁肥，谁欢谁悲，谁土著而谁羁旅。
吁嗟乎！月无今古无中外，高江潮汐鸿蒙在。
万年天子酒一杯，口滑长庚曾不怪。
天上金吾禁有无，霓裳仿佛空中籁。
半偈茅檐北斗高，置身已是琉璃界。

事　佛

事佛敢辞佞，浑忘梵呗喧。
地严丛几席，晷贵错饔飧。
月磬夜长半，风灯昼不昏。
客稀迎送废，久已恕柴门。

补　窗

纸窗如破衲，丛生针线迹。
纤纤鱼鳞光，圆逗朝曦隙。
夜来春风颠，铦锋欲洞革。
旃裘不自保，况乃蓬蒿壁。
天定野如水，静理疏棂坼。
求全罅偏多，安陋情转适。
任运鄙弥缝，于兹悟损益。
渐暄飙亦温，花根茁阶石。
旧砚释冰痕，昼长供点易。
微云影太空，不碍虚生白。

换盐行

边海反珍盐，空憎旅食添。
胥靡谁发梦，用女亦何廉？
属国人归马蹄慢，匹缣斗粟争平换。
量珠较雪光凌乱，有客攒眉持著叹，

淮艘一载三千万。

京使来有所按问

（一）

最爱寡闻见，还嫌京国通。
谁将消息语，幻作有无风。
历历竟如梦，星星好是聋。
桃源渔子口，不碍避秦翁。

（二）

身在平陂外，饥寒剩此生。
虑深惟守寂，辱极转成荣。
白发翻经静，青天放眼明。
尧民知识泯，击壤亦无声。

感　　时

（一）

铁甲争鸣铁锁声，槛车一夜遍边城。
春风泪湿将军树，野月魂销韐韎营。
自古弓藏谁带砺，只今盆覆几簪缨。
衰愚忘记来何事，散发狂歌感圣明。

（二）

回中使发紫微天，玉语亲从霄汉传。
最痛尧年无百万，敢悲阮路有三千。

车问薏苡空蒙谤，林上松楸已带烟。
残孽未销先缚将，始知圣代重筹边。

同诸君子坐河边冰畔

冰声破屐响，又见塞河春。
似有回阳色，偏惊久客身。
烧雄山骨露，雪尽石皴新。
何必待桃李，时芳亦可亲。

春　昼

一样韶华九十天，忘机谁分是穷边。
浮居益显邻家屋，贱土当珍官地田。
接亩锄犁还破雪，去年杨柳又含烟。
优游无复关欣厌，惟任经声搅昼眠。

连过诸家不值

情知乘暖出，信步漫相寻。
会面亦何语？题门宁有心。
经从屐迹过，诗借杖头吟。
来往无人觉，悠悠一径深。

春　燠

居然服春服，二月塞风温。

争怪阳和德，翻疑长老言。
相看邛竹杖，只少杏花村。
闭户亦成适，时穷易见恩。

闻刘宪石奉命归旗

（一）

闻君已薄谴，安慰复凄然。
恩岂同畀虎，情应悲站鸢。
老躯宽荷戟，浪迹比归田。
朝请过丹地，钟声异昔年。

（二）

六合一家久，朝常私八旗。
依天纾重典，画地显轻罹。
旧序追鸳鹭，新恩伴虎罴。
兰奢更姓字，不必问鸱夷。

（三）

主恩不可恃，今古几完人。
况事英明辟，难为鼎鼐臣。
营州头带雪，濑水血成磷。
礼数看终始，多君自在身。

（四）

投荒偏不死，还抱鼎湖伤。
轻重当时法，萦回此日肠。

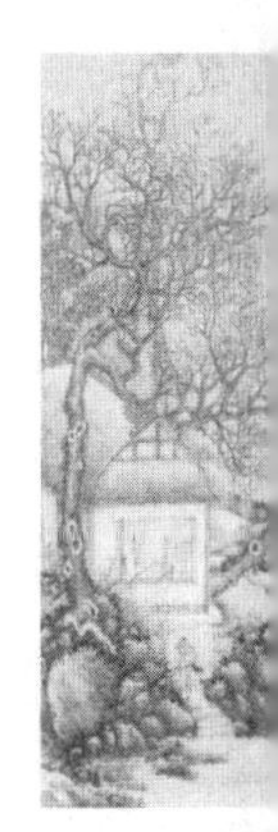

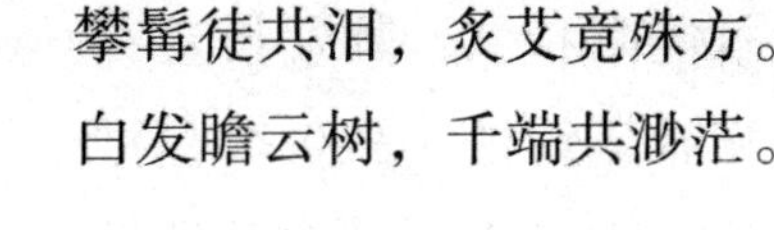

攀髯徒共泪，炙艾竟殊方。
白发瞻云树，千端共渺茫。

（五）

越石原难望，公孙亦被罹。
吠声徒有口，欲罪岂无辞。
直道平生信，皇天白昼私。
云门春寂寂，谁咏退朝诗。

（六）

故人即天路，于我亦如何？
顾此颠连小，偏令感慨多。
痛深心易动，穷极绪长讹。
憔悴行吟苦，无劳伐木歌。

久　坐

久坐挛双脚，巡行强杖藜。
欲游何处所？伫立漫端倪。
坼甲惊看柳，加餐忆理畦。
残编读未卷，依旧土床低。

简较移居

（一）

客心本无定，踯躅复移居。
行李减还累，阶花掘正舒。

过时妨种菜，补壁好藏书。
何地是吾土？飘摇转自如。

（二）

倦鸟栖难择，随枝已是巢。
山留王粲井，风卷少陵茅。
地尽无幽谷，天荒有乐郊。
浮云依岫住，不受去来嘲。

（三）

重迁缘恋土，此地竟如何？
举目羁栖众，谁家堂构多。
世徒争泡影，天久异山河。
萍草无根蒂，何方不是波。

（四）

接武大儿屋，买邻宁用钱。
含饴惯朝夕，食菽共坎烟。
苟且万端足，寻行一径便。
无营复无弃，新故几曾怜。

闻张坦公将至

（一）

伤心此何地，闻更有人来。
天意爱豺虎，皇恩贯草莱。
得朋惊异域，同病触寒灰。

舜代凶惟四，熙朝胡盛哉？

（二）

张公江海客，文酒足交期。
信是朝廷法，知非丞相私。
情难矜汉律，罪在读毛诗[①]。
愧我前驱久，荒郊伫立迟。

（三）

旅卦贞童仆，闻君身更孤。
间关万里路，采汲几人需。
疲苶安吾老，艰难念尔瘏。
穷途宜累少，莫只恨微躯。

（四）

北寺劳垂顾，虞衡新履声。
岂知同雨露，为子扫柴荆。
芳草西湖约，梅花东阁情。
平津寡昵友，惟我悉生平。

见　燕

去年见燕惊，今年见燕喜。
惊人随燕共飘零，喜燕随人安居止。
弱翎翻风还贴水，山花野草香泥嘴。

① 原注：“坦公爰书，以‘将明之才’四字定案。”

短茅低桁认旧巢，馆雏不辨何乡里。
向使乌衣栖华屋，容身不过方寸木。
王谢少年轻薄多，黄衫金弹争驰逐。
奚儿杀戮穷雀鼠，怜尔肉微难登俎。
遂令生成天地宽，冬蛰春飞忘羁旅。
吁嗟乎！
高冈凤死狩悲麟，千古曾无金石身。
请看九殿轻风羽，阅尽铜驼几代春。

移窗前梨花

庭花似解居将徙，晓露繁苞故意开。
宿土轻移儿子屋，浊醪依旧主人杯。
艳疑南国难名种，香落东风不染苔。
自顾浮踪同草木，听谁拨弃听谁栽？

柳　絮

唐人多此题，戏而为之。

塞外垂杨也自花，黄云白日影空华。
飞当四月伴真雪，随去千山覆乱沙。
江汉不攀珠勒马，灞陵曾扑宝钿车。
羁人习惯飘摇事，汗漫东西亦是家。

野　望

草色入新夏，江南二月山。

非时惊荏苒，瞩目当跻攀。
野旷青含烧，川回绿映湾。
遥看天尽处，犹有鸟飞还。

过新葺小茅屋

（一）

意不在营构，昏朝时往来。
凭谁牵竹杖，随步出蒿莱。
乱草覆低桁，新花放旧荄。
莫言垫隘甚，犹胜凿颜坏。

（二）

营巢曾见鸟，堂构与人同。
顾此捋荼意，浑如毛羽功。
极穷归邃古，苟合罄天工。
事事榛狉共，宁言半亩宫。

晚　　立

荒冈徙倚欲期谁，晚食无营自在时。
山色似延蓬户入，佛声好共夕阳移。
老谙筋力惟凭杖，贫任行藏少卓锥。
归尽牛羊如识面，几家灯火出疏篱。

棋　　子

意在楸枰未落时，才分黑白已披离。

影移长日疏帘静，声合寒泉溅石迟。
争识负中还具胜，谁当雄处肯知雌？
纳夜以后何消息？袖手萧条倍可思。

移花盛开

栽花不计移，移花不计开。
争看新开花，绝胜旧移荄。
去年寻花遍郊墅，今年郊花无一树。
顾此飘摇三两株，东掘西培花如故。
举酒酌花花欲舞，客自何来作花主？
洛阳处处尽倾城，却向殊方问宿莽。
此花亘古无人怜，得君一顾已如仙。
吴宫隋苑谁荣瘁，佩茝纫兰亦偶然①。

得周栎园书

时四月既望，栎园正月奉赦归矣。

（一）

春风送客返江南，书札犹传隔岁函。
喜定读来心转痛，路遥望去绪难堪。
三山潮拥芙蓉舫，五月冰生薜荔庵。
恃有梦魂桃渡胜，似留竹杖待同探②。

---

① 编者按：“茝”，原作“蓕”，误，径改。
② 原注：“书中有数梦予及儿辈共栎园把臂机动数定语。”

（二）

蝇头小字语纷披，更觉寒暄不及诗。
格老应怜年共长，才多似与数争奇。
惊涛百折神峭崒，渍雨重缄光陆离。
自笑衰疲难遣此，一樽酬和是何时？

（三）

平江吴子知同棹[①]，河内张公独出关[②]。
为话艰难生死状，浑如瘖瘵别离颜。
忍将血泪抛荒塞，不负馀生是旧山。
白社正宽黄犊健，遥怜应接未曾闲。

（四）

诗酒难消名士根，千艰犹有一身存。
离赠共指辽东鹤，化羽能全北海鹍。
彩笔莫增文字业，清钟应唤网罗魂。
残年只信空王法，欲寄青莲到白门。

偶闻却忆

今日才知郭解愚，杀人不免一身诛。
请看铁锁开千骑，兀尔纍囚过五都。
鸿向俎中骄弋慕，鹤飞云外听禽呼。

---

① 原注："兹受"

② 原注："坦公"。

山南山北多天地，龌龊应教笑腐儒。

哭张樵明同年

（一）

多难衰年性命轻，肯将生死逐凡情。
素交却是垂髫友，丹灶还传学道名。
昨岁尚闻强饭信，比来谁赋大招声。
转怜绝塞崦嵫老，孟浪萧萧白发明。

（二）

竹马休言四十年，回思前岁尚堪传。
皤皤发和琳琅句，落落杯倾玳瑁筵。
雨散蓬根随汗漫，星移云阁亦颠连。
哭君转记生平语，箕尾逍遥或是仙。

送程宾梧父子南归

（一）

新纶来异域，开辟见归人。
岂独孤臣泽，争看大地春。
喜心倾别酒，淑气霭征轮。
不作临歧语，凝眸属后尘。

（二）

同罹如共体，唇齿尚嫌分。
白发倍相惜，青蝇不可云。

覆盆同见晛，绝地送登云。
神已随君往，离群即涣群。

（三）

异数难为受，何妨耳目惊。
君犹怀惕若，我已代分荣。
草绿长肥马，山青渐见莺。
从来重离别，此去一何轻？

（四）

皇天今可问，前事转堪悲。
但顾行时路，应为住者思。
骊驹瞻似锦，木凤吐如丝。
举目长安近，重歌湛露诗。

寒

敝裘三月脱，四月复初寒。
西风吹窗棂，拨炉榾柮残。
依墙曝老背，赤日大如盘。
举头分阳和，消息似循环。
寒燠不可料，人生况千端。

昼　永

烈风吹日送窗阴，昼永茅柴分外深。
柳插瓶中含雨色，燕飞梁上带花音。

漫将诗课妨经课，未免归心累道心。
梦觉香余无一事，嗒焉天地任浮沉。

树　　下

树孤叶短亦成阴，藉草枝筇抱膝吟。
环立儿童不相识，道人去住本无心。

乞吴调御菜

时五月朔，调御以此日发愿诵《金刚经》五百卷。

蔬圃家家喝，惟依莲杜青。
早斋应小摘，朝雨况新经。
顾我荒厨冷，时分香积馨。
知君经课密，饭饱踏泥听。

偶读《崆峒集》慨而有作

大明诗学莫适主，登坛树帜人不数。
家标绣虎户灵蛇，喙喙争鸣乱风雨。
平心细论谁第一，洪武初年高季迪。
中间作者亦纷纷，时辈咸推李献吉。
献吉祖祢杜少陵，季迪追随王摩诘。
虎头阿堵影依稀，优孟衣冠差不失。
先后七子何纵横，竟陵崛起变新声。
救偏转令门庭隘，掩瑜增瑕无定衡。
寸心何与堪千古，自昔文人衷独苦。

流传毕竟性情真，格律声华互主辅。
风生蘋末云出谷，明堂元不畸幽独。
麒麟峻坂必精神，驽马康衢空多肉。
三百篇遥风雅沦，人文气数迭因陈。
莫言间代寡宗匠，武德开元曾几人？

偶读唐人《白鹭》诗戏而为之

蓼花汀畔白莲丛，素翮晶莹映碧空。
立处轻分秋水绿，飞来微点夕阳红。
鹓行玉陛疑曾共，鹤影琼台讶许同。
肯羡九苞多绚采，越裳贡羽色朦胧。

出郭移芍药

（一）

荒阶无草青，遑问花时节。
芍药郊原开，有客披襟说①。
长镵适在眼，朝饭吐不啜。
呼儿急驾牛，河流浅可揭。
老友招谈诗，挥手斯须别②。

（二）

近河芍药瘦，过河芍药肥。

---

① 原注："张子升季。"
② 原注："张坦公。"

肥瘦不关土，采掇乖其宜。
满人不重花，摘苗充朝饥。
遂令蓓蕾繁，绰约栖轻枝。
愿奢多弃取，种齐无参差。
宿土成重载，乱流牛力疲。
宁使濡我衣，花根莫披离。

（三）

圃隘满种蔬，画蔬为花地。
相势冀并生，随形少伦次。
厚出沃盘根，重灌当深莳。
种贱傲骄阳，闲心忘荣瘁。
意中瓜豆敷，轻红缀浅翠。
把锄尚未终，雨自西山至。

问汉槎病

（一）

倾城争问病，病小见情深。
故国全家信，天涯独子心。
凭谁堪七发，好我莫孤吟。
淅沥檐前雨，如闻枕上音。

（二）

酬人新句好，倚马一何狂。
著作今年少，才情病里长。
良朋胜妻子，大药恃篇章。

又是三朝别，应怜屐齿强。

（三）

端阳明日是，蒲酒漫相劳。
尔勿徒吟越，吾将欲反骚。
灵均空汶汶，司命自嚣嚣。
努力期加饭，长谣首重搔。

儿亨辈构小屋以居，兼奉北斗，颜曰斗室，诗以落之

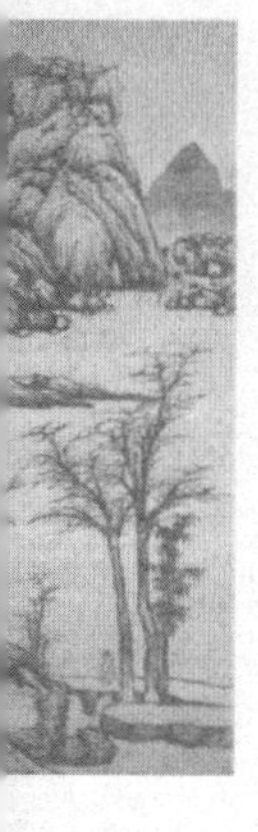

（一）

顾此亦成屋，难言松竹庐。
岂堪容世法，聊可读吾书。
下食晨昏便，濡毫唱和余。
层城几阀阅，分析怪离居。

（二）

人幽已近道，况复礼芙蓉。
北极来飞鹤，东头住土龙。
虚明全映火，声静不须钟。
清梵还开径，能容二仲从。

移　居

（一）

荒城五里地，浃岁且三迁。

鸿老雪多印，蜗枯壁少涎。
低头钦率土，仰面受宽天。
广厦意何极，千间只一毡。

（二）

但作蘧庐想，还憎茅屋劳。
箪瓢本风雨，书史久蓬蒿。
牖曲延山霭，途迂远市嚣。
元龙卧百尺，原不在楼高。

（三）

花杂依晴砌，蔬迟趁雨天。
都中携种远，马上带根鲜①。
畦狭亲锄易，窗虚受荫偏。
隔篱溪水近，预办采菱船。

（四）

比邻能好我，不问路东西。
斋屋分新坐，诗筒续旧题。
燕随微雨至，鸡共夕阳栖。
即次爻贞旅，无尤理自齐。

雨余坦公见过

微雨澹夕阳，有客窥篱门。

① 原注："坦公分蔬子数掬。"

良觌昕夕娴，冲泥感情敦。
床头适有酒，谋妇开瓦盆。
妻父公举主，世谊讲弟昆。
亲厨惭贫陋，鱼果杂葵根。
宾寿主不酬，互斟忘清浑。
谐谭罗神鬼，绪乱河汉翻。
岂无往事悲，弃置更何论。
鸡栖催客起，径仄山云昏。
坎烟望咫尺，相送过墙墩。

别 旧 庐

旧庐拓落无可恋，久住初移如故人。
贫懒苟安何缔构？萧闲日涉亦精神。
瓜蔬留种依残圃，鸡犬离群忆比邻。
相望一枝应出谷，漫教渔子认花津。

别旧庐燕子

（一）

梁燕知人别，呢喃似有情。
惭予何德色？伴尔只轻声。
任运天元阔，忘机物不争。
飘摇身一样，踪迹莫须惊。

（二）

落落此间屋，谁言是汝家。

雏铺春社雨，泥费野塘花。
本乏主宾谊，何劳去住嗟。
临风好惜羽，画栋亦空华。

悬片木窗前以庋书

旧书散乱尽，入手动盈帙。
老钝读无时，矜获更虞失。
筚路席难舒，突烟熏抱膝。
片木斧斤余，疏棂悬白日。
缥缃公然安，隙间罗纸笔。
即免燕泥污，复避蒸潦泆。
取携太从容，退藏还深密。
不高亦不庳，幽窗处分毕。
勿笑土屋佣，曾经尘石室。

疏畦植篱门

（一）

蔬畦雨后青，坼甲迷名目。
元来旧主人，隔年留残蔌。
赖我把锄迟，不然已倾覆。
工夫加疏灌，护栏直复曲。
殊俗绝奇花，伴蔬只葵蓼。
敢冀傲霜红，且爱迎风绿。
入窗媚诗篇，登厨佐脱粟。
汉阴轮我眼，金谷输我腹。

一日十回看，微苞珍如玉。
更闻芍药开，骑马入深谷。

（二）

旧有短柴栅，隄防犬与鸡。
移家忍弃置，安篱护蔬畦。
门低篱蜿蜒，制若雕栏齐。
青青绕周行，还堪舒杖藜。
圭窦通儿居，娇孙便提携。
见祖如有知，啼笑胡端倪。
悔不教而翁，世传此锄犁。

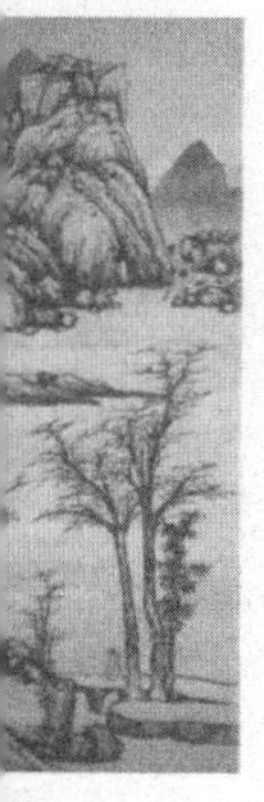

伍谋公见贻沉水香谢之

名香异域产，异域转能分。
本是伊人佩，还容远客焚。
应怜新草屋，为重旧兰熏①。
臭味敢轻弃，氤氲如对君。

和吴调御《种树》诗

依韵。

阎浮提里多罗树，强锡嘉名慰眼前。
茅屋叶零羁客雨，祇林根结法王烟。
阴分五柳门边远，色映三花座上鲜。

① 原注："时予方移居。"

草径短筇相望近，从君乞得一枝禅。

柴　　门

送客不逾户，老病客长恕。
户前即门前，挥手不举步。
致礼非足恭，主宾莽回互。
青山在眼近，晴雨色朝暮。
敬枕见云生，入窗去复度。
巷僻篱根望，别有牛马路。
斜阳童子来，竹筒报新句。

茅斋即事

十笏茅斋五尺篱，老妻梵呗老夫诗。
旧书庋阁两三卷，清磬依灯二六时。
酿黍曲赊邻舍价，移花雨误隔宵期。
鹿门几度怀偕隐，不信投荒尚得斯。

种　　蔬

瓜蔬信手种，不暇分族类。
何事不浑同，是物等荣瘁。
既以后天时，尚敢失地利。
隔岁故人贻，珍重尘书笥。
湿土畦易成，疏密随位置。
情急转觉恬，如予复如弃。

只此土膏滋，已当到眼翠。
兴来植杖吟，力倦枕锄睡。
取适任所遭，微劳偶然事。
始知古丈人，灌园无深意。

和坦公惠《移居》五首

依原韵。

（一）

比屋君才住，那堪予又迁。
敢言择木鸟，同是出山泉。
城小烟相望，交亲赏更偏。
雨余惊剥啄，佳句醒朝眠。

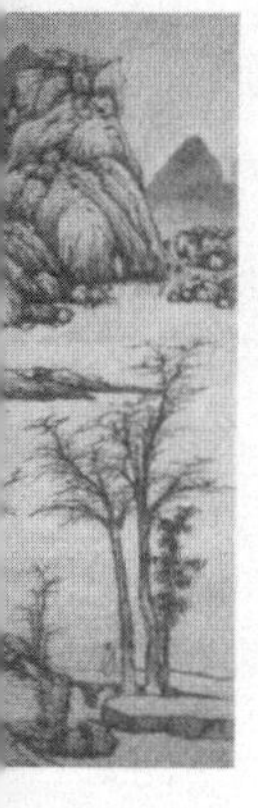

（二）

蓬荜难文陋，蔬畦强种花。
恰逢连夜雨，遥忆晚天霞。
开径堪容客，于茅惧病畲。
乡心久寂寞，风雪惯鸣笳。

（三）

试问何方土？谁言不日功。
窗开欹北枕，天远盼南风。
原子甘多病，尼山且固穷。
自怜罾缴过，飞啄已冥鸿。

（四）

文字竟成累，难教命愿违。
有情还捉笔，何事不危机？
歌倚琼枝重，谈高玉唾飞。
莫嗟踪迹异，吾道合几微。

（五）

天许闲人隐，门多上古风。
阶庭安筚路，钟磬爱萍蓬。
学道今徒老，观心久悟空。
相期频扫榻，共坐佛灯红。

移居雨后月将圆

五月十四日夜，汉槎偕儿辈请限韵分赋。

边月曾经几度圆，清光此夕倍堪怜。
一枝乌鹊羽栖后，积雨蟾蜍影到先。
龛火静分祇树照，山花移带广寒妍。
羊求襆被原留榻，披对钩帘转不眠。

巢　燕　行

巢燕哺雏泥打人，儿童欲毁主人嗔。
旧书被污尚可拭，巢毁群雏安能生？
雏生飞虫衔接翥，纷纷生杀情难据。
雏饥雏饱随遭逢，救得生虫还飞去。

灌 花 谣

花根畏日需新雨，积潦田夫爱干土。
骄阳去就向人难，眼口商量心倍苦。
花暍犹堪担野泉，不晴不雨养花天。
耕牛耘歇载柴至，满担山花牧竖肩。

读钱德惟诗喜而答之

论诗人不易，塞外得钱生。
几岁同荼蓼，孤吟惊杜蘅。
慧征文字夙，骨带道书清。
敢避玄亭问，开门候屐声。

小亟初起，出问调御病，途中遇坦公特过敝止，即事赋谢

（一）

树下忽相值，问君何所之？
君言闻予病，特地过茅茨。
颇怪出门早，体中当已怡。
予言吴子病，同衰劳我思。
强起相问讯，到门当遄归。
君来勿遽返，稚子候荆扉。

（二）

主出不迎客，主归客转迎。
手把儿子诗，坐我短茅楹。
茅楹绝偏小，篇章四壁盈。
咏啸生遐心，能令形神清。
相顾要荒地，开辟无文名。
何来诸伦父，笔墨忽纵横。
怀中各有携，琅琅如闻声。
笔墨不足道，感君珍重情。

梁 燕 词

咄哉梁上燕，吾不敢责汝能为阿阁之凤，
栖梧食竹、领九雏而翔层霄。
胡不为化眼之鹰，搏狐攫兔，洒血平芜，
日食大官五斤肉，凌宝鞲而绾金绦？
最下亦胡不为昼伏夜啼之鸺鹠？
令见者攒眉咋舌，指鬼物慑妖青①，
而匿处于人不多见之林皋。
胡为翛翛翘翘，趋高烟附低突，
认方寸之木，为千秋万岁不拔之乐郊？
令童子拭琴书拂金儿，恨不吞而彀而燎而毛。
即主人怜而容汝，亦不过启户开棂驯而出入，

① 编者按：“青”，当为“眚”之不规范写法，原因详见本《文库》中《浮云集》卷七《燕京杂诗》其三之编者按。

殊不觉有穿花掠水、凌风晾日之逍遥。
燕子低头垂翅，睍睆不成语，
再拜主人前：予身虽微心独苦。
试观今天下焚林察渊，
何地不网罗？何物不刀俎？
罄予种族，不足饱一匕箸。
乃犹得厕豢养于达官奚儿，鸡豚埘桀，
终身保完共毛羽①。
将凌古铄今，俊鹤输我智，大鹏输我武。
君不见泽中大鸟大于鹅，轻弓短矢马上驮，
争言肉粗不及弥月乳豚而菹醢，
等于啄鳞江上之淘河。
何如伴高吟，聆清梵，虽遭打掷，
而尚堪入幽人处士之声歌。
燕乎燕乎奈汝何？
天地虽广，安居则那公卿廊庙，硕人涧阿。
燕乎燕乎奈汝何？

蔬　　苗

蔬长只供撷，爱此初苗时。
青青如浮萍，方畦漾碧池。
阮厨急轻镰，审根喜复疑。
脱粟食易挥，岂少邻家贻。
朝暮浅深变，过眼颜色宜。

① 编者按："共"，当作"其"。

万物贵苞畜，世情争早迟。

晚　灌

花亦有时命，宁关灌隋勤。
客心闲借遣，经课晚能分。
明月疑多露，轻雷欲作云。
岂真堪采撷，意内已芳芬。

剪纸护畦戏题其上

护花铃剪纸条红，饥鹊嗷嗷逐短蓬。
却笑穷边五月半，还言二十四番风。

驱　雀　词

雀莫啄我蔬，我蔬种已迟。
老贫事事钝，辛勤还后时。
聊用说衰眸，宁独疗长饥。
甲圻才如豆，不及邻家肥①。
肥蔬啄甚饱，瘠蔬啄成泥。
饥我不饱汝，两伤将安为！
欲驱不忍击，短竿护疏篱。
我蔬肥有日，除竿任汝飞。
听汝嗷嗷音，生事同我微。

① 编者按："甲圻"，当作"甲坼"。

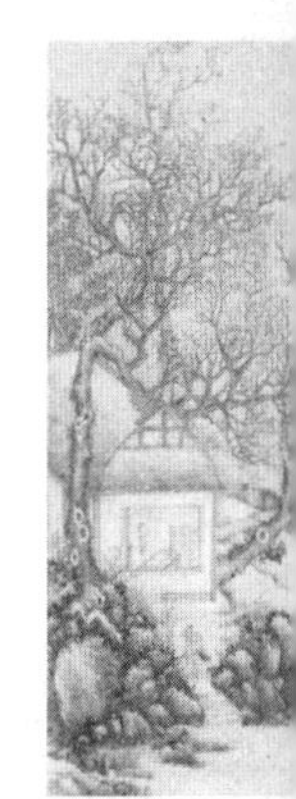

问调御病

医王宁有病，应是惮津梁。
伏枕不辞客，翻经自爇香。
人间寿参术，物外老风霜。
何事劳频讯，同衰意较长。

新芍药一花

(一)

移根未稳土，辛苦已能花。
似慰主人老，偏增茅屋华。
菱分夜雨灌，蔬点露苗赊。
谁信郊原色，翻从手植嘉。

(二)

花亦安羁旅，轻锄识道心。
自怜无异色，只合对长吟。
书幌摇风信，窗帆荡日阴。
桃红原偶尔，何必定云林。

(三)

剪剔分枯菀，浑忘指爪皴。
为留黄叶旧，好伴白头新。
艳吐孤茎早，香生四壁贫。
殊方惊夏晚，此日忽然春。

（四）

尚拟耘田暇，牛车再出城。
闲阶方剩土，弱干已多情。
颇有飞来蝶，如闻何处莺？
搴芳忍坐负，瀹茗酹茅楹。

儿标窗前芍药、玫瑰盛开

（一）

昨岁寻花日，分根教汝栽。
今来比屋住，又是一年开。
澹颊轻风萼，浓阴绿雨苔。
新窗非不艳，宿土让深培。

（二）

知汝疏浇灌，邻鸡时过墙。
无心留国色，有意媚高堂。
兰芷谁堪佩，蒲葵杂作行。
娇孙初捉鼻，宛转欲闻香。

（三）

读书勿泥古，荒径腐儒风。
草木多名理，荣华见化工。
擎来凝素质，开处问鸿蒙。
领略东皇意，狂歌笑老翁。

牧　　牛

牧牛长在眼，户外即青山。
坐对夕阳静，转教童子闲。
摇鞭戴笠出，吹角摘花还。
白石歌何苦，千秋徒厚颜。

昼　　浴

寒边有火云，汗逼衰肌透。
职当濯溪流，褰裳惮相就。
井遥山薪艰，俯怜童子幼。
黾勉汲复爨，端为老夫寿。
嵇公倦爬搔，食菜虮虱瘦。
不慕洗心清，不同洗耳陋。
振衣花间风，坦腹眠清昼。

敝　　几

敝几如欹器，匠拙材本樗。
贵直复贱置，弃掷经年余。
窗小适用汝，公然贮我书。
垆砚遂罗列，覆以旧锦襦。
珍重燕泥污，短帚涤恐濡。
贫家二三儿，谦让不敢俱。
忆昔斲铁梨，其价重车渠。

未闻三尺外，别有他起居。
万物尽羊质，遭逢视所如。
不见百丈松，万牛委山隅。
凭几恣啸歌，兀兀还于于。

再出郭移花

（一）

我适欲移花，微雨驱牛至。
短辕带长镵，浓阴引空翠。
童子请独行，衰脚经雨瘁。
栽花老夫职，肯预而辈事。
出郭莽青芜，旧年诛茅地。
茅虽诛未成，花犹识主意。
只愁濇日明，甘乏御湿备。
轻载恐土漓，遄归趁花睡。
疲茶出郊原，花窗纪微勚。

（二）

娇红千百株，一望锦为林。
牧童摘等闲，焉知移花心。
在野亦供目，何如庭阶深。
离丛即出众，种贱成奇英。
强花别宿土，缱绻商根茎。
甘为悦者容，艰辛多畸情。

茅屋雨

茅屋适不漏，客梦安复疑。
前日架屋时，茅贵强撑持。
人言新茅薄，旧茅贴土皮。
我则两无据，卤莽随参差。
燕雀耽久晴，意中拼淋漓。
残书燥不乱，疏楹湿不攲。
人生甘庳陋，得天逾我私。
笑彼大厦居，劳哉一木支。

掩柴门

柴门开亦静，心静手长关。
明月花先上，斜阳牛自还。
相看忘塞俗，久已负家山。
漫学君公隐，墙东只等闲。

昼长

长夏衰年无一事，清阴寂寂掩柴庐。
移花偶骑细雨马，刈圃亲操斜照锄。
幽独自怡新得句，摩娑随眼旧藏书。
燕雏翮长辞巢去，客散还能伴起居。

看花即事

(一)

几欲看花愁烈日，雷声时送薄阴寒。
过招吴老辞多病[①]，只此闲寻伴亦难。

(二)

黄门曾许嘉茄种[②]，瞥见谁询雨后蕃。
怪底殷勤冠盖语，瓜蔬以外欲何言？

高丽瓦瓮注花作供戏题其面

攀折虽辞树，霏霏政自芳。
污樽来属国，注水认他乡。
绿雨迎梁燕，红苞点笔床。
何如荒野畔，开落冷残阳。

花前酌张升季

升季曾偕予出郭。

报汝移花勚，多方赊浊醪。
荒郊萦屐屣，艳质出蓬蒿。
色许迎人笑，心知将伯劳。

① 原注："调御。"
② 原注："陈京尹。"编者按："京"，当作"敬"。

频过常易醉，今日兴偏豪。

坦公适至，留偕升季小饮

（一）

君为论文至[1]，蓬窗花适开。
无期如宿诺，不速亦成杯。
籍草蓬阴转，穿蔬蝶影回。
玉山何处见，萍梗伴荒苔。

（二）

绝塞无花事，只应我辈看[2]。
相期惟郭外，不尽此檐端。
竹杖须长健，根株只苟安。
明朝风日好，漫烂比阑干。

偕诸君子出郭看花

昨日看花花满枝，今日看花花满堤。
浓阴已送夏至雨，塞土还作春风吹。
吹花花片傍城落，城烟不受花光薄。
跃马丛中杂杖藜，莎深泥浅侵芒屩。
到眼秾英已妮人，娇葩入手更情亲。
轻笼细撚红脂湿，短镭平分翠干匀。

---

① 原注：“时携所作儿育诗序来。”
② 原注：“郭外移花，期明日同看。”

即在中原已姌袅，况是穷荒人寂寞。
独寻长昼几回过，同人信宿前期约。
自怜白发被花羞，故摘花枝插白头。
老丑益惊牧竖眼，霜丝笠影风飕飕。
繁华万古归消息，消息繁华共时节。
岁寒肯逐众芳移，一枝聊供哀颜悦。

雨　歇

雨歇天如沐，云端日影斜。
山青扑屋角，蔬绿起窗纱。
忍漏齐残帙，冲泥种野花。
湿薪供爨晚，鼓腹笑生涯。

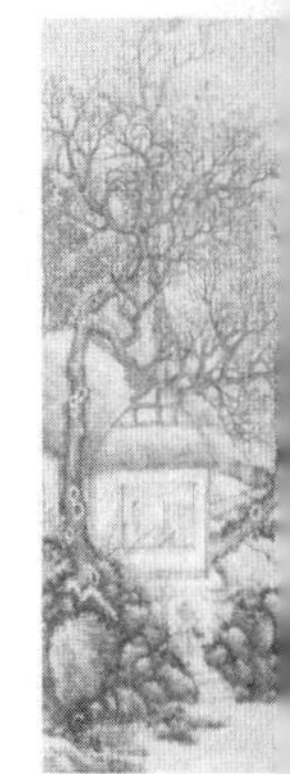

葺茅屋歌

茅屋雨小茅尚存，茅屋雨大茅翻掀。
雨片如刀茅力弱，茅断屋破惊倾盆。
少陵犹有茅抱去，我茅已腐归泥淤。
天晴急向比邻谋，家家屋漏无寻处。
故人怜我书床湿，屋上分茅束百十[1]。
补东遗西迥难支，力到穷时视所急。
公然几砚位置安，窗纱碧映护花阑。
暂晴未敢矜茅尠，赤日争看露地干。
雨过谁家不营构，营构谁能长不漏？

① 原注：“胡子明远，吕子玉绳。”

片时适即广厦栖，绸缪风雨需先后。
君不见，
乾清天子万年宫，镂金削玉水衡空。
前年雷雨隳墙壁，司空镌秩劳群工。
吁嗟乎！
人生寝食何丑好？阿房圭窦同草草。
怀居恋土自常情，大地犹如一枝鸟。

砌石子作径

柴门过骤雨，径仄流水深。
龙见禁转苛，堙土贵于金。
越河拾石子，薄甃如山皴。
老夫雨不出，端为羊求寻。
人生慎举趾，平地多覆倾。
嵚崎不在步，坦坦幽人心。

再出郭看花

只道边花尚耐看，重游人说已开残[1]。
岂关老眼芳菲贵，应为愁霖容易阑。
瓣谢红还萦蒂上，丛深绿正缀枝端。
留连转胜初荣日，此地闲寻即大欢。

① 原注："道逢坦公、调御、汉槎。"

早　起

夏日长如冬夜永，夜短曦光飞驶影。
自怜气弱不成眠，岂是羁愁心耿耿。
摩眼侵晨无一事，万籁才生清野吹。
初移花带露痕红，半长蔬迎朝旭翠。
群雏漫烂睡不嗔，血力原输少壮人。
经声百转松龛静，旧火琉璃白发新。
闲昼谁能搅高卧，依然不寐惺惺坐。
残书破砚任经营，轻藜短锸随功课。
惟将早寐抵平明，昼夜参差准玉衡。
常嫌邻舍斜阳寝，塞俗翻教悦老情。

忆　昔

忆昔追随裘马场，夜暖三更酒百觞。
耳听割豕啜盆血，一枕逍遥坠夕阳。
有时息影深山里，孤灯架落千箱纸。
隔岫钟喧篱屋鸡，长吟低咏声不止。
将曙还携折脚铛，茗碗亲烹瀑布清。
樵子临溪荷担笑，衣袂时披晓月明。
一从颠倒承明队，无复寝兴随自在。
干戈荼毒煎血枯，不独衰龄等萧艾。
只今谁寐更谁醒？短梦高眠溷晦暝。
少年起居失常度，白发那能枕簟宁。
吁嗟乎！

往事低徊空龌龊，流光驹隙同悲乐。
佛火长悬若木龙，华胄今古尊先觉。

儿章钺摘菌子、黄芽菜供晚食

（一）

白菌脂如玉，家园独秀时。
养堪供半菽，种欲傲三芝。
食力长馋易，加餐老箸怡。
自怜薇蕨意，可许北山知。

（二）

邻家蔬亦好，手种味偏殊。
老圃欣传子，荒畲笑作儒。
厨贫腹易饱，地异土惊腴。
此日三公养，应教钟鼎输。

摘　蔬

塞蔬青不鬻，家家成阡陌。
我亦与俗同，为园忘土瘠。
今晨蔬忽花，回看几朝夕。
花生能老蔬，群言当急摘。
非是急盘餐，独摘敷众硕。
既欲滋蔬根，复恐惊蔬魄。
只此取舍间，心神何役役？

畜鸡食卵

铺鸡畜不杀，生卵时漫吃。
复嫌阶席污，余粮寄儿宅。
小鬟课惰勤，朝夕供双只。
昨日村农来，贸布添十翮。
菜饭亦果然，异粎抵脂腊。
既废孳息功，尚免刀俎厄。
斟酌生杀间，仁术征损益。
未必尸乡翁，分别劳阡陌。

晓　起

晓起难为独坐心，微云送日过平林。
小窗花亦成开谢，寸帙时能罗古今。
轻燕巢铺雏后子，野蛙晴带雨余音。
主人稀出客来少，不掩柴门自在深。

客　来

客从郊外来，下马气如缕。
殷勤话麦苗，吐穗长几许。
阳德众实成，匀圆须一雨。
老农阴晴心，流汗漫嘶土。
心死四体勤，力作空知苦。
衰年八口饥，有命寄场圃。

荷戈让征夫，负耒愧田父。
只此仁主恩，好生感豺虎。
殷殷前山雷，云起墙东树。

热

只道披裘长六月，忽惊执热似江南。
天敷暖德黄云塞，人动乡思绿水潭。
赤脚层冰何处好？北窗一枕此时甘。
殊方莫诧羲车异，世路寒暄老尽谙。

晚　凉

何处凉生好？西窗月上时。
将弦升树早，欲落罥篱迟。
灌起花香澹，云留雨信疑。
盘桓耽露坐，不认塞风吹。

手摘黄芽短苋作朝食

入釜色如滴，犹然在圃青。
栽怜锄力弱，摘贵手亲经。
味啬堪谁饱，厨香供佛灵。
溜匙还暖腹，烂漫说侯鲭。

撇兰日熯欲枯，朝露复起，喜而作此

撇兰苣如针，坼甲才离土。

旧年雪里根，剖食甘盈篚。
邻家许分栽，尚暇计晴雨。
烈日不我贷，卷牙同焦釜。
晚灌敢矜劳，夜露濡如缕。
晨起颇翘翘，挺生叶欲柱。
始知造化心，大生敷天主。
万物无终枯，气机本今古。

坦公招食玫瑰花膏子

（一）

无计留花住，多情英可餐。
遂令红雨瓣，飞入水晶盘。
香著思莼滑，冰龈沁蔗寒。
不须频出郭，细嚼当重看。

（二）

乡园儿女手，方法亦争夸。
岂料江南味，翻来塞北花。
强欢矜老伴，随具显贫家。
自笑吞毡吻，今朝亦暂华。

雨过走笔柬敬尹

蔬种因君贵，况劳亲订期。
荒畦如有待，小雨适相知。
草木敷虫信，阴晴审受施。
坐看青拂拂，应当对新诗。

一　雨

枯畦一雨忙，携锸复提筐。
蔬老过时子，茄分隔圃秧。
泥深惊宿莽，雷殷眩晞阳。
共笑闲园叟，勤分亦自荒。

白水煮黄芽菜供客

实是寡盐豉，翻令出滄香。
孤根白发种，单俎素心尝。
简略安贫俗，眠餐忆故乡。
年年冰涧曲，手煮晚菘长。

调御和予柬敬尹诗漫答

晨夕长镵好，新霖适素期。
只兹老圃意，惟许故人知。
日食几茎菜，天从何处施？
霏霏披法雨，益我不徒诗。

偶偕坦公谈苏门孙徵君

徵君名奇逢，容城老孝廉，避地苏门山，与坦公邻，并直指陈君曾物色蓟州李进士欲闻于朝，因坦公悉徵君，乃并荐云。

（一）

几年魂梦说徵君，避地今闻柘影分。

三聘无车容束帛，百泉有鹤守遗文。
妻儿败困躬耕粟，弟子荒冈饿骨坟①。
落落河汾关底事，飘风只羡在山云。

（二）

荐剡曾同李进士，蓟门人尚说公车。
母存代妇亲供爨，儿长耕田罢读书。
终日麻衣何处泪？偶然茅屋匪常居。
名高节苦身无恙，转笑西山蕨不如②。

为　栏

伐木为栏也自华，将秋还种早春花。
半纾露地留看月，远透风床曲映纱。
迹画浅苔巡砌雀，根牵乱绿倚墙瓜。
沉香点笔休回忆，趺印长披日角斜。

家邮寄到岕茶

久客厌家书，冬春隔音旨。
浪传驿传来，万无有书理。
下马忽解包，细字裹重纸。
侑以萝岕茶，封题先雨水。
开缄懒读书，老情只眷此。

---

① 原注：“门人李饿夫不食，坐脱啸台下。”

② 原注：“进士名孔昭，癸未隽南宫，未廷对。予曩于蓟州人士口中得其生平甚悉，曾作诗记之。”

亲手煮新泉，一茎人万里。
花乳忍轻尝，佛香供经几。
色是去年秋，宛转当春蕊。
劳哉稚子心，腆矣羁人齿。
味永回龈长，身在家山里。

坦公饮我家酿，不觉大醉

塞酒不成酿，谁生蕉叶春。
倏惊中圣味，匪独饮公醇。
曲白依花媚，糟床渍墨匀。
醉乡悲异土，相对白头人。

闻汉槎小恙昼卧招之

时闻其室人复来。

乡信偏能搅客思，六千里路梦回时。
病多岂是惊风雨，情苦应知甘别离。
放梵暗明孤佛火，借书断续古人诗。
白头转作加餐语，曳屐还来过短篱。

盼　雨

片云衔雨不肯下，赤日掩露纱窗光。
亭午气蒸书懒读，昨宵雷动床生凉。
扶犁已过梅子节，抱瓮欲枯菱叶塘。
田少畦荒底生计，沾濡亦复劳穹苍。

月　　净

皓月堕阶清，虚盈贮晚晴。
花篱尘似沐，瓜槛影初横。
客老随天适，情忘任节更。
茅庐移几日，又见一回明。

牛皂枯橛，忽生稊数枝

敝皂忽青青，老眼眩萌蘖。
谛审枯峥嵘，吐叶如初茁。
牛背点绿痕，厉齿妨啮折。
丛生三两枝，柔稊复纠结。
塞俗不贵树，繁柯劚霜雪。
出既不得地，委置生意绝。
雨露从何来？遥遥造化穴。
古来爨下桐，清音中奇节。
复乃见天心，苍茫问寥泬。

昼　　卧

不寐亦高卧，烦襟冰簟宜。
梦寻乡路远，息数佛声迟。
动与古人对，良惟静者知。
火云宁遽散，气定自成飔。

即　事

书落风床静，云生竹枕凉。
旧收松子脆，新泼岕茶香。
衰齿会所适，人生安有量。
海翁鸥狎惯，豺虎亦同行。

晓　色

晓起四檐静，野疏色似春。
菜回清露甲，花对白头人。
欲到前山雨，还留宿雾轮。
氤氲笼气象，阴霁莫频频。

偶步溪边

轻阴引杖藜，举步即清溪。
始觉主人懒，倏惊菱叶齐。
芜深迷马牧，波湛隐鹅栖。
晚汲家家惯，斜阳柘树西。

摘菜花入瓶作供

菜花亦作供，历乱点书床。
岂是当门植，何如在釜香。
铜瓶惊造次，塞蝶采寻常。

饱嚼孤根后，分英傲辟疆。

摘菜口号

细雨绿光浮菜圃，晚烟青荚满花篮。
老夫手种老妻摘，莫向冰盘问苦甘。

贡　夷　曲

（一）

云边一骑夜关开，为报奚儿踏月来。
下令八旗齐上马，将军郊外手传杯。

（二）

虬须碧眼产何方？鹿箭鱼弓胜蹶张。
种族只知尊火器，至今重译混枪羌。

（三）

迢迢白浪绝黄沙，新搭茅蓬认作家。
逐客已悲身万里，来人犹说是中华。

（四）

颁来顶带出辕门，一样句胪学谢恩。
郑重皇仁周下体，归家应笑妇无裈。

（五）

指南谁更问图经，貂鞯鱼皮拥乱星。

自是德威驯白雉，傍人莫比海东青。

（六）

安边长策本长羁，宛马宁劳李贰师。
但得雕题归衽席，何妨畿甸有流离。

（七）

髡跣还嫌礼乐纷，扶桑难记海天云。
虞廷不用箫韶奏，率舞依然兽几群。

（八）

回中昼夜说边机，薄海还归跃马威。
莫向轮台空顿颡，茂陵风雨已沾衣。

烹 岕 茶

阳羡茶万里，何缘来穷荒。
此物亦薄命，况乃人事伤。
穷荒无一好，山泉颇甘凉。
群言风土厚，浸润人参浆。
烹汲必躬亲，事事学家乡。
石臼煮瓦铛，器备终不良。
忆昔庙前后，品族何多万。
堕枝不落花，岂尽幽人尝。
长安卿相口，毡逐厌膏粱。
酒肉不知味，谁复谙茶香？
远客重乡土，故物视旗枪。

冰龈侑新诗，瀹碗供空王。
失地还得所，斟酌亦差强。
万物随遭逢，身世空茫茫。

换　貂　行

穷荒六月罢耕作，妇子纷纭走城郭。
不知所期物有无，逐逐眈眈貂鼠鞟。
贫家稉稗不饱餐，薄缯轻纨何等闲？
深囊浅橐盈复竭，满耳俺答声关关。
鹦哥架子门如铁，参貂令甲华夷佴①。
入手还愁出关危，出眼难禁中肠热。
未能免俗随人情，兔革鱼皮估价轻。
越裳已去楼船静，翡翠犹劳軨靺争。
吁嗟乎！
官家一喝千家破，陶朱倚顿成余唾。
甲第冠裳等逝波，却向侏儷居奇货。

章钺生子喜示

曾孙长汝且五岁，汝敢居然命是孙。
累极所生幸男子，难余谁更说家门。
山川气禀遐方异，弓冶传惟旧物存。
名字筮来鸿渐吉，好凭刷羽向中原。

① 编者按："佴"，当为"慑"字之讹，"慑"，害怕也。

晴

骄阳雨后媚，蛱蝶菜畦忙。
山远推晴霭，窗低进野凉。
眼看花吐萼，手剥豆生香。
黄犊归何早，重阴下午墙。

披葛

阴山亦挽葛，雨过尚清和。
自是孤臣幸，非关后土讹。
茅深能蔽日，蔬密似成荷。
不用寻河朔，玄情至茗柯。

摘莱

摘菜劳斟酌，难商取舍情。
茎茎经指爪，宛宛到生成。
食淡安天分，留余远物争。
行稀绿尚满，老眼映窗明。

窗日

奇云兀硉正窗西，野旷风微入牖低。
移几故遮衔土燕，护花时避过墙鸡。
长将旧帙牵残梦，为剥新菱踏浅溪。

动定转忘冰窖日，轻阴似爱夕阳栖。

采 菱 歌

菱塘六月波弥弥，菱角菱花萦叶底。
明知不足入冰盘，偶一剥之甘若醴。
解水争看赤脚儿，翻身不用沙棠梨。
手牵长根分翠带，一摘再摘光离离。
溪流尽头隐茅屋，短篱飐飐青帘曲。
鹅鸭轻翻细雨痕，牧马一鸣千野绿。
似有歌声出蓼滩，菖蒲草长清湾湾。
红裙欲湿何方女？飘渺寒迷隔浦山。
吁嗟乎！
羁人家住大江水，见惯江南风景美。
忽惊此地似江南，惆怅还疑是梦里。

儿标蔬圃中蜀葵才一花

生长园蔬畔，时劳墙角阴。
愧无倾国色，犹有向阳心。
逐众同枝叶，从天问陆沉。
先秋才一萼，漫与露华深。

种 秋 菜

瓜繁锄短未能终，又向秋畦问晚菘。
佛课声分朝槛露，老眠梦醒午篱风。

故留花路疏还密，长借斋厨摘不空。
自笑生成灌园叟，前贤费力避三公。

童子樵归，盛言麦熟

樵童野外至，争道麦田黄。
岂必尽吾亩，先教感彼苍。
长镵延命薄，稔岁补边荒。
始悟群生理，何方不稻粱！

鬼妾叹

满将以兵事罹法，其家婢不哭而从之死。死甚甘，不甘将刃之死，佥曰例也。不死咸鄙之为败例。一蜀妇、一豫章女，皆掠而充下陈者。

吁嗟乎！
乌骓血溅虞兮颈，绿珠粉坠红颜井。
蛾眉性命由他人，千载荣华徒耿耿。
只今一死何局促，不论钟情论风俗。
几曾七夕订牵牛，但晓今生共埋玉。
珠襦泪流凤头簪，白练心伤马厩深。
草把台舆同束缚，荒冈长夜天阴阴。
巫山云，西江水，何方生？何地死？
来如鸡犬去如屣。

鬼妾名殊本一身，旧鬼啾啾新鬼喜[1]。
吁嗟乎！
地下相从人见否？西陵风雨一杯酒。
君不见，
杜回长结马前魂，罗敷只认当年妇。

清　　溪

立秋前二日。

清溪曲曲抱篱回，秋色先从水面来。
稚子故同群鸭浴，岸花正趁夕阳开。
鸟飞影落沉明镜，马饱芜深绕旧台。
炊晚剥菱充麦饭，狂吟声欲杂樵枚。

中元步虚词

坦公、德惟、汉槎、琢之及儿亨结坛诵《三官经》五百卷，曰以利冥。

（一）

绛节丹书散泬寥，步虚声彻五云霄。
遥知沧海龙衔处，精卫填成白玉桥。

（二）

幽遐路不隔天阍，阊阖开时无覆盆。

① 编者按："殊"，疑为"姝"之讹。

玉版颁来银字榜，头行先写汨罗魂。

（三）

皓月天坛鹤羽鲜，王乔玄驭自青田。
琪华香里金风度，恰是新秋第一圆①。

（四）

赤金菡萏玉麒麟，沆瀣长敷四季春。
莫怪灵章多秘教，上真今日是文人。

（五）

遐荒亘古不闻经，金字琅玕照火青。
玉女收来谱牒异，玄都新摄幕南庭。

（六）

莫问沙场事若何，荒城枯骨逐颓波。
烦冤此辈犹明白，不及无端刀笔多。

（七）

函关消息问菩提，清磬声回地轴移。
东度西来无二义，月明江海共琉璃。

（八）

地下同文有重轻，人间湛露共生成。
但教臣罪容三宥，万古天王都圣明。

① 原注："适以是日立秋。"

秋　热

几日立秋还苦热，谁言气候异中华。
南风吹雨净高汉，东亩惊雷护薄畲。
菜老锄迟收瓮豉，牧童归早供瓶花。
最怜满月凉生处，历历投林数过鸦。

收　麦

边农重小麦，但畏阴土寒。
今夏颇暄热，黄沙吹穗单。
三亩获两斛，所愿亦易殚。
更闻远近村，新春竞瓦盘。
此物熟此地，开荒自达官。
薄收良胜无，举箸毋深叹。
牧童渡溪来，剥菱添晚餐。

过姚琢之看葵花

出门何所适，秋色正撩人。
闻说邻家屋，花开艳似春。
啬情安景物，敛屦避沙尘。
坐待凉风晚，窗云拥夕轮。

偕诸子溪上

心悬川上秋，结伴一闲游。

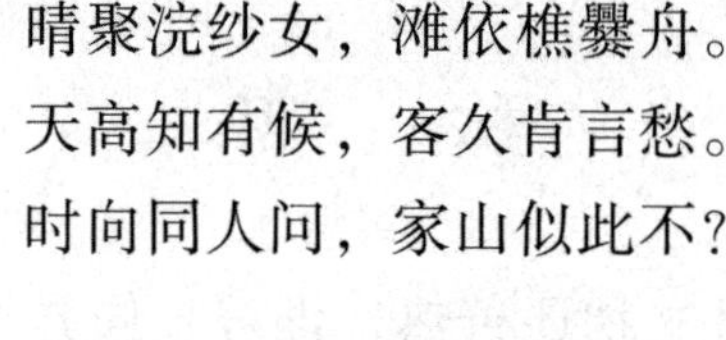

晴聚浣纱女，滩依樵爨舟。
天高知有候，客久肯言愁。
时向同人问，家山似此不？

窗　秋

秋从何处寻？好日落窗阴。
但觉高空意，偏宜旷恨心。
闲阶无坠叶，远水有殊音。
不用添篱落，门庭静自深。

陈敬尹以诗贻园茄赋答

分苗不易结，时恐露先寒。
何意佳园实，还充老吻餐。
新春迎色绿，锦字伴香阑。
一物征推食，殊方饮啄难。

秋　静

茅檐尽日元无事，空际凉生觉更幽。
田麦碾新炊饭晚，溪菱摘老作波秋。
删诗今古征升降，对佛根尘任去留。
不是乡心忘远望，荒芜万里几高楼？

爱　闰

老人翻爱闰，甲子有纡筹。

万事成余计，浮生何定谋。
闲心不记日，异域又经秋。
佛火无盈缩，朝朝照白头。

不　　愁

心动始生愁，衰残万虑幽。
谁能挠定水？一任历高秋。
饱饭不妨卧，清吟自当讴。
阶前有蟋蟀，声塞意还羞。

偕诸君子饭调御，罢不遽别，随步栅外溪边，遂及敝止篱根即事

（一）

斋罢恋清言，携游郭外原。
心应在流水，步遂及柴门。
秋浅夕阳媚，菱繁稚子喧。
分盘堪饷客，淹坐路黄昏。

（二）

何处觅林壑？无心成主宾。
只兹篱畔水，相对眼中人。
问法转知妄，称诗未觉贫。
川光秋正好，莫惜往来频。

溪　上

怪来心绪逐儿童，况值清溪澹晓风。
菱熟盘盂纷作艇，波凉鹅鸭戏如鸿。
坐移细雨霁阴后，秋在前山远近中。
头白沧州不成隐，空将生计负江东。

章京贻我高丽椅子戏题

曲惟从木结从绳，海外惊传匠石能。
久许猎随都护马，谁令坐伴辟支灯？
体空四大难输带，车拥三台多负乘。
自笑蹁跹衰骨倦，起居肆志胜横肱。

晓　坐

清晨礼梵罢，何事更相关？
破椅安衰体，疏棂受远山。
是餐皆足饱，无用不名悭。
莫怪诗篇扰，多忘心自闲。

野花作瓶供

野花注瓶水，砚北色依依。
种族征天赋，生成感物微。
当门悲剪伐，倾国恨芳菲。

灼灼高秋眼，谁言攀折稀。

和坦公韵

坦公和予《溪上》诗，更投二什。

（一）

一川沦绝域，万古叹知稀。
我辈踪何异，平溪色欲飞。
频过缘屋近，屡摘趁菱肥。
容与沧波意，生涯清且微。

（二）

共结同人赏，难鸣静者心。
临流随浩渺，闭户托高深。
白室原生易，丹丘岂外寻。
无劳渔父问，意至偶成吟。

买　　鱼

渔人不识斋房意，鲂鲤频从赤日携。
自愧直钩输渭叟，犹将老吻累莱妻。
冰盘鲙忆秋风箸，小艇丝收明月溪。
莫怪何颙无定力，侯鲭宁异瓮头齑。

溪上见新月

月不自溪生，潺潺照独清。
纤痕如在水，远籁忽成声。

秋气肃高鸟，晚烟冒古城。
光微不遽堕，归路踏莎明。

莲　子　饭

莲子堪充饭，清生舌本香。
移情及花叶，结想在江乡。
味合分西土，餐非厚异粻。
斋余还鼓腹，尧壤是空王。

菜　花

老菜花成树，千头高出墙。
居然松桂势，亦有蝶蜂香。
窗映当枝日，根迎结子霜。
汉阴秋眼媚，直欲贱河阳。

偶出问彭、胡二君病，因留坦公、调御竟日

荒戍行秋日，衰筇问病人。
自怜身尚健，转爱气如春。
城带山烟薄，晴生雨色匀。
茶瓜随处住，淹坐忘宵晨。

食坦公园中葫芦，余其一携归

瓜菜故人富，应怜学圃情。
物微征我拙，惠溥补天平。
边苦群萌贵，霜迟万宝成。

荒畦对怀袖，努力事根茎。

葫芦甚苦，戏题解嘲

食齑何如荼，甘苦随舌变。
甘多味不长，苦际含余咽。
眷兹一莱微，生杀天人战。
种常不得实，实复不堪荐。
既劳脱赠虚，还疑雨露贱。
弃掷转生怜，举箸留深眷。
朱门驼蹄羹，白发几终宴。
隐忍莫长嗟，疾瘳惟瞑眩。

晚步溪上

边寒何地不惊秋，秋到平溪秋更幽。
波动欲翻明月上，云轻还为夕阳留。
带禽马返荒城柝，脱饵鱼依断岸舟。
客鬓久忘霜雪换，三年一水抵沧洲。

秋兴八首

生平不作和韵诗，更厌人作和韵诗，尤厌人和古人韵诗。偶读少陵《秋兴》，不觉技痒，遂尔效颦。立意则妨韵，拘韵则害意，是亦蚁封盘马矣！穷荒衰叟，闲无事事，藉以送日，非敢竞爽。

（一）

远树平芜不作林，西风欲动已森森。

坤舆侧地吹商律，海气乘雷鼓太阴。
猎马长铺关塞色，飞鸿难问帝天心。
寒衣久已稀消息，客枕徒闻梦里砧。

（二）

一川如带绕城斜，菱角蒲芽浥露华。
似听歌声藏画艇，不劳丹诀问仙槎。
浣纱女过争朝浴，牧马人归餍暮笳[①]。
沙岭有溪相伯仲，钓鱼竿上卖莲花。

（三）

衰年戴日爱残晖，茗碗炉香生事微。
老蠹字干虚脉望，惊鸿羽在即冥飞。
明知铅椠身无补，甘堕箕裘愿不违。
更是清光分夜永，苏油灯湛菜根肥。

（四）

今古兴亡一局棋，岂因逐客重生悲。
沧桑陵谷宁三变，舜跖彭殇能几时？
禹服漫争铜柱远，虞渊难挽玉衡迟。
蓼荼茹尽余孤绪，机杜情忘何所思？

（五）

枞阳江接秣陵山，万里荒茫指顾间。
望去风烟迷咫尺，梦来花月失间关。

① 编者按："笳"，原作"茄"，疑误，径改。

白蘋空映茅檐色，黄面长披佛火颜。
簪绂不因流落废，半生几日恋鹓班。

（六）

古堞云昏山尽头，每因往事倍伤秋。
不知宫阙何王造？只对丘墟异代愁。
榛穴马过时起兔，莲陂船小动惊鸥。
腐儒忍泪要荒久，此地曾经属九州。

（七）

海外楼船异日功，镯镂威弹露雷中。
颡低狐鼠争春泽，骨羚麒麟卧晚风。
视草梦回金管赤，扶桑云拥御衣红。
霜鸿候到鲸波静，安枕长谣任老翁。

（八）

荒城十里路西迤，瓜豆三畦菱半陂。
薄获牛眠秋曝场，余粻鹊饱月明枝。
鸿文往古踪谁继？鸡黍邻家杖屦移。
宋玉既衰慵作赋，空将白发向人垂。

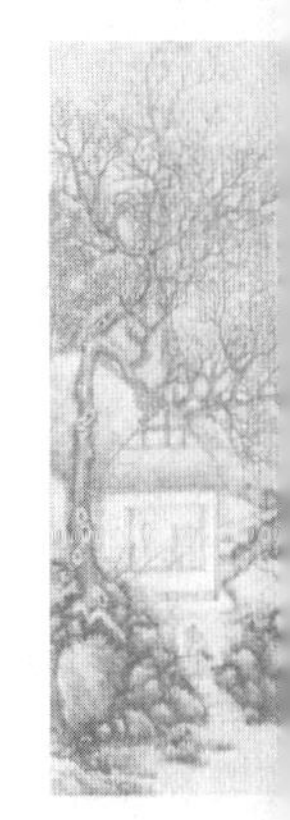

秋怀八首

怀与兴有别乎？兴思无方，怀则有注。衰髦流离，家国公私，愸焉绸结，随所怀而成吟，亦复同《秋兴》而得其八。

（一）

玉殿金风下凤凰，回中辇路独凄凉。

当熊人去黄昏月，栖燕梁闲白地霜。
银海空瞻比翼远，鼎湖谁挽堕髯长。
遥知万岁台前马，几度垂鞭过绿杨。

(二)

校书堂列景山西，龙舰如云出水齐。
白玉鲙分竿影贵，黄头郎护棹声低。
只今博陆多新政，未必昭容仍旧题。
犹记到门长系马，衰荷乱蓼扑霜蹄。

(三)

云台山隐万峰深，十载难为地下心。
梦里陇冈空耿耿，别时松柏已森森。
乌知远恨啼霜叶，僧念平交护磬音。
冥坐不关摇落思，寒灯独废白华吟。

(四)

秦淮松菊岂吾庐，萍梗聊称乱后居。
偶种杂花长伴鹤，遂开平槛坐观鱼。
门隳应少新来客，架破还存旧著书。
头白渊明今塞外，好将魂梦赋归欤。

(五)

龙井名从居者传，虹霓秋挂万山巅。
白云不碍阴晴履，红叶长飘书画船。
逋寇仅能留片石，残僧闻尚结孤椽。
不因放逐元难住，惆怅平生丘壑缘。

（六）

龙眠山亩凤仪坊，畬播曾传世德堂。
雨熟场登禾黍稔，月明树老桂花香。
官贫惭未添升斗，身难悲惟照屋梁。
稗子半盂茅一束，转为安饱慰要荒。

（七）

石门横驾铁船峰，一水千寻落万松。
曾向老僧分住屋，谁令薄宦负游筇。
天青潭底留鸿影，日暖床头印虎踪。
闻说入秋山便雪，几人高枕听疏钟。

（八）

闽海烽烟近若何，越裳曾否说扬波？
岛门鼎镬虽残息，江国艨艟堪再过。
泛梗侧身无芥蒂，维桑回首有枝柯。
愿言修德纾新泽，击壤敷天颂止戈。

刘重显自沙岭贻豆一篮、莲房五十茎，赋谢

刘侯贻我豆一篮，佐以莲房五十茎，
绿色离离与豆参。
城中种十不得一，人力不咎咎边寒。
傍城虽有衣带溪，菱花那及莲花丹。
同难苦辛二三子，刘侯独不住街市。

自携短锸耕远村，诛茅辟畦依流水。
去年过从莲花开，摘花剥子还倾杯。
今年又是花时节，莲花未看莲子来。
炊子作饭兼啖豆，鼓腹高歌对清昼。
向使刘侯似我阛阓居，莲子根遥豆苗瘦。
吁嗟乎！
万物卑进而尊退，亢则多虞遁无悔。
从来贵不知贱、富不如贫，
而今乃知同贱同贫时，城外还能胜城内。

田　近

田近秋场易，晨兴暮可回。
小童负草囷，短穗曝花台。
舂急除芒细，炊迟任火催。
阶尘莫遽扫，檐鹊久无猜。

雨　静

（一）

秋入雨声深，寒窗静客心。
几行黄老字，四壁水山音。
花晚还萦树，云高欲离岑。
平常仲蔚径，泥滑益难寻。

（二）

岂是寒侵袂，人情敛向垆。

香明生榾柮，暖入破氍毹。
润尚留畦菜，声难问井梧。
萧斋喧亦静，候不为秋殊。

（三）

哀吻尚加餐，西风任尔寒。
翻怜儿辈弱，常恨客衣单。
人怪忘情久，老谙行路难。
晴光笼竹杖，不厌采菱滩。

雨晴课扫除

莫怪堕阶花，老眼贪看晚树葩。
莫扫委地蓬，孤根眷恋故山丛。
茅檐低溜涓涓水，穿瓜绕菜流还止，
碾涡踯躅幽人履。
秃帚双童白发翁，扫除指点澄秋空。
自怪合污心性别，非关刻画郭林宗。

秋　慨

（一）

春花亦结实，累累缀珊瑚。
虽不适我口，当窗充色娱。
万物各有成，宁诠贵贱殊。
顾彼蒺藜子，药笼时以须。
浩浩皇天心，秋风良不枯。

（二）

道旁无名花，采采入铜瓶。
阿稽百尺松，劚作爨下薪。
遭逢固有命，巨细安能陈。
人事自龃龉，草木夫何心？

（三）

栋梁语朽木，尔贱我尊崇。
茫茫古今内，谁是万年宫？
何如空山巅，流胶寿雨风。
取舍皆灰土，徒劳匠石功。

（四）

秋燕辞巢飞，领子秋风中。
金丸非不捷，肉少豆难充。
邻家耕牛老，千刀揕其胸。
利害无根蒂，所患惟而躬。

（五）

种茄苦候迟，白露将纷披。
凌晨步畦边，三四实垂垂。
旅食易为饱，聊足充朝炊。
百汇但不种，种岂无熟时？
先圣崇明训，树德务以滋。

汉槎从调御之沙岭值雨，怀之

（一）

带雨郊游好，将毋湿马蹄。
人家山近远，流水度东西。
记得晴天出，行当落日低。
淋漓怜叩户，灯火晚应迷。

（二）

终年不出户，出与雨相期。
吊古情方剧，冲泥甘所之。
丘墟明湿磴，菱藕涨秋陂。
自愧衰筇懒，霏霏重我思。

儿亨为老妻画花蝶扇，戏题

（一）

何处葵花艳？飞飞蝴蝶俱。
元来儿子扇，画博老亲娱。
扑欲沾须粉，擎将落瓣朱。
西风忍敝箧，秋气霁还疏。

（二）

岂是翻经暇，应知落笔心。
形声微寄托，脂粉隐高深。
秋色老新露，寒香认旧岑。

衰颜常自破，挥洒伴高吟。

再怀汉槎

东京似解游人意，特向秋霖乞晓晴。
渡入断桥应忆板，车经深轨尚疑城。
莲花古佛台痕破，苔藓前王殿脚明。
好付奚囊尽收拾，莫令异代笑张衡①。

偶简得旧玉系扇头，宠以歌

旧玉微细，方圆不成指头大，
绀深绿浅，别一颜色周内外。
相传云是秦汉王侯圹中物，土膏不受苔花埸。
不知何以错置敝簏偶残书，百物零落独亡虞。
偶尔提携伴短箑，古光摇曳清风俱。
吁嗟乎！
百千年来石麟银海几岁月，
谁能再睹天日还形魄？
何如此玉春秋华夷经历奇，嶷然龙沙争物色。
既不向绮纨公子溷明珠，复不向腹负将军尘燕石。
老夫虽然长物稀，当年岂无一二残环与断玦？
乃今聚散纷纷随雨风，
偏此玉宛转周旋而供衰颜昕夕之愉悦！
重为告曰：玉兮玉兮，形朴而拙，性温而泽，

① 原注："汉槎曾云游归当作赋。"

寒不可衣，饥不可食，不惟其用惟其德。

园瓜有并蒂者，贶之以诗

尝读山堂考，纪瓜重并蒂。
大书汉晋年，嘉祥比芝柱。
累累荒草园，凡蔓惊奇缀。
双茎成一实，入手不忍疐。
持比书中瓜，是岂冰谷例。
翁然蒲鸽青，聿彼鹣鹣翅。
如结花下心，更把入林臂。
昔闻连理枝，嘉阴必择地。
又闻额担荷，两华夸种异。
造化应偶然，耳目漏记志。
东陵五色盘，当亦留遗事。

坦公惠生鳖，更贶以诗

秋风难赋季鹰羹，炮鳖惊看贶友生。
食指久因藜藿静，灰心莫问鼎中烹。

坦公游沙岭怀之

（一）

莲花花老尚留红，应向车前荡晚风。
麦陇雨晴流水细，石梁路尽钓船通。
久悬物色千秋后，特许风尘一顾中。

荒塞幽寻良不易，好将香句答芳丛。

（二）

东京知是何朝地，空向荒烟问废基。
绝域兴亡宁足纪，游人踪迹亦胡奇。
望来鸡犬如栖屋，剥尽莓苔无字碑。
两度披寻徒惝恍，知君登陟有余悲。

（三）

刘侯酒熟今年黍[①]，王老园传当日瓜[②]。
剖实应消吟渴吻，持杯还对露残花。
尉陀曾否知尊帝，勾践那能吊馆娃。
芳野久随朝市尽，西风莫为短筇嗟。

汉槎示予《金刚经》，乃予乙酉春手录，寄林子可任不克，壬辰复检识，畀儿章持诵者，慨而作此

有客朝梵余，示我贝叶字。
心知是予书，苍茫迷记忆。
前后笔势殊，年岁分遒媚。
前书乙酉春，嘉兴般若寺。
书为林温州，同难许相寄。
时才历沧桑，痛矢入山志。

① 原注：“重显。”
② 原注：“沙岭旧主人。”

后书壬辰冬，白门重作记。
睽逖已八年，残函尘废置。
云树不可攀，徒洒书空泪。
刹那又十年，华夷三历地。
万卷尽飘零，莲花端在笥。
衰睛劳摩娑，心伤魂欲坠。
如出他人手，如忆他人事。
甲申虽咥凶，偷生犹偶遂。
林子虽别离，关山犹同类。
只今天何方，踪迹胡然至？
生平好临池，工拙等儿戏。
流传夫何心，仗兹无上义。
疲腕对琉璃，笔墨抒微勚。
百感归一空，羲画融荣瘁。
经历岁月畸，佛眼应无二。

始　霜

闰七月廿七日。

霜落当霜候，严威亦是恩。
使非此日见，谁道至公存？
谷润坚圆粒，薪劳炼拙根。
窗前蘋蓼色，犹自恋朝暾。

初寒衣新补旧袍殊适

（一）

老识岁时恩，晴霜坐小轩。

不因寒信早，那晓敝袍温。
针线贫家迹，机丝故土痕。
无衣久不赋，癯骨至今存。

（二）

岂是因人热，爰知先事功。
记曾缝赤日，始得称西风。
穷觉寒暄易，衰安筋力同。
巡檐还炙背，随地裕微躬。

东 京 叹

黄沙万里无人地，文献荒唐舆图坠。
耳闻口说只东京，诧鬼疑神夸瑰异。
前年掘一佛，螺发萦苔金线郁。
旧年掘一镜，土花错绣清光迸。
今年掘一玉，柳叶如眉不盈掬。
到底不知何帝王，牧羊眠兔满明堂。
或言慕容或乌禄，又言兄弟相雄强。
荒边眼孔窄于芥，牛蛇易作豺狼怪。
中华百代市朝迁，高陵深谷空成败。
我家桐子弹丸县，田夫耕田墓门见。
传闻太甲放于桐，疑是成汤旧宫殿。
职方典籍充栋梁，谁能指掌悉兴亡。
纵饶石马标残骨，断珥遗圭终渺茫。
鬼血磷磷终夜碧，何山不卜千年宅。
英雄贤圣等轻尘，矧此侏儒荒草陌。

吁嗟乎！
鸿蒙前更有鸿蒙，禹服羲图何处封？
唐虞已是江河世，莫向残疆泣冷风。

掩　窗

日色迥含霜，垂帘窗更光。
有书供语笑，无客肃衣裳。
花落收风子，莲枯晒落房。
群情争向燠，榾柮亦生香。

再　霜

先霜理篱落，花蔬悬暂翠。
万物识所归，何用色憔悴？
村童报我高粱老，苏子苞开妨饥鸟。
不暇撷实且束草，曝场急趁晴暾杲。
荒园岑寂迹如扫，邻家余蔓看争抱。
墙东瓠架欹未倾，硕果还供朝饭饱。

霜　朝

茅屋气蒸霜色白，老夫偃蹇下床迟。
初寒破被薄添絮，昨夜短檠坐咏诗。
此地起居宁有度，上天冷燠亦无时。
西窗亭午还堪启，历乱残红尚恋枝。

筑城词

（一）

快筑城，铿铿畚锸声，当门妇代出门丁。

双环垂颈头戴土，官作有程莫辛苦。

莫辛苦，宽征不役十家户，瘁瘏半是中华女。

（二）

快筑城，堵堵峙峥嵘。

威边无敌不设雉，短草牛羊游月明。

快筑城，阿稽朝贡许秋深，好留壮观比神京。

心到

（一）

心到思乡澹，知因多难伤。

几年萍梗相，随地雁鹅粻。

向世资生拙，从天乞静长。

举头霜色霁，斟酌饱秋光。

（二）

握粟凭谁卜，悬旌只自怜。

苍天多指画，白发爱时年。

音苦穷难择，灰寒拨欲燃。

翻嫌荒塞梦，时绕五云边。

拭梅根杖上尘

敢借危途力，难为塞上尘。
涅淄留本性，朴直称衰身。
香发经冬雪，根蟠故国春。
葛陂千尺影，时欲渡江津。

塞　俗

塞俗懵腾无定务，随缘聊自遣沉冥。
未谙弓矢人游猎，粗了畬菑户颂经。
掠火捕鱼乘水涨，先霜收子趁松青。
伊谁介立谁从众？餔啜由来浑醉醒。

僵　李　叹

李树代桃僵，彼我无德怨。
苍狗变白衣，浮云何根蔓。
东家主逋逃，西家罹刑宪。
徒伤震邻心，难鸣没齿恨。
东家人死只母存，九十床头一老髡。
衰癯能使桁杨诎，舁置空街泣断魂。
红尘忽绊亲王马，问年温语怜孤寡。
舆台敕赐驿夫忙，金钱漫向旗亭泻。
母死有司抵命轻，飞邮刻鹭报归程。
西家眼见不教诉，万里跉跰缧绁行。

母归户绝无孙子，金多不救残年死。
何如不赏亦不刑，东家西家安井里。

偶得生雉畜之

（一）

呼吸判刀砧，藏身悔不深。
幸充君子玩，聊称道人心。
历险征微命，全生托梵音。
好同施食鸟，旦夕绕香林。

（二）

莫作羁縻恨，应怀饮啄恩。
平生负文采，物色感温存。
柴棚依花静，霜畦落粒繁。
秋风吹羽翮，还汝旧山樊。

铺　雉

惊魂原易动，不是性难驯。
举世稻粱饵，暂时笼络仁。
未雕存健翮，欲隐恨文身。
顾盼花栏日，眈眈故土榛。

放　雉

（一）

万物爱生还，飞飞任故山。

自经罗网苦，益显地天闲。
呼侣风榛外，餔雏雪草间。
凌霄虽翼短，早已迈尘寰。

（二）

莫愁矰缴密，择地即深藏。
九死知身贵，重生见日长。
时哉安集聚，行矣慎翱翔。
寂寂关山月，艰辛未可忘。

忆雉

笼外有天地，山梁霜雪春。
别时犹顾我，行处未逢人。
曾否故巢在，应疑旧羽新。
花根见余粒，爪印印阶尘。

闭户

天风催闭户，隐几道心生。
低突自然热，冻泉分外清。
读书无定义，证法不求名。
暮角吹春杵，依稀入梵声。

博雉行

古来博塞重卢雉，刻木为之空形似。

穷边赌胜乏金钱，即用蒲樗抵弓矢。
昨日雕鞍毛羽斑，一掷输赢只等闲。
莫愁儋石家无积，百万深藏白草山。
冯陵争道何碌碌，跣者不及舄者肉。
可怜碧血洒平芜，徒将瓦注供驰逐。
吁嗟乎！俎饱局阑亦萧索，
两垒千夫同六翮，刘郎本是田禽客。

负　暄

（一）

霜日竟如春，羲和厚老身。
岂无狐貉暖，难及太阳仁。
破帽欹头白，残书过眼新。
低栏忘刻影，不厌欠伸频。

（二）

记得梅根曲，江南雪霁时。
无风花自落，有影鹤长随。
绝塞寒原早，重阳冻已迟。
衰翁欣所托，随地适吾私。

九月四日偕诸君子登宁古台，更临前溪，凡十有八人，觞咏竟日

（一）

浩劫荒凉何处台？却因名字拨蒿莱。

霾沙久负三年屐，霜昼先赊九日杯。
猎网云从空野合，雁声风送远榛来。
杖藜策马倾城出，强拟高阳醉一回。

（二）

举杯不放夕阳低，更指寒泉浸石梯。
清浅挽衣冰在磴，嶙峋倚壁酒侵溪。
鱼惊众响冲沙跃，雉脱轻罗度岭啼①。
归晚浑忘霜路冷，纤纤月挂马头西。

赋得“登山临水兮送将归”

坦公分题。

山水不关客行止，客心夙尚惟山水。
投荒兀兀罣跻攀，坐负城南山水美。
水何清兮山何岦？居且相负况当别。
山水有知空怜客，客亦为尔长太息！
巨灵一斧本公平，胡不位峙昆仑列，
乃独置尔于天枢不收、地舆不载之魍魉窟，
历洪荒亿百千年，求青鞋布袜、剥藓披榛，
酹一杯酒慰谷神川伯，如今日者惟一日②。
归乎归乎，山水听客歌，客为山水舞。
天风浩浩兮思吾土，振衣高翔兮色欲举。
会当题“送将归”三大字于山之麓、溪之浒，

① 原注：“猎得生雉放之。”
② 编者按：“惟”，原作“帷”，疑误，径改。

俾后代前朝认今古。

九日

殊方忽度三重九，白发年年布帽偏。
艰苦转忻时节驶，起居渐觉土风贤。
黄花欲眩黄云眼，紫塞长瞻紫燕天。
晴暖扶筇欲何适？坡陀即是万山巅。

偕诸君子步溪上，调御携新酒酌予

斋房清酒何时熟？特为重阳倾一杯。
易醉不关垂老色，难登谁是望乡台。
飞凫影入轻冰坼，饮马风依落照回。
岂是龙山方着屐，平溪绝塞强徘徊。

寿坦公

九月十四日。

六十三年陈甲子，龙沙新度意何如？
手书贝叶经成后①，眉介茱萸酒熟余。
句满奚囊矜白发，肘悬鸿宝贱丹书。
同君踪迹还同老，若木晴云共卷舒。

窗暖

霜力能生日，隔窗暖倍亲。

① 原注："公书《法华》适竣。"

把书依短几，沃面竟阳春。
茶宿煨床火，香轻落灶尘。
偷生冰窖老，啮雪愧前人。

新来编户有僧饭之

（一）

短衣成见惯，触眼爱方袍。
何必青莲界，亲瞻白玉毫。
千江无定影，异土有惊涛。
大雪弓刀里，清钟月自高。

（二）

菜根无异味，香积顿生香。
法以殊方贵，音从西土良。
施台怜冻鸟，洗钵忆长廊。
饥饱平生分，凭谁问稻粱。

暄甚偶挥扇[①]

饭罢偶挥扇，清霜欲笑人。
吾生贵所适，时序邈何因？
捐弃封尘旧，提携到腕新。
寒暄自劳扰，大块本来仁。

---

① 编者按：原文在此诗末有五行文字，分别为："长男孝标"、"十五孙溥"、"五曾孙世涛"、"曾孙婿马麘"、"后学钱源启敬较"。

先大夫诗后集后序一

方孝标

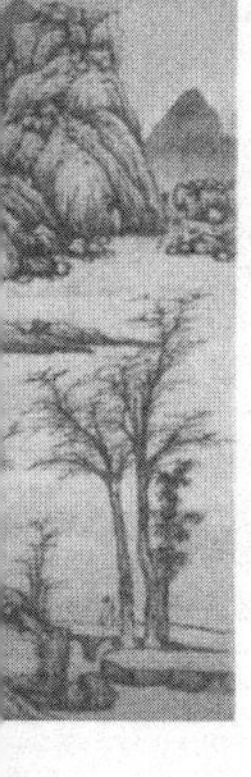

编次谨第后集，然卷帙重大，分为二。呜呼！此《何陋居诗》，先君子居宁古塔时著也。宁古塔在京师东北三千余里，或曰古高丽地，或曰鱼皮部落之所处也。地多寒，惟三夏无霜，而朝暮犹雨霰如野马。不产五谷，惟雁麦、蕈稗生之。累石为城，殊小，而人植木成障，附郭以居。无宫室，率架柴栅，覆茅而处。先君子稍变其制，为屋三楹，敞其牖，牖外莳花种蔬果，颜之曰“何陋居”，仿王阳明居龙场故事也。

夫阳明与先君子之生平，其行事，亦微有同异，而先君子之以为仿者，盖其心则一也。按阳明之谪也，以忤。先君子之谪也，以株连。龙场虽荒远，尚列版图，而宁古塔为图经所未纪。阳明虽苦谗遭时，幸犹得以功名显，先君子则蕴伊、吕之才以终。此皆阳明与先君子之异也。至于遭患难而不以利害得失撄其心，理学自持，不易乎世，能忠信笃敬以化其邦之人，至遣其子弟受学。有时寻山水奇胜，乐之若将终身，岁时酿酒醴合宾朋，以教礼让，此则阳明与先君子之同也。

先君子既不以其异者自歉，亦不以其同者自矜，竞竞乎，推其心以求无愧于古人已耳。盖又尝就孔子之言思之，说者曰伤道之不行也。夫岂有道之不行于中国而更何望哉？盖圣人之心，即天也。天生此一方民，必即生一人以教之，苟其人之不生其地则必致之。致之以富贵，与致之以患难无异也。天心固无分于中外，则亦无分于富贵与患难也。圣人之心，亦若此矣。然则孔子且欲居之无故之日，而今乃以有故居之，是孔子之所不忧而以为幸者也。其何敢不齐得丧、一生死以无负乎天之玉于成者哉，此阳明之所以安其居于前，而先君子安其居于后也，故曰一也。

是集也，始己亥之三月，终辛丑之十月，皆先君子手写成帙。意思安闲，识者已知有生还之兆。入都，汪子吉旋尝受业于先君子之门者也，见而爱之，为别手录副本以还，而原草则今藏其家云。长男孝标百拜序。

甦庵集

方拱乾 著

题　记①

冒广生

先巢民徵君诗集，有《水绘庵送方谦六之燕台、坦庵年伯入关》诗，其小序云："客夏小阮长文过我五旬，今与谦六又共岁寒两月。"谦六即此集中所称儿奕箴也。方氏诸子其命名用文头武脚，如亨咸、膏茂等是。徵君集又有《寿学士方坦庵年伯七十》诗，其自叙云："在乙巳四月二日，时杜茶村、陈其年均客水绘，因合杜、陈及弟褒，子禾书、丹书作，共为一轴寿之。"徵君又尝为学士赋《宣炉歌》，自为之注，王阮亭称为精核者也。又《影梅庵忆语》中，叙乙酉避兵盐官，与学士同患难，纤悉至备。此一段交谊，舍我而外，方、冒两家子孙未必能尽知矣。辛酉重九，从独山莫楚生太守兄所读一过，因题。疚斋冒广生。时在淮上。

① 编者按：本《题记》文末有本书收藏者题名："方嵩龄敬藏"、"方世黼敬藏"、"方求晟敬藏"、"方遵衢敬藏"、"方依源敬藏"、"方山敬藏"、"方培棣敬藏"。

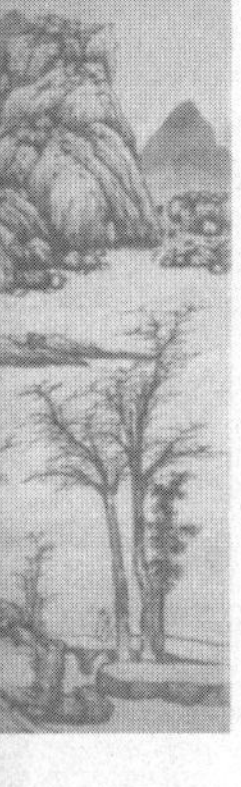

自　序

甦庵者何？老人新易号也。老矣，新易其号者何？八月十五夜，梦一峨冠象简人，手持斗大一“甦”字，示余曰：“公当以为号。”醒而绎其义，殆更生乎？越两月而果生还矣。衰年名字岂尚足烦称说？惟是生平甘苦，不废篇章，此后咏啸所成，聊以“甦庵”名之，俾存其诗，因存其号，兼存其梦也。刘世安名在天壤间，乃称者动曰刘铁汉。余薄植，宁堪追踪古人？顾此“甦庵”二字，不识能与铁汉伯仲否？

辛丑长至日拱乾题。

男亨咸较

是年十月十八日至岁终得诗八十九首

（编者按：“八十九首”，据我们整理核实，为八十首）

洮宋交離踪跡　任輿圖内縱觀史冊從未有六十六
歲之老人率全家數十口顛連千萬里無人之境猶得
生入玉門者咄咄怪事他日知我者不知我者當亦曰
此白頭老子倔强猶爾尚能于萬死中自寫胸臆庶幾
與少陵它鄉閱遲暮不廢詩篇之意彷彿其百一乎若
夫窮雖奇而詩不工年雖老而詩不老則學與力實爲
之余終身百拜少陵下矣

辛丑長至日甦老人方拱乾自題

十月十八日得召还信

（一）

驿骑传何语？生还竟是真。
犹疑平日梦，难信醒时身。
掐臂却知痛，欢颜转讶人。
喜狂心倍苦，不觉泪沾巾。

（二）

亦是意中事，寻思转觉虚。
谁教天上雁，真活辙间鱼。
魂断招才续，形衰命似初。
神摇还手战，怕读寄来书。

（三）

不暇问妻子，但看颜色殊。
艰辛三载事，悲喜一言无。
行李增穷态，车轮意旧途。
心旌悬急足，满眼爱崎岖。

（四）

迹共苏卿返，家同卜式输。
力田惭担石，率土尽锱铢。
情急音遑择，心危身不痦。
微劳如鼠壤，藩屏赖皇都。

（五）

娇孙书十纸，一字一啼痕。
新政悬天泽，书生排帝阍。
共怜黄口力，能雪白头冤。
惭愧升卿砚，淋漓洗覆盆。

（六）

灰心甘异域，不敢梦乡关。
每怪儿曹语，长怀故里山。
果然无妄福，竟赐再生环。
绕膝灯前笑，加餐看老颜。

留别汉槎

（一）

穷荒应疾离，恋子转迟迟。
欲语绪非一，先驱意若痴。
填膺伤往事，触口爱新诗。
恃有天心在，前期正可期。

（二）

同来不同返，处处动人悲。
此去回车地，前年并辔时。
冰河冲雪渡，土屋压烟炊。
鸡唱灯明候，知君共我思。

（三）

无力能将伯，惟应语若翁。
伤心返哺乌，待命上林鸿。
代计忘言痛，亲尝识路穷。
瞻云毋太苦，洗耳听春风。

（四）

眠餐虽细李，怜尔只身难。
鸿案几时到，鸡窗彻夜寒。
拾薪冰爪脆，数米铁衣单。
犹记霜天曙，喧呼苜蓿盘。

留别坦公

此别知无几，临歧亦黯然。
衰年同患难，尽日念周旋。
影隔千山雪，春生一线天。
句丽朝渡处，回首盼鞍鞯。

留别同难诸年家子

巫咸不用问筵篿，但堵衰踪足信天。
臣罪既侥三面释，皇仁宁许一人偏①。
鸿飞雪塞参差影，驹度蘧庐深浅缘。

① 编者按："侥"原作"儌"，实为"侥"之异体字。

白发肯萦离索恨，清江好迟藕花船。

留别陈敬尹

每嗟同难只余衰，闻说而翁更过之。
归国忻看群孺色，倚闾代廑二人思。
天留健饭宁无意，帝洗沉冤自有时。
黍谷律吹应次第，春风预向老莱期。

书茅屋壁

莫言万里无人境，兀兀三年认作家。
瓮牖光微闲画字，菜畦土润手栽花。
听残比屋嘶风马，数尽南云落暮鸦。
宋玉宅同王粲井，长留名姓在天涯。

忆　昔

我昔至沈阳，天高昧消息。
问人宁古台，摇头曰不识。
但见行人去，不见归人迹。
今古绝见闻，白骨云山积。
人不知死生，地遑计肥瘠。
入疆骇瓯脱，山川疑开辟。
人家如落星，雄城枯柴栅。
居人见客惊，布线争寸尺。
把茅煮稀稗，饥肠卧败宅。

早霜□□□，五金买一石。
割豕珍禁脔，举网矜拳鲫。
日午断人行，狐狸啼虚壁。
今岁岁忽登，黍苗丰阡陌。
绕篱熟瓠瓜，瓦盆惊辫麦。
松子先雪肥，莲房带露摘。
曳舆多醉人，舫鲤河冰坼①。
自怜卒岁谋，岂料侥天泽。
理我旧车轮，收我残魂魄。
回首顾柴荆，伤心追往昔。
惟愿帝天心，符同眷迁客。
居者安眠餐，行者长络绎。

坦公赠我米元章《龙井碑帖》赋谢

碑久湮土中，坦公搜得之，钩画与市本异。

龙井书传米芾碑，谁教脱赠向边陲。
山川相望杳何地，箧笥藏来复几时？
此去应寻搜石处，重游好订杖藜期。
临池蘸发惭衰白，怀古因君重我思。

辛丑长至

此地三逢长至日，今朝真觉一阳回。
装缝弱线随宫线，垆拨寒灰向琯灰。

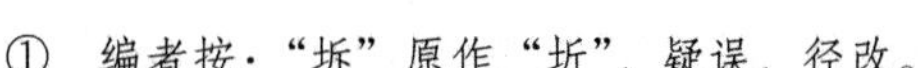

① 编者按：“坼”原作“圻”，疑误，径改。

路认来时偏爱雪，心期正月可看梅。
始知尺五天无外，阊阖何曾限草莱。

收所供佛像入行笥

礼佛泪犹落，三年困大荒。
法虽无定域，曲已唱还乡。
茎草开新刹，莲花归旧香。
空留水月影，风雨照低梁。

宁古别

（一）

五尺茅柴指作城，威传百雉虎狼名。
入城亦有出城日，回首来时万感生。

（二）

短篱一步即清溪，无事无时不杖藜。
计日新江看莲叶，此中四月尚冰嘶。

（三）

天黄日淡压平岗，浪博台名落大荒。
偃蹇三年刚一上，望乡人已得还乡。

（四）

酾酒曾临小钓矶，狂歌共赋送将归。
摩崖惭愧碑无字，但觉黄云片片飞。

（五）

瘦犊荒犁瓯脱田，穹庐有雪不吞毡。
归人敢恨羁栖久，惭负苏卿十六年。

（六）

十亩蔷薇五月红，婆娑争笑白头翁。
明年花发怀同伴，江树江霞问晓风。

（七）

废都萧寂等吴宫，两度披寻思未穷。
却笑龙门才纵老，不过踪迹版图中。

（八）

手种梨花窗外枝，种时为愿到看时。
记将杯酒酬芳信，画角东风知对谁。

道上别诸子

前年发三河，孙子拜车侧。
挥手无一言，泪枯不到臆。
今年发宁古，朋俦别荒陌。
痛哭皆失声，征裘怪滴沥。
悲欢境既殊，亲疏理胡逆。
丈夫濒死身，万缘付一掷。
安能学儿女，涕泗羞巾帼。
及今当生还，回头思往昔。

万里魑魅天，胡为我行役。
居者各有悲，岂徒离别惜。
行者宁不欢，追痛三年迹。
倚毗胜属离，稗草同朝夕。
恨无翼垂云，负尔归京国。
人生彼巳情，颠倒难穷测①。

别之二日为孙汝贤初度怀之

别后同人第一卮，酒酣应为说临歧。
寿君句合怀余句，座上挥毫唱和谁？

途中即事

（一）

冰凌万壑昏，雾隐层峦曙。
风日自生寒，暖在还乡处。

（二）

来时路分明，披寻迷记忆。
始知古羊肠，在心不在地。

（三）

梅花十万株，堕树知为雪。
莫问花假真，已是江南客。

① 编者按：“巳”，疑为“此”或“己”。

（四）

溪断虎留迹，山危雪作梯。
勿嫌云岭竣，家在万峰西。

（五）

时有田庐影，朦胧川麓间。
马嘶晴雪树，牛盼夕阳山。

（六）

星垂幕火灿，月入井冰圆。
晓卜霜华重，眠知雪印干。

盘道岭侧

荒原残石角，传是赵王宫。
割据谁闻见，兴亡等蠛蠓。
图经不载处，车马几时通。
却笑中华子，劳劳来往风。

株龙多洪

记得捕珠船，苍茫荒岸边。
问津劳马首，入眼没鸥天。
刻石曾稽雨，搜粮几断烟。
懵瞪愁冻路，猛醒是归鞭。

阿木婆逻

此地旧无村，谁令人候门？
回思惊岁月，望去快车辕。
幕冷依新火，醪干谋破樽。
相看皆土著，益惕故乡魂。

张毛道中

（一）

冻渡埋槎古，缕烟落日荒。
鸟巢晴堕雪，马镫晚衔霜。

（二）

众壑栖残雪，孤峰接断云。
寻梅孟处士，栈道李将军。

（三）

车马如织丝，林峦互经纬。
雪飞天露青，人在翠屏里。

（四）

松杉万丈青，千盘叶盛雪。
翠瓦碧浮屠，横当人面列。

（五）

日筛树散花，溪合雪成石。

记得露中来，征衫疑旧湿。

阿稽林子忆及汉槎、德惟

吴子抱头车折足，钱郎赤脚雨倾盆。
相携拉泪燎衣处，雪里应留旧烧痕。

度　　岭

雪岭残阳犹未收，风生耳后纵奔牛。
回看绝巘愁何在？前岁曾为六日留。

阿稽松树歌

生平看松，何处称瑰异？
黄山莲花峰，都门报国寺，
乃今阿稽林子，合而成为三，
我胡为乎来？此胡为乎地？
黄山石骨无寸土，松根出地即太古。
万年不能高十寻，横身屈体挐风雨。
童童翠盖蒲团大，一蒲团受一僧坐。
记我同游七八人，趺跏梵呗持清课。
中有一株号盘龙，蜿蜒欲蔽数亩宫。
一枝一龙成变化，子孙鳞爪相宠炭。
报国数株亦疏峙，雍容剑佩堂皇气。
托身金刹近皇居，五云时护层霄翠。
两株殿角更嶙峋，高者如幄低如茵。

月明鹳鹤听钟夜，花发鞅蹄拾翠春。
独此亭亭荒山谷，自经开辟无名目。
眼冷胡儿捕貂窠，魂销行子驱牛毂。
既不能吞日吸月，逍遥黄帝天都峰，
令匠石操斧穷年，求一顾而不得。
又不能左右龙墀，周旋鹫岭，伴清钟而凌紫陌。
吁嗟乎！一物生各一天地，灵椿朝菌同荣瘁。
楩楠文绣几秦灰？阴崖不醒苍虬睡。
勿道千秋物色稀，尚堪搏万里①。
归人对雪长谣，而仿佛乎玉树菁葱之一纪。

路遇李澹生、冯炳文

（一）

牛角交冰衡，残阳衰草动。
睹君行路色，触我来时痛。
握手万端生，醒眼三年梦。
归心驶若风，回鞭转相送。

（二）

行矣更何言，代筹到寝食。
我有短畦蔬，亦有荒田稷。
悔不留贻君，聊纾捋瘏力。
绝域谋余生，皇天易为德。
痛不在饥寒，途穷忘逼侧。

① 编者按："搏"，疑为"抟"之讹。

同侪亲昵多，比邻即行国。
土壁遇题诗，为我拂残墨。

多洪道中

（一）

壑底后骑迷，木末前车见。
日午不闻鸡，烟生即乡县。

（二）

计日不计程，千山载一色。
狐兔交马踪，知是何时雪。

（三）

晴曙披深榛，日出即亭午。
万壑如花丛，车马乱风雨。

（四）

立马最高峰，诸峰如涌浪。
明日辚辚音，历历芙蓉上。

海郎溪石壁

驻策日犹午，雪明溪上峰。
穿云如有待，蹑屩且相从。
天划崖痕古，冰留波影重。
不关行役倦，登陟转从容。

灰扒国旧址

块石居然成国土，当年争长亦雄哉。
椒花不醒君臣酒，荒草犹余部曲哀①。
未必辅车关大统，也知气数合寒灰。
腐儒踪迹还逾此，王会图中去复来。

过杳深必刺

来时雨留七日，不得渡，乱流中遂有溺者。此来断雪轻冰，河身不可复识。

（一）

涔蹄冰不覆陂陀，当日谁呼公渡河？
顽钝三闾今返国，浮生上愧古人多。

（二）

阮籍车头生恶澜，茫茫何处觅川峦？
行人来往无多岁，直作桑沧一度观。

入鹦哥关

一片声呼生入关，儿童拍手向衰颜。
分明知在辽河外，亲近如看家里山。

① 原注："相传城以元旦醉酒而破。"编者按："醉酒"，《龙眠风雅》作"酒醉"。

闻前途虎警

莫怪於菟啸晓风，劳生尽日畏途中。
三年履尾浑无恙，不信人间有咥凶。

年马道中

孺妇村村识老颜，来时可似去时山？
眼看出塞人无数，白首如君几个还？

铁　背　山

荒草长河落日间，苍茫谁识旧时关？
杜松一死分兴废，赢得人传铁背山。

将至抚顺怀孙、查、刘诸子

传说同仇星散居，浮沉忘是几时书。
将毋先我驱车返，复恐怀人会面虚。
歇马应怜延伫久，伤心莫话别离初。
荒城记有残山寺，松火霜钟卜夜余。

将至沈阳

（一）

冰窖残魂复见天，此生疑是再生前。

殊恩岂独叨今日？薄罚还应感去年。
鹏鸟敢希宣室召？羝羊空泣茂陵烟。
相逢怕说浮踪苦，只作乘槎星斗边。

（二）

四月营州青草城①，旗亭簇马道长征。
同罹亦痛孤臣远②，百感翻撄老衲情③。
别后死生音几断，重来悲喜绪难鸣。
清宵自撚枯髯看，披雪凌霜茎复茎。

（三）

琳宫接武不能过④，况复香林隔女萝⑤。
下马应寻黄鹤语，听钟莫怪白云多。
亲朋半带维桑色，老大欣闻击筑歌。
华表笑它空羽化，令威须发尚婆娑。

（四）

每从诗句忆吴郎⑥，披引苔岑得季方⑦。
人道风流近裘马，我言法雨接舟航⑧。
难同不共黄沙月，年少空生皂帽霜。

---

① 原注："余以己亥夏发沈阳。"
② 原注："素庵诸君子。"
③ 原注："剩公别余，甚悲。"
④ 原注："苗炼师道院。"
⑤ 原注："南塔寺，剩公所居。"
⑥ 原注："汉槎。"
⑦ 原注："陈子长。"
⑧ 原注："二子皆奉佛。"

到日授书应泪落，计程知尔亦傍徨。

(五)

信宿曾依丞相邻[①]，蓼茶诗酒倍情亲。
到来白雪应分坐，遮莫青蒲已驾轮。
有母羹尝当日鼎，惟王恩湛履元春。
前驱敢怪乌健钝，痛饮还期车上茵。

(六)

平津架有读残书，公子城南小结庐[②]。
悲喜只将歌代哭，交贫不碍步随车[③]。
经过一饭愁霖里，怅望三年落日余。
孺榻悬来应待老，月明肯使雪窗虚。

(七)

只道顽躯老玉关，那堪趺印示千山[④]。
寝门难作桑门哭，气影长随峰影闲。
乡国百年惟塞外，须眉何日不人间。
珠林曾读伤心句，知尔今朝快我还。

(八)

闻说高人隐市廛，餐松衣草不知年[⑤]。

---

① 原注："沈阳羁舍与素庵中堂比屋。"
② 原注："陈心简。"
③ 编者按："悲喜"，《龙眠风雅》作"悲极"。
④ 原注："剩公藏窌。"
⑤ 原注："无瑕道人。"

有时分现陌头影，无事孤眠石上烟。
瓦砾惯从童子戏，姓名肯许老僧传。
欲寻还恐云深处，笑我劳劳故国鞭。

至沈阳逢立春日

十二月十五日。

驻策刚逢镐洛春，冰车雪马顿精神。
土龙鼓布青阳令，彩燕花迎白发人。
文物三年沦草莽，关门五尺接星辰。
新添甲子浑忘老，重向中华作逸民。

沈阳晤诸君子别后感赋

远塞望近塞，不啻京国然。
况复故人多，郁陶经三年。
又恐踪迹殊，未必人人全。
曾附飞骑书，叮咛发夕先。
望城急谋面，情悰棼且专。
仓皇问居止，次第成周旋。
或待逾旬月，或来自极边。
或急马相问，或敝裘自褰。
拜起泪各垂，喜乃不及怜。
捋我雪白须，摩我黄皱颧。
差胜意中衰，强谓形体坚。
逡巡到杯酒，清斋陪月圆。
谈言非不畅，中怀若未宣。

谐笑非不欢，心伤微以渊。
生长何郡县，相对何山川？
我从死地还，益信义命权。
春风吹行色，柴车难久延。
精蓝作旗亭，尘沙蔽马鞯。
挥手凌冰澌，归心翻流连。
行行勿惆怅，聚散恃皇天。

别张稚恭

眼见前期迥不悲，暂离亦复感临歧。
马驰三夜冰间路①，怀出群峰画里诗②。
交到穷荒追古穆，笔经患难益神奇。
平山二水真堪似，迟尔春风共眺诗③。

别赤厓和尚

（一）

五日凡三过，犹然未晤时。
情多不碍道，意尽欲无辞。
又复违方丈，谁能忍别离。
看公长杜户，忽已下阶墀。

---

① 原注：“稚恭自威远堡星驰就余。”
② 原注：“为我作《角山种花图》。”
③ 原注：“平山”句：“广陵，稚恭居。”又，“二水”：“白门，余居。”

（二）

一灯辉异域，天意本渊微。
锡杖何中外，家山有是非。
鱼书从客寄①，乌树待人归。
历历江篱梦，应同花雨飞。

小 河 山

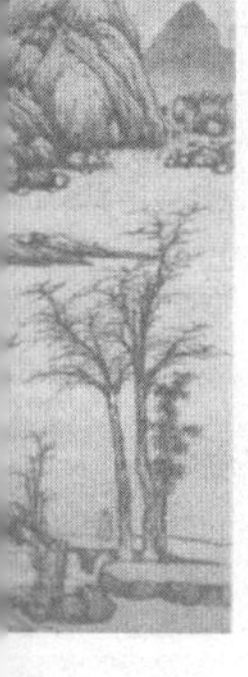

归途敢惮远，近海益惊天。
残堡明荒野，飞沙卷断烟。
累朝曾据险，亘古已名边。
回首三年迹，逾兹还几千。

登北镇山

（一）

去时马上望崚嶒，谁道今生得再登。
回阙始惊坤轴广，到林益觉岳灵增。
典留历代燔柴火，字护明堂赑屃冰。
惭愧向平游迹倦，斜阳危磴许凭陵。

（二）

翠屏插汉列平基，曾驻前朝十万师。
历数自天成授受，河山从古任迁移。

① 原注："公近得乡信，念其尊人殊苦。"

萧萧鸾鹤空阶树，累累麒麟荒陇碑。
庙貌千年犹不改，始知昭格重清时。

宁远温泉

满掬温于火，边城旧擅名。
无心何事热，有本自长清。
难测寒暄理，应劳天地情。
三年冰骨健，一濯已春生。

中后所遇长孙云旂迎到

沈阳闻汝来，星驰急一见。
关外尘裹身，拜起惊目眩①。
颀颀颧生须，颇胜别时面。
结塞口难开，引马近牛軿。
老兄七十三，欲问胆先战。
委宛恬以言，高声报善饭。
庶母已八旬，奉佛晨昏健。
次第及诸孙，行止各乡县。
纷如破巢鸟，饥寒幸平善。
汝素工文章，对云疏笔砚。
应伤陷阱深，岂徒奔驰倦。
旅孙乃铮铮②，学诗口如谚。

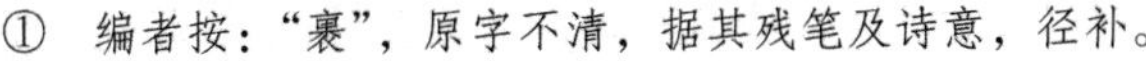

① 编者按：“裹”，原字不清，据其残笔及诗意，径补。
② 原注：“行七，玄成第三子。”

老友嘉其才，爱女成婉娈①。
余各依母居，脱粟伴残卷。
虽皆豚犬资，颇有父祖念。
汝子生四龄，吴侬音睆睍。
曾祖衣上环，时系臂间线。
语多令路短，斜阳憩茅店。
解我旧狐裘，同儿土床荐。
梦醒摩儿头，心疑使手颤。
谁料万死余，再慰含饴愿。
情定绪稍纾，问答理后先。
细述赎罪书，西曹膝欲穿。
爰同骥若昙②，艰辛历万变。
弟兄歃口血，泪溅盘珠霰。
思及龙钟骨，顿觉黄金贱。
周详归孟浪，危情恃天眷。
语罢痛失声，屋梁灯如电。
自伤薄德翁，负累儿孙遍。
遐哉陈太丘，车中坐群彦。

欢喜岭

（一）

欢喜岭头欢喜色，恰逢诘旦是元正。

---

① 原注："姚樗翁乃余竹马兄弟，以女字旅。"
② 原注："骥"，"行三，育盛第一子。"又："昙"，"行五，亨咸第一子。"

记曾立马吟春柳，今见开关卷暮旌。
扪石知非前日梦，命名益显古人情。
酒泉有北踪虽异，白发书生一样明。

（二）

曾将尺幅图山水[①]，每一披寻倍惘然。
只道黄沙尘粉本，谁知白首理归鞯。
疾驱更上回头处，暂伫还思落笔先。
此去家乡丘壑满，全凭一岭接江天。

① 原注："儿亨曾画《欢喜岭归图》，以慰老眼。"编者按："慰"，《龙眠风雅》本作"娱"。

甦庵集

壬寅年

男亨咸较

是年春发长安
夏历津门
济宁
秋至淮上
共得诗四百有三首

（编者按：“四百有三首”，据我们整理核实，为四百一首）

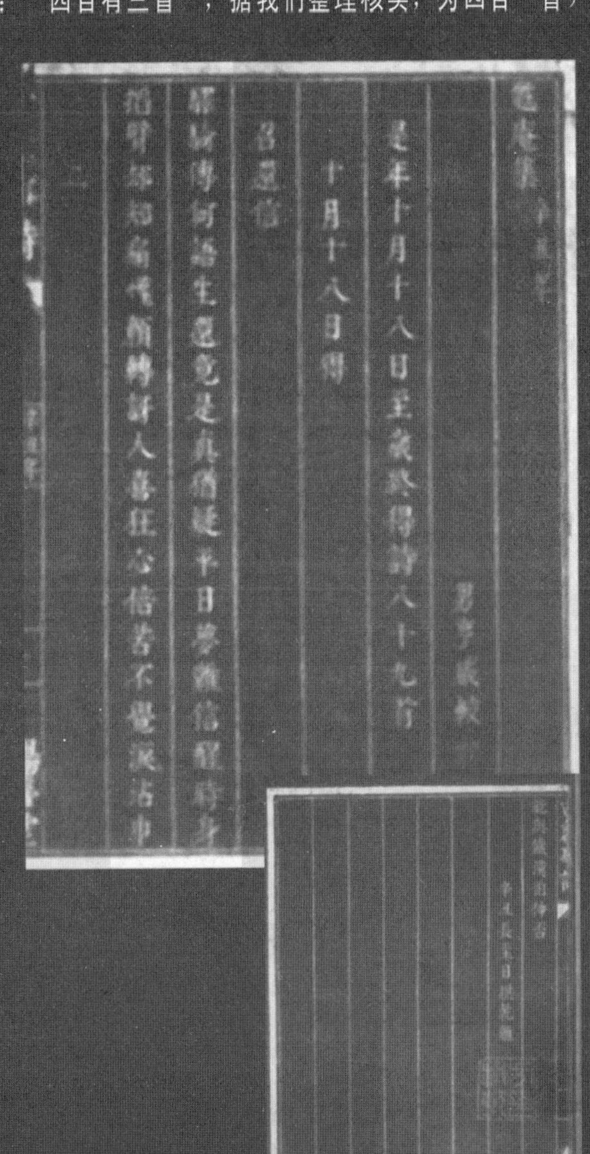

男亨咸較

是年十月十八日至歲終得詩八十七首

十月十八日得

元日登澄海楼

巨海雄关万古楼，归踪特为履元留。
蓂开初荚腾三树，春动新烟澹九州。
目力穷时随畛域，大荒剖后任沉浮。
杖藜取次家山遍，纪胜凭高第一游。

饮余占一

陈直方及儿孙同坐。

（一）

难余乍见故人惊，举眼关门感再生。
共对元正投辖意，益深去日授餐情。
青蘋递引车茵暖，白发新看蜡炬明。
欲别更怜相送处，直留行色到鸡声。

（二）

爱君高躅古人同①，不独交深患难中。
见面万端生愧恨，登堂四壁坐鸿蒙。
长闲庭有传经子，未老人称避世翁。
好我更披佳句满，冷冷冰雪对春风。

（三）

已沃椒花送旧年，屠苏更复醉新筵。

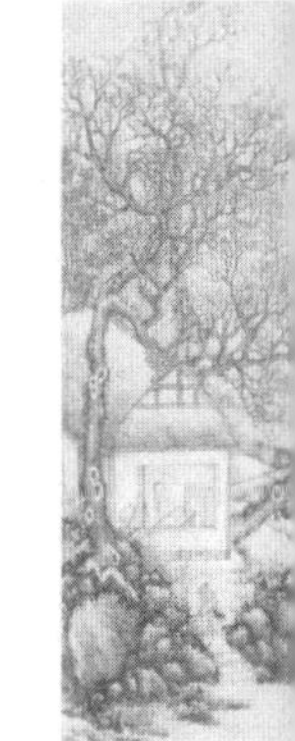

① 原注："占一以仪郎得请归。"

春开求仲招寻径，客次荀练聚散天。
往事空谈饮马窟①，前期漫订钓鱼船。
屋梁纵使长相忆，明月从今不出边。

抚宁道中

但觉春风异，浑忘何处天。
三年惊见柳，正月遂含烟。
桑柘村村色，溪山脉脉泉。
客心本易餍，应接转茫然。

人　日

年年人日年年客，今日才知客是人。
魑魅窟更筋骨异，莺花乡接鬓毛新。
涉江谁道千山远？近阙先沾三殿春。
遥忆故园儿女满，竞悬彩胜待车轮。

怀宁古诸君子

绝域昏昏无八节，过年长是杜柴门。
自听老子迎春句，争倒邻家隔岁樽。
此日蓍英谁上座？连朝云树倍销魂。
东风纵解将双泪，未必冲沙到北原。

---

① 原注："占一言甲申战事殊悉。"

过永平怀宋荔裳

旧任观察，近罹诏狱。

（一）

槛车劳节钺，荒店枉声吞①。
白首古人谊，黄沙游子魂。
重来棠荫地，惊说棘庭冤。
患难亦何事？偏于吾党繁。

（二）

知子素天鹭，千艰身每完。
才高空妒鬼，命在敢言官。
绝域归人老，危途将伯难。
只凭休复理，交互扪心看。

（三）

滦河冰彻底，人比使君清。
羸马惊重渡，新莺啼旧声。
相看多妇子，只此问神明。
夙好征歌颂，弥深当日情。

发永平谢李梅谷广文

豚儿荒塞念，至友北平官。

① 原注："余已亥远窜，荷垂顾授餐。"

收魄急相见，衰颜与此欢。
讲堂休茧足，奇字灿春盘。
挟纩惊情重，谁言苜蓿寒？

玉田晤张翠华

翠华于甲申五月同出都门。

相逢惊难后，同难是何年？
国步投鞭定，微生结袂全。
别离几岁月？聚散此山川。
蒲柳怜衰骨，艰虞历尚坚。
因君提往事，如梦不堪寻。
犹记黄冠语，曾劳上相心①。
一生迷出处，多难失升沉。
但觉重逢好，春灯旧雨深。

将至都门

（一）

但瞻凤阙已魂飞，况是孤臣绝塞归。
黄发玉环恩再续，玄宫金碗梦长违。
遥怜趋走烟笼地，自顾吞残雪裹衣。
蓂荚春深尧壤近，此生重饱北山薇。

---

① 原注："尔时，余以道人服，遇马上一高官，指余云：'我知尔为朝士，盍从我入都，官尔官？'余再四辞乃脱。翠华识高官，乃范相国也。"

（二）

去国归朝道路同，迎人风异送人风。
三年梦醒黄粱客，万里魂还皓首翁①。
脚底自怜无险易，人间谁更有穷通！
旧居卖尽邻庵在，一钵聊应伴远公。

（三）

记曾贯械逐征尘，掩面灰心别故人。
只道旗亭分永夜，谁知禁苑遘元春。
楚囚犹有重冠日，辽鹤居然未化身。
城郭久离疑路熟，龙沙夜夜梦魂频。

（四）

廿年簪组负西山，此去应教瓢笠闲。
塞外地难呈胜概，难余人久贱尘寰。
公车曾蓄看花眼②，老杖争开拂石颜。
五岳未游双足茧，高峰且揖向平还。

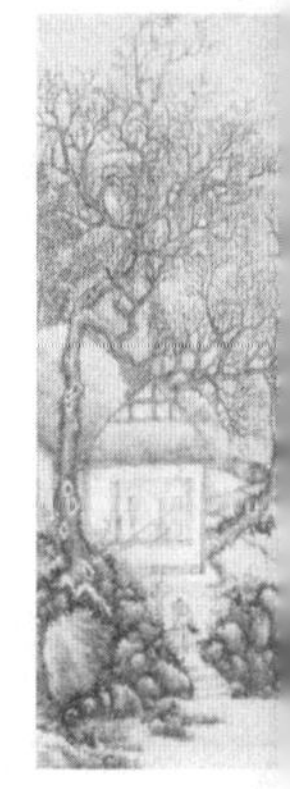

得吴函三书

（一）

归途忻捧故人笺，不独今朝谊薄天。
急难星星征古处，高文字字准前贤。
魂飞草木七千里，心负葭莩五十年。
童稚交游裘马遍，几人骨肉重穷边。

---

① 编者按："魂还"，上海图书馆誊清稿本作"还魂"，此从《龙眠风雅》本。

② 原注："壬戌读书香山寺。"

（二）

敢将踪迹拟苏公①，越岭投荒事略同。
云度太行看咏鸟，雪晴碣石见归鸿。
读书才出古人下，息影心悬故国中。
别后西园梅树老②，古香还许待衰翁。

至都门

（一）

亦复萦冠盖，知从何处来。
爰居钟鼓骇，野鹤稻粱猜。
问讯安衰鬓，行藏括冷灰。
都门凡九度，此度独奇哉！

（二）

隔巷门生屋，披邻老衲居。
梅花眼新刮，贝荚手曾书。
别绪万端尽，浮生一叶如。
转因来往驶，不敢认蘧庐。

（三）

多事转无事，公私恕老夫。
得天全弃物，任土裕穷途。
弥子怀新刺，黄公问旧墟。
杜门还出户，步屧信荒芜。

---

① 原注："书中以东坡《从岭外归题太行》及《画鸟》二诗相况。"
② 原注："函三书屋。"

（四）

诸儿心计苦，杯酒强喧哗。
中国无飘梗，西山正放花。
易供惟一钵，稳载是三车。
受啬随方裕，王孙何必家。

（五）

京邑传高谊，交游逼古人。
平生惭薄植，报称恨衰身。
穷极易为德，恩深转讳贫。
潞河冰渐坼，欲接故园春①。

（六）

秣陵多妇孺，婿女复龙眠。
计日关门辙，当春江水船。
音书转斟酌，道里费周旋。
心急期应近，清淮三月天。

书顾见山补画帙子

己亥冬，儿育、膏别见山于夏镇，攫其画帙而东。帙中有痛哭失声札子，至今不忍置，儿亨为作《欢喜岭归图》于其后。今年生还，与见山同观，更嘱作此。

（一）

交情不尽画，对画识情深。

① 编者按：“坼”，原作“圻”，应为“坼”之讹，径改。

再世重逢面，枯毫两地心。
我生本丘壑，何处老山林。
满纸淋漓意，三年望到今。

（二）

由来珍半臂，临老失图书。
数笔高深具，三生经历如。
天心藏翰墨，年力显乘除。
指点云霞路，苍茫欲结庐。

感寄周栎园

儿奕箴迎至潞河，云：在如皋见栎园《喜龙眠诸君子生还》诗，始知余归信。

稚子不知罗网解，惊传诗句到如皋。
重生消息输飞骑，万里情亲见吮毫。
邗水秋灯鱼字细①，蓟门雪夜雁声高。
桃根宁待春前约，三载几先入梦劳②。

哭赵友沂

（一）

不分惊魂哭少年，夜台消息果真传。
三霜离恨龙沙梦，十月□声邗水船。

---

① 原注："儿携有栎园札子。"
② 原注："栎园庚子寄书，言梦与愚父子重晤桃叶渡头。"

怕向高堂询别后，私同密友话生前。
彭殇久矣能齐物，侘傺因君转问天。

（二）

追思诗酒太情多，鸡骨无因咏蓼莪。
益信文章根至性，莫将才命问流波。
赋成长吉人如在，恨到刘蕡死不磨。
白发青帘呼小友，月明此地几高歌。

过汪吉旋园亭

是日清明。

（一）

三径还仍旧，偏为客眼新。
自怜无定迹，忽睹有花春。
雨落红飞杏，池喧绿转蘋。
翛翛檐鸟近，似认再来人。

（二）

未践西山约，名园且暂过。
近家忘路熟，老眼怪花多。
日落留人住，春深奈客何？
凭栏闲指点，意已在岩阿①。

① 原注："日相订为西山游。"

（三）

无心酬节物，花下记清明。
何地为乡土？今朝已帝京。
飘摇拂面柳，容易卖饧声。
白发转珍惜，韶华倍有情。

陌上

万端回首是生还，莫问流光似转环。
访马短藜踪坦坦，听莺晓枕耳关关。
飞花几树邻家雨，束孱终朝城外山。
自笑陌头舒冷眼，雕鞍油幕等闲间。

寒食

斋房饭少不须寒，出户才知春事阑。
衫受落花红欲湿，风摇深柳绿如澜。
几年烟凿随方火，何处村余赛社盘。
久客日归归已得，莫从歧路问川峦。

陈心简寄新诗八章赋答

（一）

不为公侯复异人，早从玉立识情亲。
先衰在侧终嫌秽，同逐虽遥亦似邻。
举世夕阳悲大鸟，千秋神物托祥麟。

众中揖别独回首，耿耿新诗顾盼频。

（二）

砚朱床侧客犹眠，字引篇终日已偏①。
问马敢言鞭影疾，斵轮原许匠心传。
别来它石空增钝，寄到明珠较更圆。
乞米长安嗟橐冷，兼金今日重青毡。

（三）

高吟动必念庭闱，善饭忻看萱树晖。
池草日萦关外梦②，玉环长系别时衣。
老知麋鹿眈同聚，心慑豺狼忍独归。
检点白华新句好，浣纱旧有钓鱼矶。

（四）

长贫双白挈群雏，赤手虞衡笑腐儒。
毛发再劳鸿造力，蕨薇遑计故山芜。
知君穷亦无长策，将伯心惟就拙图。
归艇已撑还泊岸，论文翘首帝城隅。

再过汪园

动即到邻园，梨花一夜繁。
客心惊信宿，春气并寒暄。

---

① 原注："辛丑十二月十七日，心简以近诗属点定。"
② 原注："令弟数过。"

数息随香瓣，观泉识井源。
时疑风雨至，车马不能喧。

仲侄畿自桐城就晤长安喜赋

（一）

已分今生别，俄惊此地逢。
抱头疑梦寐，对面叹龙钟。
故国三千里，离悰几万重。
竹林欣再□，辛苦仲容踪[①]。

（二）

追溯里门别，苍茫忘岁年。
宣云原隔地，江汉复分天。
出塞书难寄，休官信浪传。
绪陈愁重理，总付再生前。

（三）

季兄逾七十，传说尚精神。
细悉家常语，才知饮啖真。
膝惟依少子，口必念羁人。
今夜长安梦，遥通江水津。

（四）

万端还次第，心急索新诗。

---

① 编者按：“竹林欣再□”句“再”字后缺一字，上海图书馆誊清稿本挖空后未补。

丧乱更何事？平生犹恃兹。
情多吟处见，路远寄来迟。
篝火丹铅细，良惟晚节知。

（五）

白发看犹子，自然而叔衰。
老知骨肉重，穷识面颜奇。
踪迹行难定，图书思共持。
莫言家破尽，何地不茅茨。

再过汪园

（一）

莫怪花开落，应知深浅春。
频来忘适主，欲去更留人。
几榻意如待，檐楹色自新。
老闲兼昼永，不必问宵晨。

（二）

久坐发深省，多生悔吝深。
自知负丘壑，何必羡园林。
贫乏诛茅力，衰存避地心。
大江南北阔，一亩或堪寻。

哭刘中轩

令威城郭事多端，破屋惊看丞相棺。

身世只今弹指变，功名自古到头难。
过人才智争千载，结主精神为一官。
三十五年如昨日，黄垆白昼恨漫漫。

过放生新社

绿杨朱刹绕春城，茎草新悬别后名。
一自至尊眈岭獦，遂令长者遍台卿。
共怜富贵销归处，细体禽鱼饮啄情。
贫老维摩惭筏喻，重生更与说无生。

仆禄请诗

（一）

臧获逾千指，龙荒独尔随。
三年共冻馁，万里效驱驰。
沥血襄封事，呕心计播菑。
谁言厮养贱，堪比丈夫儿。

（二）

而妇复婉淑，荒厨备苦辛。
恐伤双白意，甘作独劳人。
羹涩和颜进，裳穿龟手纫。
长须偕赤脚，常伴鹿门身。

坐汪吉旋西偏书屋

书堂松竹辟西偏，步屧新过感昔年。

岂独易开魑魅眼，居然端坐泬寥天。
入灯画表春峰昼[①]，扑几花浇晴雨泉。
半日吾庐呼亦得，不须惆怅买山钱。

旧　　鹤

余旧畜，己亥赠吉旋，今犹无恙。

旧鹤迎人作意鸣，三年前是一般声。
别来何物不经变，知尔于天无所争。
笙月情深怀子晋，稻粱恩重感康成。
凌霄有籁原遗俗，莫向辽东话再生。

吉旋斋头睹老夫旧诗感赋

偶一思旧诗，追溯心茫然。
忽披故人笥，绣绂裹残篇。
竟是老夫句，磨灭钩画全。
殷勤注岁月，丙丁戊三年。
入手眼反生，绪棘口难宣。
恍如隔代物，光怪动四筵。
又如久别友，旷岁话连绵。
既乏惊人才，加兹流光迁。
踪迹何坎壈，心力同迍邅。
长怀江淹惧，才尽老输前。
佩服杜少陵，晚节神骨坚。

① 原注："堂列米家灯屏。"

以此勤鞭策，瘖寐奉周旋。
忆昔投溷子，奇句不多传。
苏公经严谴，高文沦荒烟。
人间畜一字，如干令甲愆。
今我亦何人，遭逢胜先贤。
兀尔绛纱心，居然名山权。
急书别后什，为我续前编。

游西山

汪子吉旋、仲侄畿、长孙旂从。

愁霖惊枕上，启户已朝晴。
万汇竟如沐，孤筇分外清。
春深催客伴，人老重山情。
几载登临眼，嶙峋到处明。

慈寿寺

戊午曾到，法座正盛①。

四十五年前过此，追思何地复何时？
珠笼香饭中官马，雪拥天花古佛椎。
岂只白头嗟偃蹇，坐看黄面受迁移。
浮屠风铎如迎客，习习音传文母慈。

---

① 编者按：正”，原作“政”，以二者在“恰好”一义上通用，故径改。

止洪光寺，晚过香山寺

分明素壁画，谁许置香林?
不尽游人目，难为作者心。
步回松失磴，声合水流岑。
日落群峰隐，钟音近可寻。

商　　游

呼僧灯下商游政，明日先登何处峰?
老去旧山忘次第，闲来长昼任从容。
新泉雨响松间石，古寺烟笼月上钟。
磴绝好穷芒屩力，肯教谷口笑衰慵。

弘光松径

赤日地难堕，登登十八盘。
不须寻绝巘，长自听飞湍。
趾涩藤相引，云来石作阑。
会当新月到，屈曲岭高寒。

来　青　轩

脚底诸峰小，凭虚结构灵。
绕床容水过，入户许云停。
老树依经静，高钟到夜醒。

苍苍悬榻处，一画古今青。

碧　云　寺

难将金碧洗空苍，榱桷绿云隐上方。
不是紫貂封马鬣，谁留绀殿事狮王。
鱼知客语迎新藻，水伴经声过别房。
触目万端萧索甚，只凭双树度沧桑。

广　慧　庵

卧佛寺侧，壬戌读其中。

我昔天启初，读书西山寺。
回头四十年，到门迷忆记。
有僧八十二，能说前朝事。
相见忘面颜，细讯知姓字。
庭花别后栽，佛容别后置。
僧雏别后生，长廊别后坠。
西偏破屋存，认是下榻地。
尔时山水心，半为文章费。
霜天手一题，沿溪析奇义。
杖藜尽日闲，坐负林峦翠。
早知浮名误，兼此流光驶。
悔不恣眺涉，甘抱山灵愧。
白发语青岑，浮云来去意。
自怜未死身，犹秉烟霞志。

水　尽　头

转爱春流细，能探乱石奇。
云开皴入画，雨歇韵成诗。
列坐承松盖，分筒灌药陂。
最怜穷绝顶，目断一茅茨。

宫　人　斜

前朝宫人瘗骨处。

蛾眉委黄土，千古吊斜阳。
况抱深宫恨，弥增异代伤。
残魂□歌舞，冷骨阅兴亡①。
莫问生前事，班姬亦下堂。

水尽头忆顾见山

顾子寻山如寻画，遇峰必登石必拜。
告我清溪石皴奇，李唐荆浩争灵怪。
我来直溯溪之源，石光水光相吐吞。
持子笔墨印水石，始知手腕元气存。
曾许老夫绢半幅，兴高盘礴溪山曲。
最爱临溪青盖松，好为孤根添茅屋。

① 编者按：□字原残，据其残笔，当为“恋”。

法　海　寺

祖山堂头奉旨建。

学道老无成，登堂心倍惊。
难将蜡屐胜，并入白椎声。
山古石能语，机忘鸟不鸣。
攀髯花雨杳，余气护柴荆。

胜水庵一带

孤樵天外影，有寺隔山西。
越岭塔才露，登峰松竞齐。
阴生当户竹，晴绕过门溪。
削壁凌千尺，先令白日低。

之大觉寺，过卧佛寺后山顶

千盘一枝独峰颠，俯视群山转凛然①。
非海原丘齐涌浪，如云城阙半浮烟。
直将胸次罗天外，谁道登临近日边。
记得当年岩畔望，孤樵时带夕阳旋。

大　觉　寺

西山山几寺？此寺独能幽。

① 编者按："凛"，原作"廪"，与"懔"通，即与"凛"通用。

不问路深浅，但看水去留。
千章树色古，三月雨声秋。
衰蹇连朝步，登登转未休。

山　顶　泉

携铛煮茶。

携铛就泉脉，湛湛乳花清。
火作松山韵，香缘指爪情。
旗枪怀谷雨，消息问蓬瀛。
泱漭峰头出，谁言山下生。

马　　上

碧嶂千重拥晓烟，高钟声尽白云边。
住山只看山中色，马上回头别一天。

摘桃花插帽上

果园绿荫压清流，桃树花开杏树头。
摘得一枝簪布帽，也知春为老人留。

杖折复续

戊子夏，同年姜端公脱赠，辛丑冬折于宁古塔，壬寅春吉旋为我续之。

梅根杖折今复续，谁遣麟胶到枯木。

江头塞外伴岁华，雍容颠蹶同荣辱。
折时疑作葛陂龙，续来竟比梓潼竹。
当年原属故人贻，更仗故人补不足。
此去南山北山步屟狂，
扶持当令衰躯强，依稀故人在我旁。

送仲侄归桐

汝到几时堪遽别，短驴虽买莫骎骎。
苦留亦是他乡聚，遗去偏惊故里心。
桑梓计穷难并驾，竹林人老许同吟。
耄兄耄嫂应相讯，为道重逢事可寻。

张　灯　行

吉旋畜米家灯殊富，特为老夫张之，时三月十三日。

登堂顿惊山水动，繁星朗月悬高栋。
凝眸万象属丹青，丹青不敢尸其用。
炎精直接九华神，机丝绢素争纷纶。
岳祁山植毕宏树，点染都归指爪春。
一屏光亘横十尺，阴壑晴江罗几席。
似有人呼我共游，短藜茅屋堪朝夕。
其余累累如缀珠，好鸟娇花点绿芜。
沧浪渔父形真似，壶峤神仙踪有无。
千光迸射春深月，传柑蜡炬过时节。
更新共讶主人藏，重张知为初归客。
古今岂少画工工，谁从灯火显玲珑？

纱笼亦自辉虚壁，几见清音托祝融。
老眼诸缘浑似梦，古瓷软饭征情重。
若木口御何处龙[①]？金连池冷前生凤。
坐客皆言畜眼奇，清泠繁缛两兼之。
老去江南怀此日，旃檀钟磬映琉璃。

杨犹龙见过赋谢

（一）

同辈看君出，伤心吾道非。
难言别后状，敢问事先几。
云树迷荒塞，庭花冷旧扉。
升沉消息断，塞默梦魂违。

（二）

蚕丛复今日，谁与置吾贤。
尝读杜陵句，因知胜地偏。
千秋玄草阁，两世浣花天。
岁月贞高咏，争编入蜀年。

（三）

残息安门席，惊来长者车。
古风披面颊，别绪忘居诸。
清割峨眉雪，玄探鹫岭书。
知君怜我苦，微笑代欷歔。

---

① 编者按："御"，疑为"啣"，即"衔"之讹。

（四）

蹇余何足道，如子亦蹉跎。
黄阁等闲事，青蘋容易歌。
灭终留鼎鼐，梦久协岩阿。
满把云霄句，清江伴短蓑。

得冯玉九书

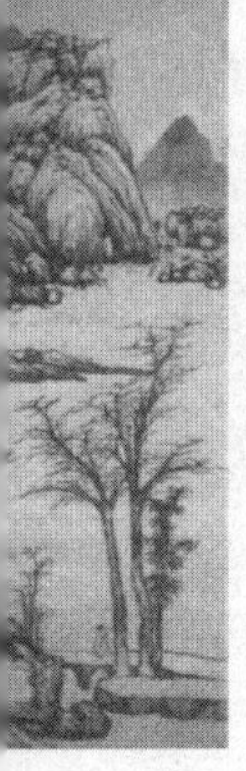

（一）

此时复此地，乃枉故人书。
泪重渍封面，情真略起居。
重询集聚处，转述乱离初。
躬稼知贫苦，劳劳说助余。

（二）

入关逢稚子，道尔久要心。
辛苦过江使，艰难粜谷金。
论交谁复古，怀旧更从今。
落落马生帐，何方空谷音①。

（三）

清淮拟暂泊，路或近中州。
二室容相讯，三秋敢预谋。
须眉霜雪剩，踪迹海天浮。

① 原注："玉九己亥夏特遣使白门书贶及儿奕。"

共作前期想，聊纾两地愁。

作 杖 囊

（一）

杖接转精神，扶行花下春。
性原经百折，骨欲傲千人。
履素穷还坦，年更旧复新。
艰贞到草木，几度阅风尘。

（二）

珍重布囊意，翻胜未折时。
岂须赐朝国，且与护磷淄。
险出益知惧，坚持不惮危。
奚童堪背负，余处可容诗。

送 春

是日适万寿节，赐廷臣衣，时祷雨。

（一）

青帝辞权赤帝乘，嵩呼声彻万山应。
海筹迎节歌云旦，露布先阳报日升。
封事桑林占雨幄，官方田畯凛春塍。
漫夸宫锦天题湿，野老缁袍澹似僧。

（二）

己亥春归人出关，三年谁许伴春还。

今朝鹤发江南老，明日渔舠潞水湾。
岁序暗从堤柳变，客心长共浪花闲。
子规不用啼声切，羲驭从容正可攀。

樱桃尝新

杜甫当年叹转蓬，老夫却爱故乡红。
比来万颗江头色，望去三春塞外风。
香积岂须分御苑，金盘原不及药笼。
衰龈细嚼多忻慨，莫问诗脾润后工。

啜新茶

异域亦尝新，封题隔岁陈。
谁教今日吻，来沃故山春。
叶叶旗枪嫩，津津魂梦真。
怪来驰百马，应为远归人。

戏题渔家乐

平生极爱渔家乐，况自掀天泼浪回。
短笛瓦盆蓬席稳，荻风莲雨莫轻开。

出都别汪吉旋

（一）

寻常难判袂，况是再生余。

此日还江棹，前年出塞车。
脱骖心耿耿，下榻梦蘧蘧。
即别亦中国，何劳赋索居。

（二）

尽日高斋住，连朝山寺游。
浑沦主客迹，委曲杖藜谋。
旧帙砚朱渍，新签篝火雠。
相知心独许，直向古人求。

（三）

自惭无长物，只剩累人身。
十载师生老，千端甘苦亲。
有儿依子住，急国忘家贫。
安稳忻朝夕，邮传江上津。

（四）

难知交道古，老抱少年心。
浪卜前期易，聊忘别日深。
莲花淮水桨，枫树秣陵林。
好我谙君癖，题诗代嗣音。

又题渔家乐

每欲移家近钓矶，心嫌梁笱尚多机。
何如直纵鸬鹚性，渊跃天飞无是非。

画屏歌为吉旋作

画家作笔同诗局，工者须苍老须曲。
广陵李子方少年，乃能放胆挥坤轴。
十二幅纸十丈长，高山远水争苍茫。
一树一石心法古，左视吴珪又李唐。
主人奇石眈四壁，屏障有三画其一。
其二老夫儿子书，墨渖纷披成鼎立。
我归看山还忆画，沧江碣石输灵怪。
未必高深能入诗，置身不在嵚崎外。

书丁酉旧诗于儿亨画帧上，更系以诗

莫向家山问别离，即看图画几迁移。
门生珍重儿曹笔，如见当年偕隐时①。

出　　都

微雨湿垂杨，洒我去国路。
今古一叶轻，况自千艰度。
追悔少年心，错认春明树。
一堕五十年，坐被浮名误。
回头百丈尘，乃达双阙住。
只见奔辕来，几见安车去？

① 原注："家山者，余桐城龙井山也。今归吉旋。"

祸首苍颉氏，圣愚谁能悟。
脱饵保潜鳞，象踪绝回顾。
举棹即清江，岂待秦淮渡。

入　　舟

人生本浮萍，何处不飘荡。
只兹还乡踪，寤寐先所往。
奔尘忽见水，目眩神恍惘。
万变破芒鞋，无恙沙棠桨。
家世清江曲，梦与沧波长。
帆樯竟成村，心在飞鸥上。

遇吴江诸年家妻子

羁人犹未返，妻子竟何来？
行李破家办，音书隔岁裁。
天心高易格，人事迕难猜。
耿耿别时语，归舟惭独开。

问　　家

久客归家心，我归家何有？
桃渡数椽屋，孱儿贫不守。
岂无龙眠田，不敢留糊口。
踪迹沧波同，栖泊随所偶。
经历谙人情，途穷薄亦厚。

既笑松菊拘，复鄙弧矢丑。
放眼篷窗宽，日月作户牖。
忽忆昨年时，搔首望南斗。

初度自寿

（一）

又向中华度此辰，蓼荼丛里桂姜身。
关山不改须眉旧，岁月如经乡国新。
甲子重轮逢七载，家人一面抵千春。
熊熊佛日原长旦，好把青莲作大椿。

（二）

出塞何年年已残，更经四度度暄寒。
悬弧自笑太荒落，归国谁令离急难。
梦比鹿蕉输几枕，天留笼鸟迟双丸。
顽躯共指有今日，舞袖应同竹马欢。

（三）

萍踪汗漫适津门，长昼应分海上暾。
画戟依光逢至友①，绣裆献寿见曾孙②。
马牛齿长惭崇德，麋鹿缘深即大恩。
数演箕畴洪范古，传经犹有敝籯存。

---

① 原注："杨子阁斋。"
② 原注："曾孙世黼先二日晬盘。"

（四）

霜颠见惯肯嫌斑，多难长贫身转闲。
木槵无时成净土，杖藜有句答名山。
久知大药不离性，深信伊蒲能驻颜。
卜宅浮家还绕膝，鹿门原自在人间。

吉旋特过津门赠纱袍为余寿，赋谢

雨立风城东，漫作经年别。
赤日津门尘，忽枉骣骣辙。
一川三百里，信宿甘契阔。
眷我犬马辰，三年困冰穴。
重来随地初，桑弧如再列。
下马解轻纨，称身御执热。
交情比素丝，掩映蓬鬓雪。
六十七年来，遭逢叹颠跌。
岂无宫锦袍，亦多华堂客。
翟门题字稀，范叔绨袍裂。
何如马生帷，殷勤慰疲苶。
更订鹤滩船，秋风桂花节。
久暂合离踪，沧波流几折？

得水厓四兄书

（一）

披缄惊得老兄书，笔墨淋漓年少如。
岂是矫情能却老，恐添絮语转愁余。

龙眠旧屋瞻归鹤，枞水新潮约钓鱼。
一苇飘摇无定止，今宵已作故山居。

（二）

早衰自审怕兄衰，书到翻令颜色怡。
白发鹡鸰歌宛转，青春燕雀报期颐。
代筹田宅公家计，指说溪山旧日时。
会面不遥心更急，摩娑手字当追随。

仲婿张浚之遣使相迓

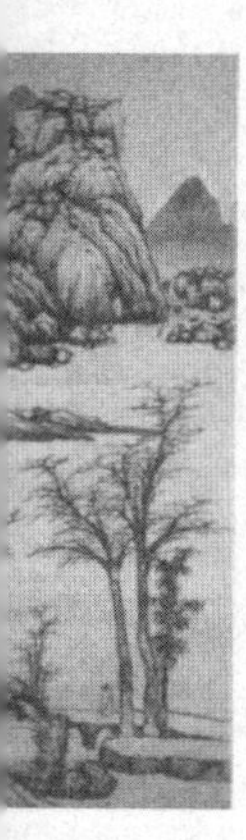

入关三得书，此书烦特使。
反复言虽多，只嘱归舟驶。
弱女心更劳，行间题细字。
已割所居堂，为我安即次。
已莳家园疏，为我充糗糒①。
思亲仗佛慈，复虑长斋癖。
叮咛来人眼，面颜探枯悴。
封皮渍雨痕，欢极知有泪。
生还念骨肉，远近等梦寐。
萍梗原无根，生理随方遂。
人生桑梓心，患难久弃置。
但得脱龙沙，谁非归宿地。
清淮钓鱼船，龙眠短驴辔。
衰驱勉加餐，会面良容易。
一水望匪遥，习习秋风吹。

① 编者按："疏"疑为"蔬"之讹。

寄张稚恭

（一）

同窜不同地，同归复后先。
三冬龙塞雪，两路广陵船。
醒眼天堪问，回头梦转怜。
前驱不恨老，苏武正丁年。

（二）

万里悲欢绪，君归君自知。
敢言见晛日，莫忘覆盆时。
家破仍吾土，蓬飞是故枝。
江南秋色好，随处即前期。

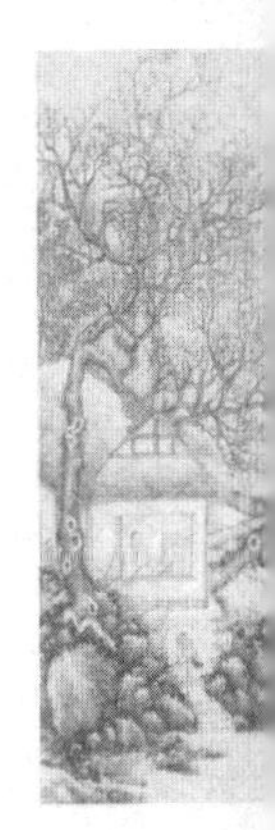

（三）

追随余稚子，畚锸岁时深。
患难忆当日，根绳匪自今。
丁丁伐术响，历历倚闾心。
知己穷途贵，长听鸿雁音。

寄陈二如

时以廷对入都，以余归之两日而至。

（一）

陈子五十才献策，短驴入都余已归。
川陆龃龉仅隔夕，音书还往宁多违。
唾壶到此泯欢怨，华表只今忘是非。

衰躯犹存中国近，咫尺谁言会面稀。

（二）

学杜从来诗句好，八章怀我当如何①？
深情岁月敢磨灭，往事山川费揣摩。
茧足怜余行无地，吟髯知子撚未皤。
累累箧底还留字，相见当樽须放歌。

忆宁古诸子

（一）

分手徂冬复过春，龙沙万里望飞尘。
悠悠云物亲吾土，脉脉心期负故人。
稗子又耕边徼土，桃花谁问洞门津？
巫咸毕竟天堪信，旦晚风雷自有神。

（二）

记得端阳花满城，冰厨方法点杯罂。
棠梨移后萦窗莠，瓜菜诗中带雨茎。
棋野可能凌曙色，茅庵曾否殷钟声。
伤心最怕荒边梦，几度怀人冀梦成。

蒲　团

蒲团小复敝，甘苦十年随。

① 原注："二如书来云：庚子有怀余诗八章，未达。"

绥秃经纬错，败缺不成规。
浸淫塞外尘①，绣蚀如苔衣。
山僧乞不与，殷勤重所贻。
昔年古堂头②，说法越水湄。
仲儿作县令，国典苛且危。
力护龙象众，曲霁獬豸威。
名山终法席，脱赠等牟尼③。
老夫客长安，朝夕伴琉璃。
遭难趋北辕，此物亦流离。
土龛石佛泣，松火军持悲。
间关还故国，行李劳提携。
故物如故友，出险忍遐遗。
纫以新布裳，趺坐增威仪。
旧杖断还续，对峙生光辉。
王恭长物少，子敬青毡微④。
人生顺逆境，新故心依依。

怀苗炼师

（一）

不必寻笙鹤，披诗已是仙。

① 编者按："淫"，原作"澹"，此据《龙眠风雅》本改。
② 原注："闽僧古渊。"
③ 原注："时木陈、夫山俱罹害，直指移檄甚严，儿亨力护持，终其法事，别时以此为赠。"编者按："木陈"，原作"木乘"；"罹害"原作"被罹"。此据《龙眠风雅》。
④ 编者按："长物少"，《龙眠风雅》本作"少长物"，疑误。

嚼来姑射雪，望去石堂烟。
龙护三朝鼎，鸾分五夜笺。
泠泠云外响，未许玉璈传。

（二）

今古钦玄龠，躬逢焦炼师。
自怜尘世骨，空咏昔人诗。
雪塞春回日，天坛月下时。
丹经羞白发，只赖谷神慈。

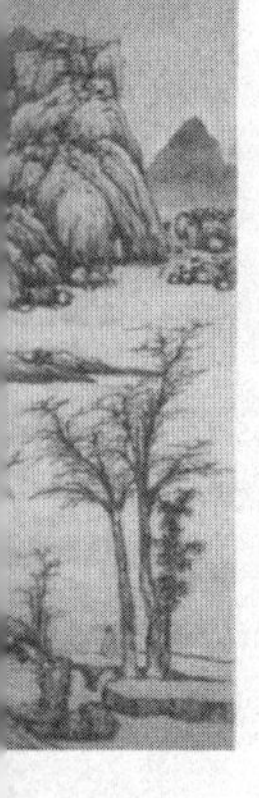

答姚明两①

故乡情急似忘情，书到生还眼倍惊。
杜老七歌长忆妹，郄家几叶见贤甥。
新诗宛转高堂语，良晤参差隔夕程。
枞水不遥淮水接，秋鸿计日盼南征。

茉莉花点茶

馥馥岭南花，茸茸阳羡草。
谁令点入津门泉，满酌龙沙生还老。
冰沁三年暍肺清，眼轻万里关山道。
人生饮啄虽细故，伤心性命同颠仆。
纵使塞外终朝饮醍醐，
不及故乡荒榛根底涓涓露。

① 编者按："明两"，《龙眠风雅》本作"彦昭"。

矧兹青瓷碧蕚郁新香，仿佛江风生晚凉。
再拜持杯不忍咽，此生此味今重尝。
江南盛事美无度，湘芷吴兰满江路。
此去应逢估客船，千钱且买婆娑树。

津门五日

（一）

白头羞对五丝新，节物关心倍此辰。
三载往还何郡县，千秋遭际几君臣？
兰归故畹留余蒂，潮满清江纵涸鳞。
箫鼓莫思桃叶渡，行吟已是再生身。

（二）

萍梗飘摇转自疑，江南何地问茅茨。
依人从古猪肝贵，临老经今龙性痴。
菜甲只分香积钵，榴花又照少年卮。
静喧随境成陈迹，不向飞光叹岁时。

（三）

一枝聊寄故侯园，瓜地葵榴也觉繁。
老眼开时迷杜曲，浮踪歇处即云门。
衰难入道惟依佛，心悔穷经却教孙。
瓢笠萧萧萦笔墨，羁栖别自有晨昏。

荷花作瓶供

买药童归兼买花，芰荷新吐砚池华。

漫怜白首人舒眼，犹记青溪伴浣纱。
带露却迷飞鹭影，闻香欲上钓鱼艖。
龙沙亦有红芳径，珍重今朝故国葩。

老　去

老去一身在，贫来百务删。
易荒惟白业，难割是青山。
日引帆何处？云中屋几间。
乾坤高视里，撒手自然闲。

答龚升璐

(一)

萍踪穷且老，尚有客相寻①。
酒湛斋房色，风生寒铗吟。
住山劳代计，出塞溯伤心。
灰冷浮名尽，辚辚空好音。

(二)

奇字君家富，君诗不独奇。
章程邺下重，奥窔少陵知。
筑市新怀刺，兰江旧德碑。
黄金台畔句，留许老人披②。

① 原注："升璐投刺云，载酒担诗以见。"
② 原注："禹锡侄，兰谷先生孙。"

望海寺

三年不见寺，是刹即巍峨。
门况临流水，庭还覆古柯。
僧孤知法广，客静爱钟和。
佛日迟萍梗，阴晴许重过。

前途

死地一回想，前途在在宽。
只知还肉骨，何暇计饥寒。
渔艇轻堪弄，江蔬肥可餐。
华音弹旅铗，终不悔冯驩。

茉莉盛开

江南人脱赠，枝萼茂甚，留孙昙蓄署中。

（一）

繁花开短砌，香欲上衣裳。
雨歇夕阳澹，天低海气凉。
纫难兰芷共，簪笑鬓毛苍。
仿佛深江阁，垂垂坐晚塘。

（二）

南花来北地，眼惯亦生奇。

此去舟航易，留将孙子嬉。
殷勤教灌法，烂漫忆开时。
到日程堪计，家园菊满篱。

发 津 门

（一）

停棹复鼓棹，苍茫何所之。
是乡皆故土，到日即前期。
海水接江绿，秋花先夏滋。
白鸥同性习，浩荡莫须疑。

（二）

此地几来往，回思路渺茫。
沧桑且眼见，边腹更心伤。
倔僵白头老，高低青雀航。
飘飘还鹿鹿，流水笑他忙。

来 帆

高帆出屋上，岸曲不知船。
红蓼板桥侧，青枫古寺边。
闸痕询雨后，米价报春前。
充耳蓬窗客，摊书准昼眠。

摘岸花作瓶供

绿岸萦轻楫，蘋花不待秋。

残书堪作供，衰鬓欲忘羞。
几见琼华寿，谁将金谷留。
寒冰沃野莔，开谢颇优游。

静　海　县

虽荒本岩邑，野泊夕阳情。
杀气十年剩，游亭当日名。
官贫闾巷瘦，客老道途轻。
闻说畿南北，如兹凡几城。

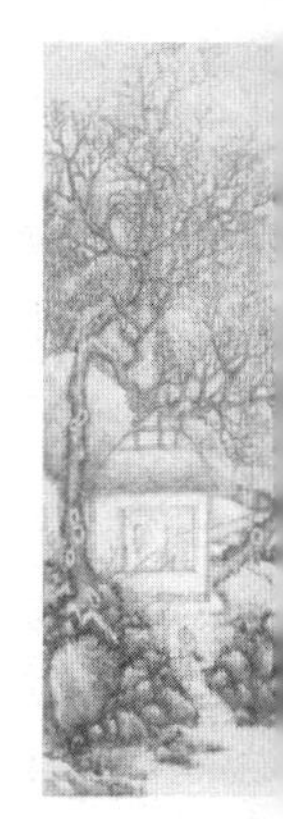

闻　　蝉

新蝉鸣岸柳，入耳恍南音。
一物故乡性，三年异土心。
秋悬场圃令，雨歇夕阳吟。
却笑家山树，清江隔几岑。

独　　鹤

独鹤栖孤树，将飞身不翔。
鄙夷视矰缴，经历惯舟航。
浅獭依桩绿，平芜带影苍。
临流森万里，六翮几曾伤?

归　旗　行

征于七也。七既逃，大军凯旋，累累载道。

开船马塞船边路，征东大队归旗度。

裸驮牛载到狗鸡，啼痕粉面披朝露。
山寨渠魁海上逋，城中子女合当俘。
虽然与贼无瓜葛，生同乡里岂无辜？
本朝恩泽宽妇女，蛾眉不忍膏刀俎。
贵人闺阁贱蘧蒢，铁索披靡同犬鼠。
当年十斛买明珠，今日琅珰换绣襦。
将军未必名骠骑，使君不复归罗敷。
衰眸见惯还心痛，千金谁赎胡笳萝？
上阳田里赤脚莲，宁古井畔云鬟冻。

舟　迟

南风吹逆水，不觉上滩难。
川路迟终到，归心澹转安。
昼长纡岸阔，夜静送床寒。
疾足平生惮，淹留何敢叹？

晚　棹

雨脚挂船近，停桡对寺门。
云开前浦色，风卷夕阳昏。
晚棹凉生水，芜城泊似村。
霁阴难定止，踪迹更谁论。

与济道中

月在傍人起，邮程枕上过。

县名询树老，樯影爱风和。
昨日峣田雨，新晴馌妇歌。
那堪夹岸马，重载细腰驮。

荡桨买邻船茉莉

邻船花树树，乞得晚开枝。
一水香回处，繁苞雪堕时。
寒冰随瓣沦，落日任风吹。
攀折问谁主，芳菲笑自知。

舟　　静

风正帆墙肃，蓬窗静似庵。
佛栖波上月，人坐镜中潭。
半偈浑声息，诸缘泯苦甘。
何须担榔栗，匿影问松龛①。

遇柳敬亭

（一）

恸哭黄河岸②，嫌君情太悲。
怪来会面异，始信别踪奇。
意外得今日，眼看谁旧时？

① 编者按：“栗”，疑为“栗”之讹。
② 原注：“癸巳别于清河。”

极欢心转痛，白发泪丝丝。

（二）

每听滑稽语，心惊历盛衰。
谁令终履虎，自悔早知雌。
相对须眉在，难言道里奇。
古今君熟记，似我几嵚崎。

枣　市

枣市成山立，舟车簇似林。
昨年调药饵，一颗重兼金。
耳目移情易，山川饮痛深。
物微衰吻压，敢忘晏安心。

草　帽　歌

草帽蒙茸不盈尺，寒披雪霜暑蔽日。
麦穗如丝波浪纹，麻筋细度针线迹。
日昨戴之游西山，顾子相见成欢颜①。
急用画笔画余像，野服翛翛白发闲。
物贱易刓复易置，百钱更买三家市。
牧儿田竖等闲观，擎来满眼烟岚气。
曩曾一笠乞山僧，三年绝塞风棱棱。
来时复为山僧赠，残貂裹鬓冲层冰。

① 原注：“见山。”

梅根一杖折还续，椰子瓢光紫如玉。
持将草帽列为三，丘壑江湖万事足。
重为告曰：帽兮帽兮！
余将携汝泛洞庭，披橙橘，寻灵岩，问梅鹿。
再游西子之湖，重入匡君之谷。
汝好为我点缀乎白雪之颠，
提挈乎丹霞玄鹤之服。
噫！朴遬遮眉残且粗，生还剩得旧头颅。
非关尘土轻轩冕，久识簪缨是祸枢。

舟　望

风微南北借，帆影乱难攀。
野渡横如马，人家望似山。
川长乌自度，原广目无闲。
日脚占阴霁，遥空积翠间。

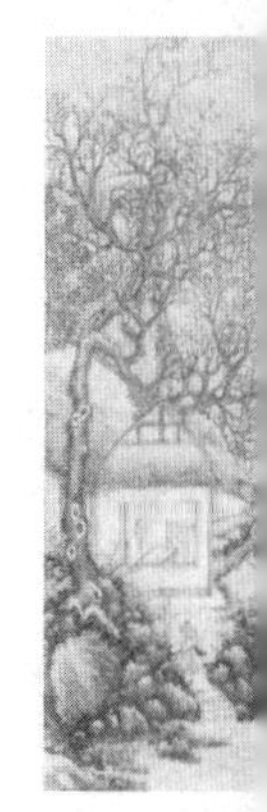

晚　泊

林深不辨岸，树抄过樯灯。
点点星流汉，遥遥萤度罾。
戍烽醒立马，庙火宿残僧。
明发应看月，荒更未足凭。

雨　泊

（一）

雨泊宁论地，孤舂出水齐。

风牵堤柳下，雷殷浪花低。
小市平田北，青帘破庙西。
严城堪指数，杳霭望中迷。

（二）

长年甘昼梦，劳贯夜来晴。
曲牖光偏受，残书眼倍明。
烟添空际色，蓬滴静中声。
川广波难答，舟移觉岸平。

忆旧德州

二十年前旧戍楼，月明挟骑问更筹。
沧桑但看一身足，天地何堪转眼浮。
生计只今悲塞马，廷争当日笑蜗牛。
斜阳流水万端集，不独伤心为白头。

水底灯光

波底灯光落，虹霓倒影看。
欲分残戍火，直作碎星滩。
露久侵衣湿，风微拂枕干。
不知明月照，何处到渔竿？

河　涨

闻说新河涨，桃花已后时。

孤篷昨夜雨，深岸几家篱？
行李轻还驶，乡园近可期。
千艘毋过虑，疏凿大臣知①。

苇　　席

苇席贱堪籍，莹莹青竹光。
旧书牵眼短，破扇引风长。
丧乱无赢物，葳蕤有睡乡。
黑甜忘侈俭，一样到羲皇。

询德州故交大半凋落

满眼素交尽，偷生怪此身。
始知人寿命，不在地艰辛。
戎马严城雪，樯乌赤日津。
残黎犹识面，争笑白头新。

故城县有百岁翁询之已死

人道神仙死，遗坛罥夕阳。
几曾有金石，空自说津梁。
多难丹经贵，浮生白日忙。
偓佺还寂寞，何心怪行藏。

① 编者按：“毋”，原作“母”，径改。

雨窗为友人作字

破砚波痕入雨深，鸭头鹿脯迹难寻。
故人好我不以字，郑重君苗焚后心。

济上喜晤使君侄兆及

（一）

只记别时语，谁知见面期。
意中瞻画戟，望外返庞眉。
一水潆回地，三年急难思。
泊船都悯默，转使梦魂移。

（二）

出关到归国，种种绪难寻。
千载古人谊，万端犹子心。
泪封冰窖字，贫损冷曹金。
薄植嗣宗愧，徒怀先德深。

（三）

宁无借寇地，控带恰河干。
归路天怜老，人情侄是官。
龙眠茅屋远，凫绎政堂宽。
试问来何处？弥增集聚欢。

（四）

衰宗只子仕，不独老夫私。

释路闻舆颂，传家重世贻。
树滋乔木迴，阴许竹林披。
疲茶烦招致，今朝叔果痴。

泊　　夜

夕阳鸟外去，新月水中生。
暝色高低树，邮签长短程。
灯罥明远影，铃塔落凉声。
客梦澹无著，泠泠枕簟清。

怀　　刺

祢衡年少无多刺，况复白头绝塞归。
时辈眼前识面寡，素交何处知心稀。
姓名朝代屡更换，城郭古今泯是非。
会向深山觅猿鹤，往还昕夕同忘机。

粮艘敝不堪载，弃复不忍，羸长年孤纤，缘荒岸与诸艇相先后，慨而作此

（一）

敝艇曾万斛，归缆只孤牵。
江海回头浪，阛都过眼缘。
难邀匠石顾，甘受野鸥怜。
力尽犹存质，龙钟草木年。

（二）

宁堪更斧凿，无用却嵯峨。
玉粒陈人饱，黄头当日歌。
蓼蘋猜旧桨，樵爨挂残蓑。
推挽谁拘迫，荒村自在过。

（三）

命自蛟宫乞，眼同渔父醒。
斗边看石落，江上伴峰青。
坳水难为用，盘涡敢再经。
长年甘逸老，不复叹飘萍。

（四）

画船箫鼓沸，白水拥如山。
侧岸潜声息，排樯腼面颜。
争看乘浪去，几见御风还。
万物矜终始，浮生一瞬间。

凉　泊

奔雷扶急雨，风送一川凉。
篱落几家静，枫根带岸长。
客程贪薄暮，天意济骄阳。
坐使炎威褪，琴书湿不妨。

朝　晴

枕凉侵夜雨，槛湿拂朝晴。

村少野光阔，林疏旭景明。
宜人忘畏日，触地恍前生。
物色劳行役，连樯莫问名。

龙现

云端有物如虹，蠕蠕动，其色白，尾露首藏，水痕萦绕而上，亘时乃没，胥曰龙也。未瞬，雨随如注。

龙见雨随落，淋漓鳞甲腥。
云雷元自信，耳目骇初经。
急溜奔时白，奇峰霁处青。
为农河畔笠，天用几回灵。

望山

东昌。

望山色已动，不必是江南。
岱岳古今重，烟岚远近含。
回生紫塞客，随意白云庵。
勿谓向平老，衰藤正自堪。

隐计

万里归心难遽论，每逢土著忆家园。
人间岂少桃花水，梦里长怀桑柘村。
所幸萍踪浑去住，萧然蔬食易晨昏。
天教隐计尊乡国，绮角容还断后魂。

丞相园亭

灌木压颓垣，前朝丞相园。
已知今易主，不问旧题门。
山鬼啼蛙鼓，邻人记鹤轩。
片帆劳过眼，摇落对黄昏。

邻船笼畜鸜鹆

逾济惊鸜鹆，南禽且北征。
记曾巢水槛，长与伴山情。
凤阁谁新羽，鸡栖只旧声。
雕笼非故里，莫羡稻粱轻。

分水源头

（一）

沿流无异沫，初脉细堪寻。
互易东西性，难为蒙坎心。
千艘资坻峙，万古奉蹄涔。
更喜归航近，高江接浪深。

（二）

相逢南北艇，举手尽乘流。
一勺未生处，分曹何所投。
为霖期各济，归海信同收。

竿笠无方域，烟波随自由。

济宁官舍喜晤凝斋兄

兄年六八弟六七，重逢忽漫生还日。
十年颜面万里踪，从子官衙谁期必。
入门惊呼病卧床，伏枕扶头话短长。
白发覆额泪在眼，痛哭不可翻慨慷。
伤心怕忆少年事，月山柯叶前朝季。
沧桑不独一家经，萍蓬坐见千山异。
春江曾送秣陵船，廉吏惊涛瘴海边。
罢官尚觉冤难白，何似投荒魑魅天。
头颅既在复何苦？兄贫犹剩龙眠土。
即我飘摇一策无，以贫较死差堪愈。
破涕强欢当勿药，相对两翁同矍铄。
秋风且迟孔林鞭，月明先试南地屐。
吁嗟乎！
人生竹马交游余几人？矧复随肩棣萼亲。
万死殊方矜聚首，竹林今在济河滨。

月集南池

（一）

为问南池胜，名因杜甫传。
我来当暑雨，一样晚凉天。
老树阅游客，繁荷吊古贤。
娟娟明月下，流水几千年。

（二）

寻常四十字，不朽遂山川。
风物宁无异，文章信有权。
浅深南北酒，来往古今船。
缅想高吟会，当年亦偶然。

南池席上示使君侄[①]

官舍期传河朔杯，莲花似为竹林开[②]。
只疑群从吾庐会，却上古人旧日台[③]。
饮啄正随池水冷，梦魂时带塞风来。
生平寝食夔州句，藉迹扪碑亦快哉。

买得鹦鹉

（一）

记曾畜陇鸟，物小亦牵思。
再与翠衿遇，相看白发疑。
知非当日羽，心触向来诗。
近玩同栖息，依然故国枝。

（二）

聪明莫自恨，终觉胜鹰鹯。

---

① 编者按：“使君侄”，《龙眠风雅》本作“蛟峰侄”。
② 编者按：“期”，《龙眠风雅》本作“欣”。
③ 编者按：“旧”，《龙眠风雅》本作“前”。

云外虽难遁，笼中毕竟怜。
随方梦醒地，一向稻粱天。
雨后矜翎翮，瓶花色倍妍。

（三）

开笼何处去？鞲小亦居停。
砚北容窥字，垆边教诵经。
凫鸥猜性习，鸡鹜混仪形。
弋远毋劳慕，安栖即杳冥。

登太白楼

太白楼头晓日凉，南池遥送藕花香。
当年步屧杳何意？异代河山空自长。
四望眼迷沧海绿，千重色隐岱宗苍。
匡庐老大归来未？宫锦曾经笑夜郎。

走笔赠陆别驾

平原陆子任城客，飘摇不守鸳湖宅。
意气黄金台上人，高悬只眼青天白。
遇我生还紫塞东，萍梗虽同迹不同。
鹤归怕问华亭唳，龙跃思乘北海风。
城上高楼城下水，李杜亦是羁栖子。
男儿行止等云霄，安能龌龊寻乡里？
酒酣耳热指雄心，白发莼鲈秋色深。
羲车未晚霜蹄壮，匣里时听雷雨吟。

铁　塔

铁塔不能登，名迷灰劫僧。
天风吹赤日，山雨结寒冰。
兵甲销鸿冶，鼎钟输大乘。
峨峨西度意，垂手正堪凭。

画　眉　鸟

画眉只凡鸟，所贵在徽声。
未刷高岗羽，虚叨绣阁名。
樊笼甘饮啄，喉舌恃平生。
何似猴山鹤，寥寥月夜笙？

哭仲婿张浚之

子婿人皆有，衰躬恨独偏。
道义贞患难，不徒骨肉缘。
子生四十二，结褵四十年。
尊公余同庚，居止接屋椽。
先君交老伯，少子互矜怜。
已有婚姻约，儿女适随肩。
翰藻缔葭莩，鸡坛意气先。
一日或两过，三日同一筵。
尊公忽遘疾，床头血泪涟。
抱子委余怀，舌蹇语难宣。

再拜受遗言，藐孤稚且孱。
敢曰代怙恃，力绵心则虔。
成立赖子才，十年多迍邅。
受书即岐嶷，肆志鸿蒙前。
继述图三立，青紫犹后焉。
二十举京兆，雄名振都阛。
世眼重科名，庶几报黄泉。
南宫乃三蹶，困顿孝廉船。
将母怀抱郁，阴阳伺其便。
侧闻青山游，随风堕马鞯。
岂至戕性命，菏阴凶问传。
华宗兰玉摧，坷里典型蠲。
遑言亲戚哀，行路当潸然。
老夫抱深恨，伤心更两端。
子才迈时辈，矩镬则圣贤。
卑世眼蠛蠓，说史口潺湲。
少孤历薄俗，循墙时问天。
每对丈人峰，中怀失山川。
投如乳水合，孚如金石坚。
广搜及冥溯，窔奥穷星渊。
绕膝无絮语，东床多草玄。
半子即小友，乐令惭陶甄。
及余罹奇祸，崩摧沥心肝。
同仇岂不痛？情笃倍艰难。
甘辍场屋工，朝夕草阁毡。
背面时长号，相见语连绵。
出塞辕难稽，错迮公车鞭。

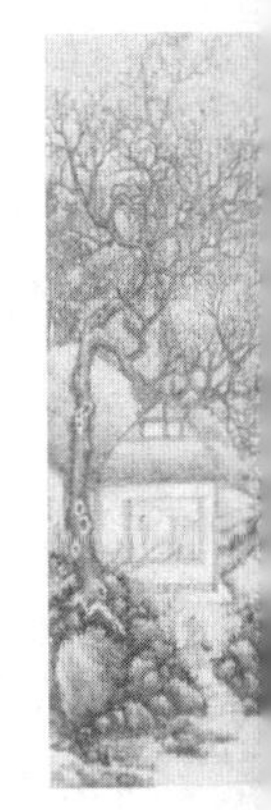

诸儿万里行，百计筹征軿。
幼儿希解网，力疾图周旋。
挺身冒诟谇，代算卖庐田。
聘女复赘甥，红丝难后牵。
题书寄天外，泪雨封皮鲜。
吾女更纯孝，刺血字画丹。
力穷缇萦书，啮指奉金仙。
生还急遣使，扫屋候龙眠。
自移所住房，手蔬种屋边。
只望父母归，谁料良人捐。
坠楼闻同死，力援命少延。
子少有肺病，多难长忧煎。
曾劝学伸引，神仙乃荒烟。
四十不为夭，文章千古权。
□从世情论，丈夫子翩翩[①]。
吾女持门户，后事良无愆。
大孝纾先志，青鸟营新阡。
百年同松菌，轩皇无回还。
悔不早教子，细探无生篇。
老心千艰瘝，观空学未全。
欲哭惧伤生，忍泪塞枯咽。
代哭聊以歌，地下知拳拳。

续香匙歌

拨香小匕高丽铁，死灰茎断荒边雪。

① 编者按：□字原本挖补未改，据其残损部分疑为“即”字。

地近高丽续转难，沪锤济土轻烟爇。
物尚如此人可知，既续何如未断时。
天生完物天原忌，断而复续差胜之。

羽　　扇

(一)

羽毛谁更惜，手腕尚争强。
性不因人热，风元自我凉。
指麾忆动静，搴毪问行藏。
雉尾羲皇贱，偏容北枕长。

(二)

莫问卷舒理，曾无屈折劳。
层冰敌夏日，万物付秋毫。
却影歌如月，为仪和在皋。
不须愁弃置，任运本嚣嚣。

喜晤刘嵎旸

为儿标春闱所录士。

藻镜曾看桃李妍，层苔重对倍忻然。
怪来歆向箕裘蹇，恰遇欧苏令甲悬。
身老益凝年少眼，家贫长恃故人天。
白头河上褰朱绂，伐木争歌鹤子篇。

过水边庵

犹带南池意，花溪绕寺门。

晓凉披湿露，夜涨报新痕。
梵放客同静，钟幽日不暄。
清泠随法界，何处问祇园。

庵僧为旧中贵，云曾同余甲申南渡者

老僧知姓字，云共乱离船。
顾我生多难，逢人忘纪年。
青莲一笏地，紫禁几朝天。
只此惭长策，宁徒负昔贤。

骤雨阶溢，瓶莲瓣落，命童子拾置水面

（一）

落花毋自委，止水亦堪浮。
枕上千山雨，堂前几叶舟。
香残风欲送，衣褪影能留。
归壑谁消息？江河本一沤。

（二）

谁言倾莫载，万斛正颠危。
玄麈传心净，洪涛喻筏慈。
去来身不系，安稳器非欹。
转笑桃花洞，轻教渔子知。

立　秋

（一）

轻凉送雨报更筹，又是中华第一秋。

青女莫悬风露令，白头不挂雪霜愁。
丛莲香落红浮砚，好鸟声娇绿映耩。
勿道登楼吾土远，南池如共少陵游。

（二）

荒边春夏皆秋气，此地秋生应当春。
计日敢思三径菊，傲霜已是再生身。
蟾蜍邈尔容圆魄，鸿雁公然许共宾。
宋玉假令曾出塞，也知摇落不愁人。

秋　晓

胆瓶朝过雨，鹦鹉报花开。
对佛翻经坐，同人乞字来。
令娇秋欲落，气转暑先回。
渐与金飙习，翛翛江上台。

调鹦鹉忆二侄畿

畿丁酉官汉中，特驰使携鹦鹉六翼供老夫玩，曾答以诗，罢官诗亦不存。今年来都门，请老夫于汪子吉旋处搜旧稿重书之。

（一）

绿衣新鸟语支离，错认频教旧日诗。
记得仲容千里使，陇西无恙达京师。

（二）

官罢图书亦荡然，生还重写汉中笺。

凤毛莫恨随风落，茅屋还堪对站鸢。

（三）

深意难教众鸟知，不因慧舌买新枝。
携归好向竹林语，仍是当年旧羽仪。

饲 鹦 鹉

剥果饲鹦鹉，聪明好共商。
扬轻因故饱，索靳待徐尝。
鼠贱羞鸲嚇，梧凋笑凤粮。
长分君子粒，凡鸟敢低昂。

浣 笔 泉

时粤师过济，牧马其上。

浣笔泉为饮马泉，雨珠犹喷火云天。
性清偏耐污池滓，一滴千年留谪仙。

雨 静

一雨群嚣静，况兹邸舍秋。
通门无热客，随笔有闲谋。
举世诚骑虎，谁家问得牛？
纵观寥廓理，踪迹敢嫌浮。

甥明两归舟适至济上，喜赋

（一）

前期期白下，乃及济宁舟。
怪尔乘流急，怜余寄迹浮。
十年悲喜面，万里雪霜头。
忍泪且欢聚，南池正早秋。

（二）

无由睹衰妹，见尔已颜开。
仿佛龙眠客，移来邸舍杯。
平安话兄嫂，指画到蒿莱。
客老乡心苦，空教梦往回。

（三）

老难禁怨恨，种种莫重宣。
但读囊中句，应知别后天。
危途兼送日，晚节赖增年。
尔有新诗好，衰龃许共传。

杨圣喻伯季招集因园

到门高树堕云凉，园自先贻不厌荒。
静几人同图史古，种梅手带雪霜香。

廿年事往苍江渡①，两岁情深玄草堂。
却笑离乡迷老眼，丛兰疑比月支芳②。

人　生

人生无老少，所适惟当前。
已往如逝波，将来如空烟。
瞬息成乘除，那堪形神煎。
况我齿发衰，经历复迍邅。
来日可眼见，皇虞几百年。
谁与羲和谋，日月停其鞭。
公卿曾回翔，嚼蜡无余膻。
濒死翻不死，祸患失威权。
盖棺骨还丹，阴阳不敢专。
人情羡生还，故乡寡短椽。
归休重首丘，荒山少新阡。
茹蔬既不瘦，服药那能仙？
布衲贱胥靡，高耸王侯肩。
贫垂杜甫囊，动倾官俸钱。
弥天此一物，智愚安得诠。
握粟昧所指，劳劳水上船。
四月棹津门，七月淹济川。
既无削迹虞，亦非投辖牵。
偶然成行止，如彼随波鸢。

① 原注："甲申同凫岫南渡。"
② 原注："阶莳盆兰，老眼十年不见矣。"

新飙雨后善，花鸟媚诗篇。
茶从阳羡贻，旨哉荷阴泉。
数息对庭曦，虽烈时复妍。
只此栖神明，万物各有天。
汉阴与鹿门，自古多迁延。

换　船　行

南池七月花如雾，花奴哭断看花路。
万马奔腾沿岸来，一呼吸尽香房露。
刀箭在船马在亭，刲羊割豕染莎汀。
据榅布席成高坐，满官汉官如排星。
粮艘奉旨不过闸，渔艇官船争杂遝。
高声刲木咄嗟成，满堂喑哑谁能答。
坐间一尉隶辽东，霁色喁喁鸟语中。
太守鞠躬还附耳，艨艟无恙资寅恭。
十岁奚儿跟船卒，鸡狗遭烹掀土屋。
瓜蔬绝担望城门，阛市萧萧等空谷。
船高解缆尚无期，深意人知人不知。
莱芜阿邑同清浊，鹤唳牛衣泣等夷。
闸开轧轧槽声接，古堤森木连皮接①。
野客高眠未出门，胆瓶十日红芳歇。

---

① 编者按："闸开"二句有两"接"字，必有一误。按上海图书馆誊清稿本第二"接"字上有一墨圈，可见此字当误。

七月六日热

少陵当年曾苦热，千载犹传苦热诗。
顾我炎敲亦此日，令人怀想欲同时。
层冰谁许山阴踏，古调应为下里师。
击钵倚窗风习习，长吟五尺是南池。

七　夕

勿复陈瓜果，中庭任网丝。
生平拙尚败，老去巧安施。
一片支机石，千年乌鹊期。
合离谁眼见，空笑女儿痴。

七月八日雨

秋雨好似春，炎宵酷如毁。
私讶真宰仁，盛怒无终理。
果然空地雷，夜殷匡床耳。
三更毒剥肤，凌晨寒扑几。
炎冷自人情，天心何偏倚。
穷极本能通，古今重倾否。

骤　寒

不敢辞纨扇，乘时恐太忙。

千秋留节物，一息制炎凉。
阅历无惊眼，高空何定方。
商飙休傲客，带得满头霜。

旧　垆

檐雨送寒色，旧垆登新光。
团结如紫玉，照我须眉苍。
客云宣德铜，应是历代藏。
不然凡庸资，灵气宁皇皇。
自笑贫无锥，长物销遁荒。
昨见盛水盂，弃置东家墙。
仲儿好奇古，乞邻用焚香。
既非贾客眼，又无瑰异装。
偶然伴笔砚，何心问低昂。
此物近踊贵，品题早汉唐。
晰体细茧丝，估直贱球琅。
富亦不愿畜，况此冰雪囊。
朴质对衰客，寒温同所将。
不闻鼎与彝，至今属周商。

客　留

桂姜难作客，萍梗易留人。
新水高三尺，归舟逗几旬。
庄生已在越，角里不知秦。
羁绪眠餐惯，秋风处处莼。

秋　海　棠

秋花多老干，尔独带柔姿。
蜂蝶既相恕，烟霜若有私。
三年嗟别眼，几葶见因时。
遇物无新故，芳菲且共怡。

滋阳喜晤刘孔植

儿标春闱所录士。

（一）

班荆惊执手，特为老夫来①。
匹马火云路，同门凉月杯②。
龙荒踪迹惫，鹤子羽仪开。
楚楚济南士，根绳亦壮哉。

（二）

野茧劳家杼，绨袍识苦心③。
莫披残雨雪，重理旧苔岑。
棠树装方椒④，梅花岭待寻。
绸缪看黼黻，期许比南金。

---

① 原注：“从沂州特枉过济宁。”
② 原注：“共集嵎旸宅。”
③ 原注：“以家织脱赠。”
④ 原注：“孔植司理南安，将发棹。”

（三）

披拂新诗好，琳琅惊及门。
怪来穷窔奥，敢说合渊源①。
溟渤波澜壮，楩楠杖叶繁。
官清不碍句，鱼腹许重论。

恭谒孔林

（一）

素王贞带砺，万代此山河。
但觉乾坤小，谁言尧舜过。
随心徵俎豆，不武退干戈。
美富从何见？森罗挂薜萝。

（二）

栖灵宁独此，何土不尼山？
亘古鸿蒙宅，敷天律袭颜。
麒麟谁敢泣，罴虎莫须关。
梁木千章在，羹墙许再攀。

（三）

了了无生义，逍遥亦有终。
恐增曲学障，默与梵王同。
歌远思周凤，声烦笑夏虫。

① 原注："孔植出诗，偕嵎旸请老夫正。"

朝闻谁梦觉？容易说圆通。

（四）

人胡不及鸟？避树惮轻栖。
物性神能摄，山灵天与齐。
楷依场室古，碑向辇轮题。
洙水如金玉，声清肯带凄。

（五）

骊山竭银海，湘水指苍梧。
仁暴浮尘土，诗书造化炉。
伊吾空自老，坎壈愧称儒。
百拜音容近，飘摇愿不孤。

孔子手植桧歌

沧江不放苍虬卧，崆峒斜割飞云坐。
范金镂石两茫然，天孙横识苔衣破。
人传历数关萌蘖，子不语怪安敢说。
凌霜溜雨二千年，日生不荣死不灭。
山川长护指爪青，孤干何须列翠屏。
壁间弦歌圹中记，可知草木栖英灵。
尧梧舜柳今何有？挺立峥嵘天地久。
倚根饮泽漫追寻，六经字字宣尼手。

子贡手植楷

树古只留干，名同庙桧传。

自殊群木色，可想独居年。
性道不形物，荣枯亦任天。
萧萧松柏影，筑室尚依然。

颜　子　庙

杏坛第一座，庙貌合相依。
三月心如在，当年人庶几。
箪瓢何处乐，克复几时归？
榱桷还风雨，谁言陋巷非？

周　公　庙

周公遗庙址，云是鲁灵光。
野旷残疆泯，阶荒古树苍。
流言思孺子，施事待前王。
破斧情原苦，孚天遇岂常。
东山倘不返，金策竟空藏。
贤圣犹谗慝，江河敢颉颃。
至今怀衮舄，随地奉珪璋。
礼乐留笾豆，诗书凛宪章。
尼山灵尺五，清梦许回翔。

少　昊　陵

无由稽历数，约略五千年。
纵有图书识，难令赑屃传。

遗封迷鲁国，古论配金天①。
是亦帝王宅，荒原冷断烟。

少陵台

兖州旧南楼地。

南楼旧城堞，今称少陵台。
海带青如昨，少陵安在哉②？
趋庭合是髫年句，间关岁月夔州暮。
细将踪迹配篇章，伤心不独嗟行路。
生平经历几山川？残砾荒榛人尚传。
始信光芒高万丈，不同陵谷争更迁。
秦碑鲁殿三尺土，公在当时已怀古。
江河又复百千年，可堪临眺当风雨。

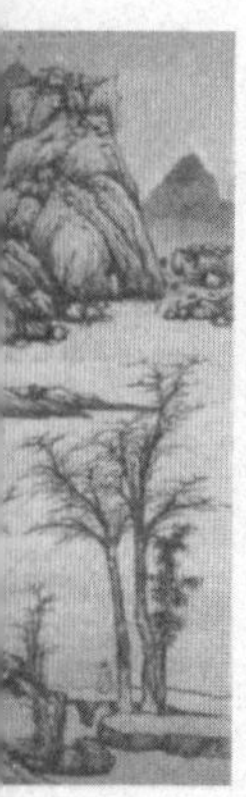

独坐

（一）

凭虚谁藉在，万事持衰年。
饮啖细关命，吟哦健信天。
穷途芟远计，从役贳公田。
州里同蛮貊，经过境自迁。

（二）

造物久相习，年深日益亲。

① 原注："旁有鲁日城。"又，"古论"句："出《家语》。"
② 编者按："带"，疑为"岱"。

奇宁只我克，竟若与人因。
终古丛尤悔，敷天归贱贫。
观生还阅世，叨黍厚衰身。

喜晤纪伯紫

（一）

他处读君句①，感君怀我深。
南池何地月？白下几年心。
泛梗天非偶，班荆秋可寻。
回思邻曲旧，如坐古城阴。

（二）

壮年诗遂老②，文意在名山。
细律惊衰眼，高风接别颜。
奇堪收海岱，梦合共乡关。
消息寸心事，千秋谁许攀。

借　　书

借书把欲尽，造次失篇章。
眊眼不停睫，髫年已善忘。
墨痕起古色，趺印驻秋光。
隔幕老妻笑，分阴惜太忙。

---

① 原注："家兄诗序中，见伯紫《梦中》诗。"
② 原注："投余新诗，属点定。"

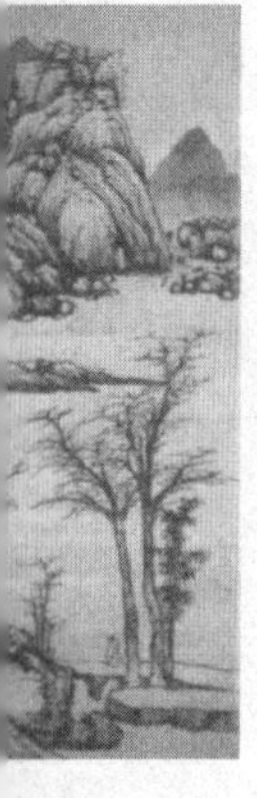

秋　昼

鸟睡昼良静，秋庭澹似春。
瓶花霜色弱，布帽佛香新。
踪迹惭舟子，诗笺走市人。
寒暄安节序，忘是客中身。

偕凝斋兄过铁塔寺登准提阁

夕阳过古寺，铁塔映危阑。
总角弟兄老，他乡杖屦难①。
磴高矜力健，天广荡胸宽。
郑重追随意，家山远近看。

旧瓢光可鉴

旧瓢堪作镜，照我须眉苍。
何心露神彩？阅历饱风霜。
拂试现本质，乃知物性良。
是物具灵明，惟困斯能彰。
老丑对矜惜，不赖青铜光。

戏簪花楷杖头

军持注水。

瓶花悬杖上，媚结老龙根。

① 编者按：“屦”，《龙眠风雅》本作“履”。

况是杏坛木，难为金谷魂。
过头容直性，入眼阅芳痕。
荣落同颠植，千山信脚跟。

南阳舟中

八月十四。

秋阴起在水，鸟语欲移山。
一苇所如处，万端相与闻。
波侵高缆柳，月满大刀环。
丛桂谁招隐？吹香似可攀。

中　秋

莫怪中秋雨，还期入夜晴。
故乡远亦近，圆魄晦胜明。
绝岸蛟龙喜，长空乌鹊惊。
今宵飘鹤发，一任照盈盈。

渔　家　曲

南阳湖所见。

（一）

结伴连船趁晓风，几家老幼浪花中。
情知婚嫁不离水，小妇呼郎随阿翁。

（二）

不事耕桑不受廛，无干无溢此平川。
满州昨日拿船急，一叶端然断岸边。

（三）

散即成家聚即村，阴晴曾不改朝昏。
鱼虾亦似潜相约，一样烹鲜入瓦盆。

（四）

风鬟绰约绾双缠，出众争言最少年。
贪看鸳鸯掷莲子，不知冷眼落邻船。

（五）

髫鬌学试手罾强，争攫鲂鱼二寸长。
襁褓呱呱扶桨泣，白头姑唤灶前娘。

湖　帆

南阳。

（一）

风从远树来，帆挂残荷里。
数尽四山青，湖心一百里。

（二）

川广天难分，人家缀如荠。

飞鸟怪船迟，翠点前峰髻。

老妻病新愈

老体入秋健，拚衰转不衰。
老妻素善病，兹病胡其危。
岂无岐黄方，七情窘参蓍。
刀圭恃粥汤，勿药日庶几。
强起理轻楫，望望清江湄。
清江旧儿女，尚能供馎糜。
稚子理斗余，山水话嵚崎。
未必攀跻真，聊以破愁眉。
老夫十年来，双脚僵如槌。
前日拜孔林，居然成威仪。
前此卜藜杖，湖山纵所之。
努力加饮啖，名胜相追随。

舟　闲

客梦澹依水，舟情闲在罾。
游鱼机共狎，飞雁意如矜。
川路阴睛眩，秋山远近登。
淮南篱畔菊，到日著花曾。

雨

雨歇蓬窗静，川光带眼长。

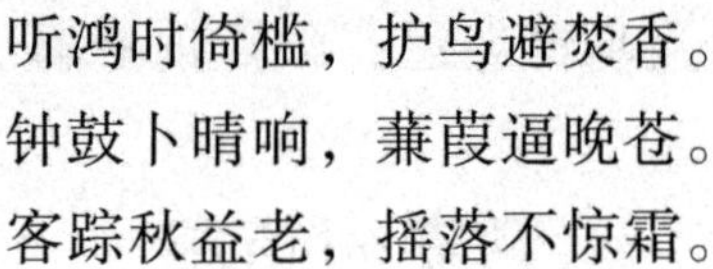

听鸿时倚槛，护鸟避焚香。
钟鼓卜晴响，蒹葭逼晚苍。
客踪秋益老，摇落不惊霜。

淹　雨

闸门浑似谷，流水意何如。
静夜愁听雨，终朝坐对书。
楼高独树鸟，舠乱远滩渔。
信宿忘踪迹，枫根欲认予。

济　水

济水行地底，曲折隐见劳。
出与汶泗会，乃能通漕艘[①]。
黄河走其上，济身薄不牢。
往往河底陷，拥楫没飞涛。
肤济以载河，版筑天吴操。
始知趵突泉，激流所由高。
舟行值积潦，闻见晰秋毫。
水性本就下，今则泄蓄淆[②]。
禹功且不及，群黎胡嗷嗷。

寄怀吴澹庵

西园老桂树，此际又花开。

---

① 编者按：“漕艘”，失韵，疑为“艘漕”之讹。
② 编者按：“蓄”，原作“畜”，据《龙眠风雅》本改。

万里客长梦，三江棹始来。
古人今日谊，旧地几时杯？
急难频回首，层云薄凤台①。

雨阻夏镇，适凝斋舟到，信宿乃别

（一）

秋绝荒湖雨，船留翻作欢。
还乡亦分散，同客重盘桓。
酒贱贫囊富，时危世路难。
飞飞鸿雁老，转忆少年翰。

（二）

他乡又欲别，忍泪义难陈。
客到忘家苦，人当共老亲。
相逢同里友，为报再生身。
龙井何年屋？终须剃乱榛。

雨　　湖

夏镇，以下。

（一）

积潦压平桥，市小人稀渡。
一艇挂轻蓑，直入烟生处。

① 原注："澹庵家台下。"

（二）

巨浸欲侵天，移船向屋里。
网罟有丰年，稻花结鱼子。

（三）

雨到水如珠，游鱼呷若线。
北风黄叶多，绣縠生波面。

（四）

不知波痕添，但觉茶情异。
群溪汇作流，□入前山翠。

寄答陈伯玑

癸巳秋伯玑送予至广陵别。

（一）

十年前是广陵别，此日广陵劳寄书。
语觅寒暄忘节次，状同桑海遑兴居。
故人中国不自得，老子绝域当何如？
淮上秋涛二百里，来帆去桨宁教虚。

（二）

闻子称诗司选政，斯道古今良亦难。
前辈章程不一则，才人性情何多端。
雕虫蒙虎纷唇舌，刻鹜贱鸡劳心肝。

万事灰颓晚律在，将毋载笔佐衙官①。

复　　阴

晴向鸟声卜，空令晛睆欢。
朝来仍密雨，目断吏前滩。
虾菜亦休市，樵苏欲错餐。
万端嫌捷足，恐泥性原安。

走笔答凝斋兄

舟阻前汀，两寄诗讯。

积雨荒汀隔短篷，新诗频寄浪花中。
石尤莫道波涛恶，宛转翻成鸿雁风。

静　　泊

（一）

燕湿偶一飞，鱼深时复跃。
误认夕阳明，渔灯傍溪烁。

（二）

砚炉暖生光，照见帆樯影。
片片过山青，水天同一永。

① 原注："时客广陵，镌《国雅》以行于世，书中述近状，殊不适意。"

(三)

雾气上棂濛，添我砚池泽。
何处换鹅书？轻绡挥十尺。

(四)

木槵无定声，静起蒲团色。
鹦鹉误认诗，操音学平仄①。

野　泊

(一)

远湖浸低山，湖升山欲落。
片帆何处来？树头御日脚。

(二)

晴光四面生，满湖涵元气。
十日淋漓阴，群峰新荟蔚。

(三)

高岸崩流急，茅檐接浪层②。
门维沽酒艇，儿守捕鱼罾。

(四)

云破日痕微，烟迷帆影断。
曲横漏晞光，残卷丹铅乱。

---

① 编者按："误认"，《龙眠风雅》本作"认作"。
② 编者按："崩"，《龙眠风雅》本作"奔"。

（五）

远堞如轻帆，御风见还灭。
争飞鸥力穷，堕水纷为雪。

（六）

轻柳霜不黄，青青盖中渡。
渔夫认作家，车马昨朝路。

（七）

策驴上渔舠，百里川光练。
目际眩明霞，意中说乡县。

（八）

日出与月生，中边在湖里。
怪来海眼通，岱岳长青紫。

（九）

细篆栖乌鬼，深芦卧白跳。
星芒垂大野，月影失危桥。

（十）

云广不成盖，风高无定吹。
峰头知有屋，帆过压遥坎。

湖　泛

（一）

晴浪胜雨涛，坐增天上水。

川程极夕阳，鹭堠无专指。

（二）

湖阔平不流，波光齐溟渤。
分驰南北船，夜夜湖心月。

入　闸

韩庄。

（一）

峡东众流高，屋头奔涛落。
记得涸时过，千艘争一勺。

（二）

顺浪送高航，篙工转辟易。
始知居盛时，忧惕甚于逆。

（三）

群力恃孤桩，惊涛挽船裾。
古今捷径争，亦有时求钝。

（四）

舟驶如鸟飞，回头失村落。
当矶立钓翁，移时不动脚。

出　　闸

台庄，以下。

(一)

古戍不知名，轻烟带薄曙。
危樯树杪栖，当是水穷处。

(二)

乱帆如落叶，随意不关风。
天尽飞鸿外，人游明镜中。

(三)

浮萍点点青，茅楹低贴水。
桥通网罟村，船列瓜麻布。

(四)

尝思穷日月，忽尔幻蓬瀛。
槎向天心度，山从目力生。

泊宿迁，陆汝七贻惠泉烹啜，聊志欣慨

汝七年家子。

饱啜惠山泉，十二年前事。
提携到长安，已怪出山异。
龙荒岂无泉，掬泉如掬泪。
谁料黄河滨，双罂故人馈。

白门六安芽，儿子秋前寄①。
畜笥不忍烹，恐为凡泉累。
及兹试乳花，水上松风吹。
如逢久别友，如醒沉宵睡。
再拜谢瓷瓯，一啜千端至。
饮啄事既微，重亦不以地。
所欣白发翁，万里生还遂。

向寺僧乞得菊花一本

九月七日。

三年重九不见菊，遑问东篱当日花。
野寺一枝如旧摘，渊明再世已归家。

及淮安

客身如黄流，塞外到京国。
宿留及清淮，羸骸思暂息。
虽非龙眠山，桑梓共疆域。
亲朋恃根绳，途穷易为德。
儿孙远近居，招呼可侍侧。
眷兹一衣带，舟车几倾仄。
性命朝露危，干戈同谗慝。
悔不少年时，关门事稼穑。
何枝不可栖，何黍不可食。

① 原注："儿育六月寄到翠云茸。"

譬彼惊天涛，归壑知穷极。
崦嵫日虽衰，尚堪歌帝力。

重九后一日喜晤退谷弟于清江浦

生还故旧等骨肉，况复连枝棣萼亲。
异地雪霜看鬓发，十年诗句系心神。
雁行回惜风前羽，鸰难偏怜老去贫。
把酒不须追往昔，茱萸今日转添人①。

抵淮安寓黄兰厓止园侧

（一）

虽归犹是客，虽客已成归。
但觉浮生变，谁言吾土非？
枝留星月羽，尘洗雪霜衣。
去住宁烦计，劳人久息机。

（二）

篱菊如迎客，知从何处来。
居然啮雪返，不似折腰回。
红叶江乡树，白衣邻舍杯。
三年愁望远，今日好登台②。

---

① 原注：“记壬寅白门读弟诗佳甚。”
② 原注：“重阳后二日。”

（三）

谁令童子庑，分得故人园？
流水读书榭，渔船卖酒村。
鹤声盈夜月，峰影送朝暾。
岂必旧山屋，才宁道路魂。

（四）

洗花何地叟，诗句老秦川。
万里瀼西隔，千年茅屋传。
顾兹衣带水，已共故乡天。
踪迹敢惆怅，羁栖愧古贤。

淮阴钓台歌

吁嗟乎！此即手夺西楚霸王之天下、
掷授沛公之韩王孙所乞食而垂钓之台，
真乎？否耶？
淮水千年流不绝，涓涓疑是龙且血。
真王假王竟寂寥，荒椽断瓦栖残碣。
相背相面岂不知，奚待文通掉舌时。
信善将兵帝将将，自知大事无能为。
当年墓旁留万户，规模不过公侯数。
游魂云梦尚未苏，哓哓绛灌羞为伍。
吁嗟乎！重瞳鳣鲔吕雉则鳌钓而不获，
转授以刀岂徒不及任公子，胯下相逢羞欲死。
帝本无情假妇人，吞钩即在登坛里。

吁嗟乎！

古今几个渭滨翁，严子滩高七里风。

文叔心情类而祖，垂纶良是善藏弓。

偶步止园石上，适马图求来就予，共寻水石胜处

（一）

敢谓居停暂，名园已是家。

割峰围几席，引水护蒹葭。

乍入迷无路，徐行曲有花。

平生丘壑相，到处足烟霞。

（二）

绛纱开比舍，晴昼许招寻。

指点主人意，幽深太古心。

蘧庐小天地，安枕即山林。

书籍通藜杖，应同朝夕吟。

漂　母　祠

名以王孙著，荒台祠作邻。

古今重恩怨，饮食辨风尘。

异代几知己，千秋一妇人。

粼粼淮水上，阴雨见垂纶。

课晌孙读

秋晴老无事，时课娇孙书。
诸孙若星散，晌也倍瘏痡。
九岁离父祖，匿影廛市居。
乳媪作慈母，师传杂屠沽。
比邻故等夷，用掩踪迹殊。
但得性命存，遑计及之无。
任城披家邮，心惊识字雏。
起居合礼数，点画亦清疏。
不知何粉本，刻画潮音图。
清江拜船头，骨瘦神颇腴。
自陈学业荒，谦谦不肖躯。
徐礼及书籍，颂读混精粗。
读易又读诗，大义犹模糊。
山水与篆隶，铅椠随手娱。
虽嫌杂骛纷，差喜胜顽愚。
手授马迁史，眊眼亲砚朱。
作诗虽非急，少陵千古模。
娇声悦衰耳，宛转胜笙竽。
自嗟家世传，诗书当菑畬。
黄口即占毕，白首还咿吾。
竟遭诗书祸，伤心命为儒。
生还复集聚，顾兹麇鹿徒。
敝簏旧帙存，舍之将安趋。
圣贤岂负人，岁有宁堪虚？

既以勖童稚，亦以适桑愉。
或曰穮蓘年，啬愿姑徐徐。

芟　竹

细竹不成干，生本潇湘姿。
蟏蛸挂败叶，欲芟审所宜。
长安绝筼筜，况复荒边陲。
不可一日无，倏已三年离。
清露浥翠光，枯箨换新枝。
纸窗作雨声，偏爱西风吹。
何处渭滨阴，忽然生阶墀？

移　菊

丛菊罗群英，轻锄离故土。
生长不得地，近玩供堂庑。
我来适重阳，虚檐接短圃。
聊分堂上枝，高低傍宿莽。
傲霜还媚日，萧萧天乃雨。
纾葩湿更娇，绰约欲依主。
卓尔凌秋姿，根株亦辛苦。
草木有羁栖，人事何今古？

过三元道院

竹色入庭静，翛翛隔市尘。

丹经偏益老，黄鹤易留人。
为说海峰胜，偶然阛阓身①。
璈音醒客梦，昏晓彻比邻。

读顾与治诗刻

顾子诗句多，兹编疑尚漏。
穷搜付枣梨，薄俗友生厚②。
手翻率旧题，心伤不忍读。
忆交顾子初，翩翩江左秀。
堂开名士尊，邺架图书富。
比邻日夕过，古屋梅花茂。
学诗穷堂室，菁华口如绣。
心趋郊岛流，苦吟爱寒瘦。
长悲才人孤，或者孤而寿。
岂料届六十，白云遂归岫。
犹记未刻诗，欲诵还嫌缪。
留兹不尽吟，斯人在宇宙。

初　寒

（一）

布帘初下称新寒，客老穷途膝易安。
火宿自谙茶后当，炉温不放佛香残。

① 原注："主人新从云台山来。"
② 原注："施尚白及家弟尔止。"

掩窗作字矜衰眼，移鸟依人护短翰。
岂是青毡爱风雨，澄怀一息有余欢。

（二）

突低薪贵忘炊迟，孙子书堂索饭时。
生熟盘余仁祖米，唱酬题记老夫诗①。
声传篱落流泉径，手摘芙蓉带雨枝。
尽室眠餐羁旅足，寒暄自古任推移。

步　止　园

寻常闻水石，作计穷攀跻。
及兹林壑胜，密迩屋角西。
连朝转闭门，坐负芙蓉堤。
岂是夙好乖，亦非风雨稽。
高深怀抱物，近视取如携。
晨光牵散步，嵚崎惊杖藜。
人生处境遇，多为境遇迷。
始悟住山人，山情难端倪。

污　鹤　行

园有双鹤，不肯同栖。园丁恶其啄莲花根，逐之墙外。

独鹤伶仃污池侧，毛衣惨黑声悲恻。
隔墙秋水满芳塘，蒲菰不共鸡豚食。

① 原注："图求适和老夫诗。"

稻粱何曾艰天地，岂云窄霜枯子落？
莲根丛板桥，苔印嫌狼藉。
同伴分栖妒入宫，反唇争啄伤残翮。
吁嗟乎！
玉笙夜月缑山影，垂轩空忆繁华冷。
凌霄近玩两无凭，鹤亦有幸有不幸。

退谷弟自清江来顾问老夫

（一）

剥啄声何自？深泥积短街。
情知惟老弟，路恐隔清淮。
启键忻颜面，关心问米柴。
特来毋遽返，不易此襟怀。

（二）

吾宗才子弟，如尔白眉良。
踪迹游还壮，诗篇老益强。
代谋征手足，久客傲冰箱。
短烛羁窗话，偏胜故里长。

端　居

归欤谁剪故山莱？暂止王孙古钓台。
洄溯波连枞水曲，端居屋接辟疆隈。
炉香欲散鸟长梦，门户不关鹤自来。
拥褐摊书还启牖，菊花似为老颜开。

答靳茶坡

老遇诗人老益亲，况经绝域再生身。
只缘道里传来苦，转讶须眉别后新。
佳句披云征晚节，衰踪印雪仗芳邻。
浣花溪里羊求径，扶杖分题莫厌频。

柬骆叔夜

（一）

不敢惊轩盖，根绳夙昔深。
风尘迷识面，笔墨寓遐心。
独枉祢生刺，同怀彼妇吟。
杖藜虽贯老，梦寐几追寻。

（二）

嗣宗门下士①，曾否说衰夫？
缟带情应倍，班荆愿不孤。
岧峣赓鹫岭，勃窣迈鸿都。
莫负萍蓬聚，王孙旧酒垆。

诸妇诸孙各遣人省问

（一）

淮水接枞水，毗陵隔金陵。

① 原注：“周士为儿亨所录士。”

儿孙远近居，踪迹缘根绳。
三匝偶然栖，谁言土著曾。
千里五百里，相望波澄澄。
题书戒稚子，短楫毋轻乘。
衰年在中华，苟活易寝兴。
斟酌集聚期，从容堪频仍。
枝叶繁如树，瓢笠浮如僧。
举头龙眠庐，云山千万层。

（二）

诸妇缄縢细，旨畜落提携。
重是中华产，鲑菜成璧珪。
不暇计贵贱，色色征封题。
巢破井臼隳，人人梁鸿妻。
复此高堂餐，还劳龟手齑。
贫家识孝顺，庭训逮深闺。
操作日方长，诗书赖簪笄。
举箸不尽器，含餔有余凄。

冬　暄

太阳爱中国，小雪尚能暄。
三载淹寒塞，孤村早闭门。
只今裘在笥，到处屋迎暾。
庋脚高吟倦，微醺已是恩。

偶 然 作

（一）

鸱枭翮未成，仗鸠长乳哺。
鸠老鸱长大，忽欲啖其雏。
雏飞入高衢，流血口区区。
剩有巢中儿，零落声呱呱。
鸱乃引其子，饮啄甘勤渠。
恩仇溷报施，天人胥模糊。
老鸠顾雏笑，何如仍厥初。

（二）

彭生不化豕，灌夫不守箦。
当其杀几萌，反戈已相摘。
一夫保残冠，几家哭生骼。
富贵脆石人，燃脐流液赤。
不知泉台中，是否尊朝客？
大造何成心，好还自开辟。

偶 出

长将短帙封庭户，偶尔挈船过别村。
稀出敢嫌人白眼，独游偏爱月黄昏。
衡茅接处通烟径，鸡黍贫能供晚餐。
到岸柴门喧宿鸟，篝灯问字候娇孙。

一　笑

霜气难为老客心，长将寝食问光阴。
不知昨日去何地，安见古人能胜今？
黄鹄化翁宁撼撼，白衣挂汉久沉沉。
颓然一笑千秋下，凤德蝇声总此襟。

雨　静

钩帘亦不寒，爱此垂帘静。
容膝恰逢床，无营短昼永。
垆光逼雨深，匪关榾柮猛。
鹦鹉梦醒言，轻哦若微省。
磨灭万虑消，岂待凄风冷。
古人既筌蹄，大道亦苴梗。
虚白自然生，毋烦问声影。

儿标携旅、施两孙自毗陵至

北风江路雨，南船忽及门。
童子识面颜，欢呼足似奔。
相别时不久，相见绪偏繁。
塞外集聚惯，及兹怪晨昏。
儿须愁早白，今见黑间存。
心知旅况善，更复携两孙。

旅也哲而□[1]，施亦长堪扪。
老眼眊不识，拜起惊心魂。
絮语到诗书，自陈间间言。
虽未入奥窔，颇窥风雅藩。
破巢有完雏，慧痴皆天恩。
艰困视成立，浮名匪所论。
儿性不饮酒，浊醪亦开樽。
围坐席几满，羁屋如家园。

为阎在彭题眷西堂

（一）

凤凰不轻止，随地得高冈。
邺架书千帙，乌衣笏一床。
蟠枝栖朗月，大树饱斜阳。
鸡犬云中认，依然辋水庄。

（二）

记昔交尊甫，岩关虎豹骄[2]。
共知推颇牧，谁道隐松乔。
堂宿方山影，门临淮水潮。
却惭飘泊叟，蹩躠浣花桥。

① 编者按：□字原不清，疑为“颀”。
② 原注：“在彭尊公曾备兵山海。”

儿标述李子子发近状，兼读其新诗，偶怀之

（一）

患难不相见，离悰对尔殊。
代谋重明哲，苟活转艰虞。
白眼藏知己，清江归老儒。
时将踪迹问，寂寞楚山隅。

（二）

秣陵驰尺素，期尔晤兰陵。
早已先书到，知非兴独乘。
榻悬三径竹，雪引渡江藤。
杨子闻他出，经今归也曾①？

（三）

读尔新诗好，别来知读书。
夔州同地里，晚律送居诸。
已见心肝出，将毋豪气除。
细论尊酒在，白发肯愁余？

马西樵为我书文文山集杜句胡笳拍跋之

丞相纲常贞今古，少陵诗句词场祖。

① 原注：“静山。”

风流激烈不相蒙，倏尔同声共愁苦。
男儿性命付皇天，撒手悬崖绝万缘。
忽哭忽歌无不可，微波静月总澄川。
天下文章归贤圣，夔州柴市同情性。
千年笔下互通神，忠孝何曾废吟咏。
马生小楷逼欧虞，古色明光钩画殊。
学杜终年音律熟，今朝音律更乌乌。

孙骥、驶自白门来，喜赋

诸孙隔长江，题书戒轻渡。
岂不眈集聚，秋涨江涛怒。
公然破浪来，觌面眼如雾。
阿骥已抱子，娇啼心犹孺。
别时躯干小，精神长乃裕。
去年叩天阍，人夸丈夫具。
梦中锡今名①，呼对错新故。
阿驶长过兄，鬑鬑容尚嫮。
记其娇绕膝，饥寒不改素。
互陈场屋篇，低声诵诗句。
家世本诗书，敢曰文章误。
祸患益苦攻，泪滴青毡注。
堂奥浅深窥，逢时学驰骛。
恐稽膏火功，告别甘匆遽。
汝父江阴归，又首黄州路。

① 原注："嘉会。"

奔驰旅橐贫，阿骝更迎娶。
顾此破巢余，簇簇鹓雏数。
艰难贻谋殷，不但工章注。
姑息责望深，嗃嗃正煦煦。
白头含饴心，远近同朝暮。

平河道中

时往展云台墓。

（一）

门前江水路，十载不能游。
只此霜中棹，犹为客里舟。
荒村留旧树，寒鸟集残楼。
归壑流争急，偏增踪迹羞。

（二）

岂是无松菊，其如爰止难。
半椽归百雉，寸趾罥千端。
眼到江天阔，心因齿发宽。
古今东北海，何地不渔竿。

寄谢赵自西

记得松楸仗友生，望林益使旅魂惊。
传来伏腊乘时荐，难尽云霄锡类情。
马鬣树深乌夜永，龙骧碣待鹤归荣。

依庐百感空相对，白发青山计未成。

息浪庵遇老僧止休

老僧疑识面，坐定问前朝。
姓字等飞叶，招提恍梦蕉。
茶瓜谈战伐，钟磬慰飘摇。
只有高江水，依然当日潮。

渡江取道之云台

莫怪寒涛恶，渔舟狎易亲。
十年行路客，今日渡江人。
眼接金焦旧，心惊壁垒新。
故山青马首，随意数松筠。

过　润　州

故人生死不一信，消息因多翻致疑。
只为等闲看丧乱，遂教容易说诛夷。
荒江雪岸新增垒，旧郭歌台久树旗。
患难回头心转泰，龙钟一杖尚堪持。

雪　　路

雪到南天善，江宽水气漫。
归人惯凛冽，拂面不知寒。

山店横桥白，疏林隔寺丹。
故乡新作客，行路敢辞难。

竹枝铺道中

停车不饮亦沽酒，爱此青帘意可人。
江近梅花似欲放，檐低雪片时相见①。
旧山指点鸟翼尽，滑路依违樵影频。
有客褰帷寒自得，艰辛说是故乡身。

晓　　晴

冻合鸡声雪，寒光分晓晴。
黄生初日隐，白结夙冰明。
云际悬孤塔，林端出古城。
山行随缓急，逐众也宵征。

秣陵关道中怀胡大吉父、李子研斋

白门亲故多，消息不敢通。
岂不思见面，见面转忡忡。
伤心甘隔绝，悯默思靡穷。
眷怀只老友，八十二岁翁。
屈指前朝别，二十四春冬。
昨欲棹淮阴，奉辞期山中。

① 编者按："时相见"，不符合格律，且失韵，疑误。

连朝霜雪恶，将毋阻枯筇。
更有老门生，落拓浮萍踪。
题书订毗陵，闻又归江东。
可能并辔来，话兹契阔悰。
既恐声闻喧，复虑前期空。
人生离合境，辘轳劳心胸。

广陵雪中，陈伯玑顾老夫于李书云斋头，因留听歌酌酒竟夜

（一）

巾车扑密雪，灯火照颜开。
喜尔病还健，怜余死后回。
别惊当日地，酒借故人怀。
歌哭十年事，都凭子夜催。

（二）

千端难尽说，老去只诗狂。
大雅付君主，浮名与世忘。
同心惟率野，亘古几登堂。
淅淅檐花意，应容笔墨商。

寒　涉

曲径抱清溪，盘旋屡渡迷。
雪情鸦背上，冰影钓船西。

别久乡关异，寒深树木低。
客程贪早发，未午已栖鸡。

寒　店

飞鸟飘如带，横空罥远林。
寒天暝众象，暮霭表孤岑。
下马披裘色，临街问酒心。
驰驱曾百里，霜雪亦盈襟。

田　间　雁

寒雁集平田，车马惊不起。
匪关拾粒饥，经历狎生理。
万里乘朔风，何方无弓矢？
性命轻转坚，雪爪印如砥。
相对车中翁，忘机共行止。

晤程穆倩

程子贫如昨，名高坚闭门。
翻经留法物①，洗砚辨云根②。
抱子不言累，寻人亦避喧。
别来忘岁月，白发几茎存。

---

① 原注："六译集王《金刚经》。"
② 原注："藏端溪旧坑石几片。"

拜云台先墓

游子拜墓门，况自万里归。
万里去何故，全家婴百罹。
生别父母茔，委身御蛟螭。
诸缘甘死灰，乌啼中宵悲。
自伤不孝驱，敢咎祸患奇。
岂期先德厚，再生白发儿。
艰辛盘舟车，乃至白云陲。
冈峦无改容，松柏青依依。
别时长过头，雨露渐成围。
老友心力苦，拨损仗振持①。
忆昔卜堪舆，血泪裹土圭。
只求妥先灵，遑冀福泽私。
豚犬罥簪组，争夸窀穸宜。
及其遭荼蓼，夸者转相嗤。
只今魂魄复，两端将安施。
山川随荣辱，身世感盛衰。
古人痛亲肤，设法教孝思。
积诚格地祇，前哲岂我欺。
后裔种德薄，□□良务兹②。
堂构诗书堕，还凭诗书支。
衰骨朽复肉，拜起犹嵚崎。

① 原注："赵自西。"
② 编者按：□□原残，当作"祖鹭"。

回头顾孙子，嘉谋凛厥贻。

卧　墓　侧

忆卧塞外屋，从无门可关。
一直七千里，梦必入青山。
醒时泪沾席，此生安能还？
骨朽难归葬，况兹形躯顽。
惟求速作鬼，地下承亲颜。
天教有今日，人争疑梦间。
再为父母子，顿忘鬓发残。
不寐岂无泪，虽悲心亦欢。

永　怀

不得山川语，空将天地呼。
艰危恃先德，隐忍顾完躯。
白发心甘苦，青乌事有无。
依亲魂梦稳，佛火伴蘧蘧。

喜晤胡大吉父

（一）

望颜如不识，熟视泪平浇。
岂是须眉改，疑将魂魄招。
伤心宁绝域，分手在前朝。
欲语何端绪，都从悯默消。

（二）

河山兼岁月，生怕说从前。
万死岂徒我，重逢信是天。
共餐看匕箸，问旧简诗篇。
飞动浑忘老，皤皤两少年。

（三）

执杖诸孙长，都从别后生。
久知祖父执，近识老年情。
总角都交古，群雏重世盟。
椒桨余信宿，更为故人倾。

喜晤李研斋

果然蹇卫出城来，不负新诗隔夜裁。
十载江湖何处别？再生颜面一时开。
奇人苟活徵闻道，将老穷经坚异才。
有约毗陵今更早，傞傞莫厌浊醪杯。

走笔似密勿僧

世交方外重，爱尔不徒僧。
曾记堂头语，谁传肋下灯？
析薪荷大树，得髓报金绳。
岩上双趺印，遥瞻痛莫胜。

叶寓涛追晤老夫于秣陵关之西庵

（一）

念子不敢约，何当破冻来。
短簦穿野径，深月趁山隈。
坐合钟声落，颜凭灯烬猜。
素心夷险共，忍泪快追陪。

（二）

心语翻饶舌，惟君知我诚。
皇天安痦寐，山鬼化欹倾。
学道霜千缕，忘机水一泓。
万端皆泡影，相对只生平。

（三）

古句如今构，新诗重旧怀。
英华饶素发，饴果出寒斋。
鸿爪荒山雪，鸡声野店柴。
莫愁别梦隔，江水接清淮①。

离　先　墓

人生归宿地，无过父母茔。
况我再托腹，白发等孺婴。
岂不恋松楸，誓墓计未成。

① 原注：“寓涛集古排一首，自撰诗五首，饴果两函出袖中。”

所幸中国身，萍梗不能撄。
自信游有方，来往无期程。
山田瘦可买，衰力疲堪耕。
终当偕妻子，胼胝供粢盛。

舆中见日出

随山堪作海，渐出露微红。
万象忽然异，孤轮自在融。
霜光方著树，月影尚留东。
不是征途早，谁知造化工。

丹阳晤虚舟堂头

（一）

雪满渔竿丝未收，珊瑚谁是不吞钩？
夜来潮落高江艇，一唱曹溪水逆流。

（二）

单提岭外路非遥，亲向儿孙问獦獠。
白发还乡何调好？全凭音韵慰飘摇。

抵毗陵晤静山

（一）

别子十年子六十，老夫衰惫宁须言。
白头师友岁华易，紫塞冰霜性命存。

一艇隔江犹信宿，万端在口几寒暄。
真成觌面还凝眼，莫是从前梦里魂？

（二）

令子少年官珥笔，夫人未老掩残帷。
别来哀乐事如此，两地辘轳心可知。
将伯久高云表谊，纷吾难理难余思。
睽离覼止情何限？都付维南酒一卮。

毗陵喜晤二侄

闻尔挐船欲就余，清淮错寄故乡书。
毗陵忽漫乘流到，燕市回思驻马初。
白发旧新别未久，近诗骨力老何如？
归心应为衰踪住，且共玄亭信宿居。

外孙士璧到，得长女手字

弱息今成华发人，别离忘是几冬春。
老妻尝怪信音少，稚子详言愁病频。
双白天边颜面在，六珈滇外岁时新。
瞻云心喜加餐好，共指明年江水津。

仲侄述余澹心称诗，因忆黄东厓

有侄归自姑苏道，告我诗人余子老。
放眼直笔当代诗，闽海东厓第一好。

东厓旧丞相，结交公车上。
同降以丙申，笔墨相衡抗。
中间视草共承明，落笔中书堂尽惊。
一句两句在人口与眼，敢言狎主争齐盟。
十九年来不相见，济水人传纸一片①。
文气巉岩类老庄，犹然当日开生面。
闻说余子眈清古，主持风雅心应苦。
中原作手任纷纷，几人晚节追杜甫？
吁嗟乎！老夫七岁作诗迄今六十秋，
转因诗句忆交游。
骊珠鳞爪且勿论，竹马同人今白头。

偶读袁海叟《白燕诗》，戏步其韵

旧垒虽残径不非，参差莫怪羽毛稀。
天生素质谁能涅？地历玄冰早已归。
海月双栖梁是主，春风几度雪为衣。
心知红紫终凋落，皎皎花间自在飞。

饮刘依思园亭

（一）

名园开曲宴，冬日气如春。
梅报新花雪，泉融冻石皴。
娇歌偏狎老，幽讨欲忘宾。

① 原注："遇纪伯紫，出其诗序相示。"

磴转溪回处，攀跻肯惮频？

（二）

奇峰□杰阁，危栈接长林①。
莫笑前人拙，还凭过客寻。
古今何地胜，觞咏一时心。
竟日淹烧烛，情从伐木深。

再见宣德炉

出塞时属儿奕藏，兹携来奉老夫玩。

（一）

莫问重逢日，还悲初别时。
关山迷去住，性命较安危。
留此青毡重，归同白璧奇。
意中光怪在，拂拭更离离。

（二）

本来非弃置，入手倍情亲。
静对清光旧，应怜白发新。
古花增法物，时论信明神。
坚脆经离乱，相看不坏身。

（三）

追随还屈指，四十有三年。

① 编者按：□字原残损，据其残存部分，疑为“敏”。

况复前朝铸，久为当代怜。
名山谁不朽，香案亦空传。
好拭摩娑眼，松龛昼夜烟。

题　画

相传为世掌丝纶图。

高峰矗矗逼溪寒，枫叶凌霜钓艇丹。
为问得鱼沽酒后，清钟谁肯梦长安？

有言黄蔷薇，诗戏为之

娇红只许斗春妍，残色谁教出众怜？
群玉未秋霜著叶，兼金不夜瓣输钱。
倚栏酒醉新鹅侧，隔幕人疑丛菊天。
自是昭阳厌秾郁，淡云帔子已称仙。

润州怀古

（一）

吴楚苍茫路，昭关是也非？
人传报仇子，地拥过江矶。
鱼腹既伸恨，鸥夷甘昧几。
至今兵甲气，犹带黑云飞。

（二）

郭璞乃有墓，空江石作林。

争言蜕后骨，不信日中心。
蓍卜谁凶吉，神仙亦陆沉。
记曾探水脉，独棹雪船寻。

（三）

斗大龙王庙，奇哉韩世忠。
山川萦带处，勋业有无中。
海气逼江重，今城亘古雄。
兴朝随地险，洞壑亦崆峒。

（四）

妙高台畔月，苏子影离离。
天上惠州老，人间学士诗。
留来看玉带，悟去说金铍。
踪迹惭同异，懵憧一古锥。

登金山喜遇旧识僧用彰

别山与别僧，回头十五年。
泊岸入山门，有僧立门前。
众中大声呼，疾走步如颠。
明知祸患经，口噤不敢宣。
但言须眉苍，但言筋骨坚。
扶我老藤杖，上塔而下泉。
山小游磴熟，亭午毕跻攀。
殷勤重游期，明年春水船。
自笑性情畸，生平丘壑缘。

好僧如良朋，名山如家园。
塞外两堂头①，死地相周旋。
中原龙象众，竹马多渊源。
再生入祇林，经历几桑田。
论交复论地，山贤僧亦贤。

广陵晤周栎园

还乡对友朋，都疑再世面。
我自百罹来，我友固平善。
只兹周侍郎，同心复同变。
狴犴九泉魂，牛马石里繐。
只料同死生，绝塞何深眷。
忽同见皇天，忽同归赤县。
广陵雪夜船，披衣急相见。
满腔痛哭声，到颧泪翻眩。
塞魂招转摇，繁绪理无线。
但持新刻诗，问字商最殿②。
儿孙烂漫坐，清蔬淹终宴。
犹记龙沙书，佳梦协奇践。
婚姻患难中，儿女颇婉娈。
人生良晤多，亦岂少亲弗。
如兹离合悰，古今谁独擅？

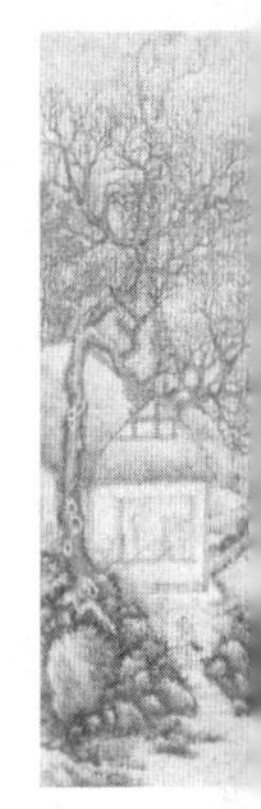

① 原注："剩公、赤公。"
② 编者按："持"，周亮工《赖古堂集》卷十六《寿青溪三老序》作"有"。

海陵邸中见蜡梅花

十年不见梅，见梅心转恻。
草木夫何知，亦带离合色。
蜡瓣映胆瓶，暗香通静息。
似识踪迹浮，芬菲慰绝域。
东家老树稀，雪影迷江国。
忽忆水阁前，枝枝开研北。

触　目

（一）

十五女儿娇度曲，诗书一样先生熟。
歌鸟御衣犬食丹，东家有子束脩艰，
纺绩灯前母教读。

（二）

自古淮阳称卧治，高江忽报楼船至。
屡出寝门车及肆，还车依旧门无事，
朝愈暮病夫何异？

张中丞招饮春雨草堂

乃同年子宫紫玄园亭。

葛疆何处酒？乃是故人园。

岁月诗中记，沧桑劫后存[①]。
客踪依水石，官烛恼梅根。
今日王猷竹，毋烦题筚门。

胡安定讲院

欲问名园路，穿林过讲堂。
基留双树古，池接乱流荒。
性道同歌舞，河山谁变常？
萧萧云外鸟，一样到斜阳。

十九头鸟歌

吁嗟乎痛哉！
何方有鸟十九头，一头一喙血横流？
自言一头曾经食一人，
今乃纠结盘曲成十九头，
而共食一人之骷髅。
吁嗟乎痛哉！
当其一头食一人时，一人不独一人死，
一家数十百口，皆随一人如逝水。
吁嗟乎痛哉！
杀人不以仇，杀人不为国。
琐闼恋石人，中胡烜赫？外胡萧索？
遂令此数十百性命膏腐草，堕沉渊，
天阍不可呼，而地轴不可招。

① 原注："曾属余作园亭诗。"

吁嗟乎痛哉！
妻孥曰勿药鸟，曰不然，孽自己作。
诸公衮衮已先驱，胡为前且而后却？
吁嗟乎痛哉！
鸟不食人，人自化鸟，杀机所钟将虎豹。
鸱枭倾刻胎鷇羽毛而颠倒。
何如泯生杀浑施报，
翱翔乎人鸟相忘之大道？
君不见，
西方并命有频伽，一声啼彻莲花晓。

遇戴葭湄欣为老夫写照

（一）

自恨身多累，那堪身外身。
灰心三大业，觌面一庸人。
久识衣冠误，谁言瓢笠真？
相看成尔我，笔墨感前因。

（二）

衰丑世争弃，偏劳顾虎头。
翻言得意笔，特仗老颜留。
华表是非鹤，沧州来去鸥。
嵚崎钩画外，更获解人不？

海陵咏古

（一）

土山祠武穆，歌舞表孤忠。

得力在仇死，随方显大功。
不然千载上，岂少万夫雄？
香火吹江树，朱仙镇里风。

（二）

王艮贩夫子，读书成大儒。
人传绝学后，家傍古贤隅①。
豪气通堂室，斯文起钓屠。
衣冠饶衮衮，容易认吾徒。

仲侄别我归桐

（一）

共榻连船凡一月，廿年难得此宵晨。
已经同老怜犹子，况复称诗获解人。
驴背冻深长路雪，梅花香冷独吟身。
不因岁逼宁容别？莫负前期江水春。

（二）

枞阳曾有少陵句，昨日同仇口尚传②。
尊酒此回论更细，老年相信骨应坚。
揣摩千古人如在，阅历诸缘诗最贤。
知尔还家贫自得，狂吟好读四松篇③。

① 原注："居胡安定讲堂侧。"
② 原注："侄辛卯冬有'枞阳大雪三更后，记得烧柴说少陵'之句，盖怀余也。海陵遇田雪龛尚诵之。"
③ 原注："侄斋中有松适四株，应以四松名。"

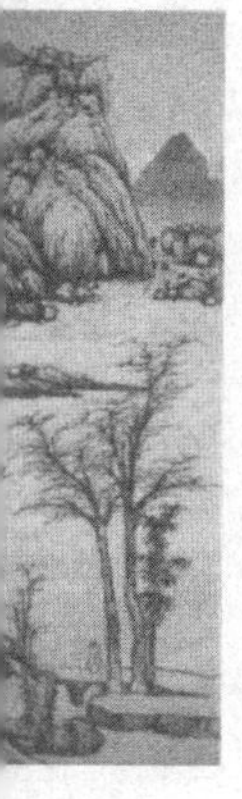

广陵客舍夜集

先是儿标携孙旅、施自常州至，儿亨自白门至，侄畿自桐城就老夫泰州，此日同儿奕，随老夫至。

（一）

谁教骨肉聚他乡，岁晏如登光启堂①。
桐子人来邗水雪，兰陵浪接白门航。
漫将踪迹稽年月，且把诗书当稻粱。
三代啸歌丛一室，菜根共嚼有余香。

（二）

自惭薄植负前人，百折还存灌灌身。
甘苦境尝知世德，儿孙穷尚识天伦。
青毡到处残篇在，白发随时老句新。
寒邸肯嫌麋鹿聚？荀家今似阮家贫。

移寓石塔寺

明发还移寓，难忘古寺心。
几朝留石塔，廿载过香林②。
客迹来何处？佛容慈至今。
寒灯成信宿，钟磬为人深。

---

① 原注："龙眠世屋。"
② 原注："戊子曾过寺。"

喜晤余饮虹

对子竟是十年别，十年变态当如何？
龙荒踪迹既难说，江国烽烟岂易过？
性命苟存看鹤发，行藏微意赖渔蓑。
记曾北固山头住，偃蹇宁忘旧啸歌？

从广陵还淮上

（一）

淮阴何郡县？佥曰是余家。
残腊逼江艇，晴天飞雪花。
炉温膝易促，书乱眼从遮。
茅屋老妻仕，相将又岁华。

（二）

入关不言客，信老欲忘年。
冷眼惊梅柳，宽心认屋椽。
闲从劳际见，春到句中先。
白发青阳共，悠悠桑柘缘。

先大夫诗后集后序二①

方孝标

呜呼！此《甦庵集》，自辛丑冬，迄丙午之夏五月，乃先君子入关以后之诗也。呜呼！以先君子之至德醇行，岂当与患难期？然考古之圣贤豪杰，以艰贞蒙难而至摈斥流离者，如司马迁、邹阳、王维、李白、范纯仁、蔡元定之徒，何可胜数。而近且著者，以程正叔之理学、苏子瞻之文章，亦不免涪陵之迁、南海之窜。此二公者，幸其胸襟浩落，不以忧感自戕，卒得生还。一考终于伊水之滨，一考终于阳羡之里，使文章、理学，声施今古。何令有一不然，则二公固不为损，而为其子孙者，虽万死何赎？虽然，天爱斯民则不得不爱文章理学，天爱文章理学，则不得不爱文章理学之人，天爱文章理学之人，则必不使之患难以终，而为善者惧。是二公之迁窜也、生还也、考终也，皆天也，非人也，而生平之穷亨，固不系乎此也。

先君子析理甚精，独不喜讲学之虚名，文章本经史大家，而落笔多不存草，独于诗则专焉。其取材也闳，其肆力也厚，其领绪也微，其穷蕴也高。记尝训不孝曰："诗之道大矣，天地阴阳之理，古今治乱之故，无不载焉。即尧、舜之所以帝，禹、汤、文、武之所以王，萧、曹、房、杜之所以相，韩、白之所以将，朱、陆之所以儒，董狐、固、晔之所以史，皆于诗乎成也。何哉？诗，

① 编者按：本序，上海图书馆誊清稿本《甦庵集》未收，此据方孝标《光启堂文集》补入。

人心也，帝王将相儒史之所以成，亦人心也。精乎诗者正其心，正其心者由乎道。《语》曰思无邪。《书》曰诗言志。言乎无邪之志，岂复有异道哉。”又尝训不孝曰：“诗当用人，勿为人用。今之言诗者有二端焉，曰五子，曰七子，曰钟、谭，互为翕訾，至不相容，而不自知其皆为五子、七子、钟、谭用也。盖五子、七子之初，人心为宋儒训诂所锢，虽欲矫焉无由。五子、七子起而用之，天下翕然以为诗在是，而在是者非诗也。隆、万以后，人心已厌五子、七子，而不知五子、七子之何以非？钟、谭又起而用之，天下又翕然以为诗在是，而在是者亦非诗也。人固有五子、七子、钟、谭所不能用之心，是即能用五子、七子、钟、谭之心矣。”又尝训不孝曰：“今人于古体好言汉魏，于近体好言唐调，是矣。而抑知汉魏与唐之所本乎？言汉魏者，溺于《文选》耳。言唐调者，陷于高龙门之《品汇》、李于鳞之《唐诗选》耳，未尝多见古人诗也。吾尝见古人诗，有今人所不能道者，亦有今人所不屑道者，其为不能与不屑者，古人之所以为古人；其不能者终不能，不屑者必不屑，此今人之所以为今人也。”呜呼！先君子不可见矣。先君子不可见而先君子之言在，即先君子之言，可知先君子之心矣，即先君子之心，可知先君子之诗矣。甦庵云者，先君子于塞外辛丑八月，夜梦一道士，手持黄纸，大书一“甦”字曰：“君归号此。”故即题入关以后之诗曰《甦庵集》云。

附录一

方氏辑佚诗

雨中偶思饮酒，适藏酝殊佳，偕儿辈尽醉

秋霖肃晚窗，远心忽及酒。
老妻指敝厨，一瓮藏已久。
尝厌儿喉馋，叫索说无有。
无瓶争雨清，香落梅花薮。
薄斟答檐澌，红上衰颜后。
须臾散书堂，屐齿响廊牖。
望筵意趦趄，趋儿脚奔走。
初尝规矩循，鞠躬长称寿。
兄弟揖让间，始恭而终否。
拜跪杂揉攫，巾袍渍余溲[1]。
倚柱漉残壶，取笑破老口。
心爱父母欢，益尽饕餮丑。
喧声灯烬摇，盘空尚濡首[2]。
瓦盆贫家常，意不在升斗。

① 编者按："杂"，《桐城方氏诗集》本作"渐"。
② 编者按："烬"，《桐城方氏诗集》本作"暗"。

听家童述长安诸老慰问殷至感赠[1]

有仆长安来，告我长安事。
皤皤白发翁，马上频致意。
动口说前朝，停眸强制泪。
屈曲问眠餐，周旋到童稚。
簪笏共旃帏，锋镝偕途次。
经历已他生，入耳恍梦寐。
一感故人情，一悲身世异。
生非稷卨才，复乏巢由志。
空慕五岳游，难割向平累。
拼死终偷生，遁荒偶然遂。
豚犬代马牛，皇天谢位置。
旅食苦田荒，江船拾残穗[2]。
破屋当深山，方塘网薜荔。
栽花杂榛莽，高吟抵歌吹。
竹载隔城峰，钟落前溪寺[3]。
门巷闭春秋，杖藜溷屠肆。
既许高春眠，亦容深夜醉。
茹芝太荒唐，种瓜翻滋愧。
本无束帛罗，谁言草木弃。
腕倦京洛书，书空原无字。

① 编者按："赠"，《桐城方氏诗集》本作"赋"。
② 编者按："拾"，《桐城方氏诗辑》作"食"。
③ 编者按："载"，《桐城方氏诗辑》作"露"。

峨峨柱石阴，下逮烟霞茈。
古今胶漆身，出处每易地。
白云怀袖多，驿骑难将寄。

写　怀

日月有晦息，人生无止休。
役役疲心神，圣愚同白头。
动极必思静，静即动所谋。
穷达迷行藏，歌哭溷欢愁。
韦布鄙轩冕，心则觊公侯。
猗顿营锱铢，穷不异黔娄。
谁能生不死，谁能乐不忧？
帝王铸金穴，狐兔贡荒丘。
曦光不返景，逝水绝回流。
春园昨日花，可为今朝留。
八荒大局促，千载长悠悠。

题于翔九所藏老夫庚辰年字

翔九为旧中翰安之子。

汶上故人子，手持缥湘字。
惊是老夫书，廿四年前事。
藏者人琴悲，作者市朝异。
回思落笔时，子生才堕地。
珍重孝子心，家声同不坠。
干戈风雨交，缄縢岂容易。

急濡今日笔，更为当年志。
拙腕衰弥僵，经历见老稚。
新旧征岁时，他年重披示。

喜陈子二如至广陵特晤

百年几十一，堪此离别长。
生还逾三载，见子仍他乡。
前岁长安路，错迕缪相望。
只道鹏翮老，秋风当一翔。
功名不足言，伤心在文章。
春江深千里，感子孤棹将[①]。
料子多白髯，披拂犹半苍[②]。
予衰勿过悲，身在即身强。
往绪千万端，欲理纷无方。
惟有少陵诗，细论口长张。
老妻隔帷听，喧笑闹书堂。
衰蹇应酬慵，今日神何扬。

得仲儿平阳书

游子远道书，所贵平安字。
老夫今日情，平安犹次义。
仲也梁晋游，秋鸿千里至。

---

① 编者按：“深”，《桐城方氏诗辑》作“渺”。
② 编者按：“髯”，《桐城方氏诗辑》作“发”。

书言裕舟车，书言强寝食。
故交多忠厚，穷途足粮糒。
口口长安函，告急意中事。
高堂勿过愁，儿甘任其勩。
旅况岂真欢？饰词娱亲志。
忆遭患难来，侍侧未垂泪。
作态学婴儿，神伤颜益瘁。
中夜号天声，悲鸣感异类。
生还肩重荷，万端勤寤寐。
父母语艰难，对日亦容易。
口甘衷则苦，鬈髭白如刺。
伯也性狷谨，临事心多悸。
娱兄如娱亲，百计相宽譬。
遂令其神壮，驰驱有余地。
叔季走四方，学步忘憔悴。
薄德值衰贫，抚躬凛渊坠。
或者孝友家，皇天不终弃。
生平恃苍苍，来复占深意。

亨咸为其孙世黼乞书扇

津门才晬盘，已能成鸟语。
尔父昨年来，之无云能数。
尔祖乞予书，临风将寄汝。
尔祖书胜予，学曾还学祖。
尔弟亦及肩，可能解笑舞。
何时绕膝前，相携老农圃？

祇舍庵老僧过江问病

老僧眷衰疾，远涉长江道。
相见才五十，年颇输予老。
病绪对僧言，自然归幽讨。
僧雏秃尽霜，耆宿多枯槁。
佛且不能留，万物安自保。
予怀无一丝，共僧弥浩浩。
但闻旧菜园，新支盖头草。
清檐瓜蔬香，口说已堪饱。

荒　田　行

旅食不饱，退而力田。
田荒十解收三斛，县吏骑马大声叩门索租钱。
租钱入官什取五，租钱入吏什百且什千。
五月粜谷从来苦，今年新谷贱如土。
铅铜锡铁杂为银，官炉大铸烟成雨。
庄奴贪，庄农黠，公空仓，私狼粒，
计穷只得卖荒田，举手赠人谁人怜①？
富者不肯，贫者不能，贱者不敢，
惟有抱硗确而颠蹶，号呼于五风十雨之天。
乱曰：种荒田，不得粟，卖荒田，不得金。
搔首长饥，不识天心。我饥犹可，民饥胜我。

① 编者按："谁"，《桐城方氏诗辑》本作"无"。

荒政十二兮首蠲租，大臣不问兮吏如仇。
春风吹雨兮青我畴蕉萋，
古人不我欺兮夜起视牛。

逻卒叹

西湖自古无明月，钱塘门鼓黄昏发。
士女齐抛箫管船，冰壶冷浸湖光歇①。
近来新添骑马兵，湖烟未黑断人行。
土音全学满洲字，金丸乱射凫鸭惊②。
瞩目湖边三里寺，豺狼昼号狐狸睡。
上坟笾豆遭擒烹，杖藜敢理游人事。
富家有租收不得，田夫捉主卖送贼。
五金十金百千金，赎归还恐官司识。
高树栅门防贼走，贼反锁门置人守。
前宵桥东杀牛儿，昨夜溪边卖米叟。
城中有兵雄且都，贼去山中兵在衢。
煌煌铁马四十骑，缚得娼家两博徒③。

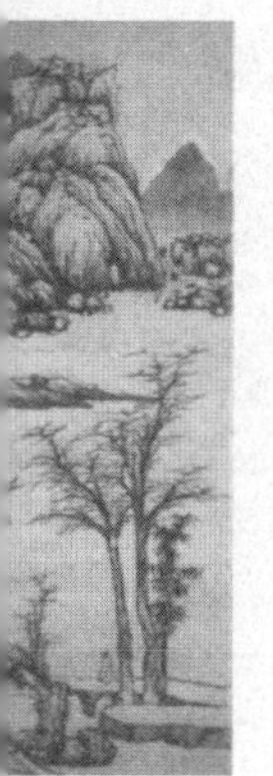

敝觚行

市有古铜物，陋不可玩，敧不可食，历十朔望矣，无一过问者。时之宜之，物自审哉。问之贾，贾不能名，强曰觚。乃作《敝觚行》。

敝觚千秋土花古，青崩红剥堆虫蛊。

---

① 编者按："冰壶冷浸"，《桐城方氏诗辑》本作"如何月灭"。
② 编者按："学满洲字"，《桐城方氏诗辑》本作"操关东调"。
③ 编者按："四十骑"，《桐城方氏诗集》本作"四百骑"。

荒田牛脚绊锄根，惊风怯日胶泥雨。
如彝不方鼎不圆，耳折唇缺壅肿肩①。
铸工名蚀款识眯，揣摩籀篆存当年。
长安庙市改为寺，金钱捆载笼高骑。
貂皮狸鞟左撑天，番珠阗玉右委地。
中有伦父冻欲僵，抱觚鹄立倚冰床。
茎草飐风拜复定，云是瑚琏发古光。
日斜棚散无人问，观者等闲抱者忿。
吁嗟乎！
此觚日月何人知？黄帝成仙照镜时。
露盘峨峨高千尺，欧冶阳精同手赤。
零环断珥窃苔纹，百宝侯门装冠舄。
昨夜苍龙吼子孙，不若宵迷雒水浑。
上帝不收羲宓贡，后土难销川渎痕。
吁嗟乎！
置觚宗庙嫌鄙朴，苍颜敢受鹓鹏濯。
琮璜瓒瓘气蒸云，丘壑冠裳觚不乐。
置觚宾筵嫌龙钟，刓角逼腹貌蒙茸。
爪指才触冷欲脱，扶持秩秩劳虚恭。
吁嗟乎！
识觚既难用更难，长松私语拂栏干。
我昔身同霜雪峙，只今面逐勃溲寒。
四座莫喧听位置，高不至亢卑不坠。
万壑香林施食盘，百年农叟枫根醉。

① 编者按："壅肿"，疑为"臃肿"之讹。

偶简旧西洋眼镜戏题①

眼光宁假人功作？西洋老贾好穿凿②。
炼石为之争镜明，波生银海浮而薄。
老翁入市攫如鹜，少年尝试翻添雾。
我衰万苦百骸摧，双瞳落落还如故。
门生赠此已十年，携之出边复入边。
老妻画上数蜂蝶，偶一取照青灯前③。
将来明暗审目力，自然灰陨不及昔。
置此尚能作字能读书，
姑留笥中以备他年不时需④。

偶为张伯颊歌

忆昔诗酒场，君壮予方少。
予今已颓龄，安得君不耄？
吁嗟乎！
八十老翁何所之？交游莫问盛年时。
古今贱老况此日，黄金散尽无还期。
所欣狂奴态如昨，笔底青山囊底药。
高歌不管鬼神愁，醉乡千载同沟壑。
我贫恰有卖字钱，买船沽酒急须颠。

---

① 编者按：“偶简”，《桐城方氏诗辑》本作“捡阅”。
② 编者按：“宁假”，《桐城方氏诗辑》本作“那借”。
③ 编者按：“画上数蜂蝶”，《桐城方氏诗辑》作“剪绢缝成盒”。
④ 编者按：“姑留笥中”，《桐城方氏诗辑》作“姑且留之”。

昨日桐城姚樗叟，少予三岁已黄泉。

龙 舟 行

龙舟只合依江浒，穷荒几载无端午。
每逢佳节必心伤，翻笑灵均何太苦。
今年端午广陵城，广陵江接潇湘清。
竞渡流传风俗旧，彩丝画舫劳纷争。
白龙初试邗沟水，喷珠撇浪涝蹄里。
龙尾高悬十岁儿，弄丸波上平如履。
相期明日钞关亭，箫鼓喧阗粉黛屏。
家凫约束缠头锦，铸铄封题撮口瓶。
再生老眼惊还喜，物力犹堪裕桑梓。
但当努力开口争逐众人欢，
勿问龙舟当年因缘所自始。

《四壬子图》为尔止弟题

开辟以来四壬子，支干若为诗人使。
曹刘沈宋几时生，茫茫岁月谁缕指？
哲弟称诗世共传，堕地同符岂偶然。
衰愚莫怪难方驾，自悔先生十七年。

罗汉佛珠歌

儿标湖上寄奉老夫。桃核镂成，凡三十六躯，备极工巧。

吾闻天台阿罗汉凡五百尊，摇山履海云雷奔。

谁使比肩连臂入予腕，三十六躯龙虎蹲。
谛观当是蟠桃核，橄榄之实疑太窄。
鸾刀历历太分明，须眉瓢衲飘高格。
儿子知予老无为，诗声长与佛声随。
佛眼佛身同佛号，肃肃诸天大树时。
衣袂深藏留细字，衰眸持向阴檐试。
料汝瞻云虑我眊，只兹堪慰晨昏意。
记得湖南净寺相巍峨，指爪庄严较若何。
六桥三月怀游子，今日如偕湖上艖。

醵金行

王子自牧为林茂之束装归，同人感而作歌。

尝读少陵诗，安得广厦千万间。
心笑此翁迂且顽。
当今眼见王夫子，始知古人脱骖指囷事等闲。
九十诗翁贫带索，手援顿起沟中涸。
举世贱老更贱诗，层云特为高风薄。
目前岂少石季伦，肉臭谁怜路死人。
一钱能令造物转，万古黄金今日神。
吁嗟乎！
黄金益贵仁义寡，感恩不独一受者。

六月六日，儿辈集张、郭、王、唐、朱、席诸君，琵琶箜篌，说事度曲竟日，以解老夫病，乃为之歌

儿孙侍病心弥苦，百计为欢到歌舞。

善才琵琶秋娘喉，供养诙谐龟年谱。
大槽奔雷小槽珠，低声娇鸟高声虎。
海内好手不数人，一时群集如风雨。
四座瞪眼静不喧，破颜微觉衰容妩。
吁嗟乎！老夫伏枕百有五十日，
昨日三女郎，飘然来问疾。
今朝丝竹豪，声绕兰花屋。
尚能持残杯，尚能操短笔。
枯木甘心世共捐，药铛檀板争眠食。
只此已拜天公德。
君不见，昨朝江干皇华子，
楼船驷马趋珂里，中宵无病平明死。

程穆倩为老夫刻“龙眠方某一号甦庵”图书

程生为我镌奇石，秦碑汉篆浑莫识。
但见古光一片挟雷霆，双睛万象登时失。
中间龙字号字更横肆，苍颉摇头忘记志。
程生自言生平得意章，挥画则狂心则细。
程生经年经月不动手，盘礴偶然呼斗酒。
飘风骤雨顷刻成，不向人间觅蝌蚪。
用刀如用剑，公孙大娘常相见。
用刀如用笔，五岳峰摇鬼神泣。
老夫七十贱名字，得君声价增瞻视。
不忍涂朱三摩挲，程生程生奈汝何？

才买得茉莉盆

种贱因时贵，香从锋镝生。
见希应共惜，枝弱不轻荣。
衰髻分朝夕，丛兰识弟兄。
常愁江路梗，今日信销兵。

偶　出

野服不惊市，儿童识老翁。
时常独来往，只在径西东。
水释梅应坼，湖融艇自通。
青山在屋里，步屧几曾穷？

过道院逢浴竹①

竹体本鲜净，何须拂拭深。
雨生童子手，青出道人心。
顿异空阶色，还留静夜音。
羁栖争尺五，分得此君阴。

客　至

翟门客不乏，晴雨破苍苔。

① 编者按："过"，《桐城方氏诗辑》本作"宿"。

岂为文章顾，应怜老病来。
贫无投辖井，坐有落花台。
剥啄声元静，岩扉长自开。

雨夜箫声

秋灯明细雨，何处度箫声？
断续芭蕉响，依稀蟋蟀情。
客心随老静，夜气逐凉生。
不必听终曲，檐楹本自清。

老妻六十五初度二首

（一）

老妻偕我老，辛苦信同遭。
五十二年内，百千万种劳。
翟珈难重忆，井臼至今操。
鹿架几时遂？蹉跎惭鬓毛。

（二）①

群儿席不暖，菽水自然难。
聊借门生酒，恭承堂上欢。
莱衣宫锦旧，鸿案客厨寒。
桃李苔岑色，移同松柏看②。

① 编者按：此首五律，《桐城方氏诗辑》作“内人诞日梁生移尊为寿”。

② 原注：“梁子贻尊。”编者按：“贻尊”与上“移尊”略异。

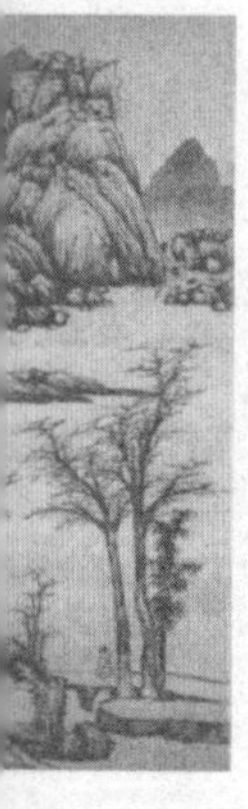

外甥孙齐子升如特自桐顾老夫于广陵

我正悲同气，尔来添泪痕①。
因兄追痛姊，似舅只遗孙。
千里江涛易，十年颜面温。
他乡惊聚首，骨肉重根源。

柬杜于皇

客里还怜客，孤身值岁终②。
年输衰叟老，诗信古人穷。
酒攫屠苏醉，春生墨沛风。
元正新试屐，先合过墙东。

谢稚恭惠鲟鱼盘二首

（一）

持箸勿轻下，应怜推食心。
同经患难后，益共苦甘深。
举网矜谁得？临流羡至今。
老馋欣指动，饱德感清砧。

（二）

转是吾乡产，廿年惊未餐。

① 原注："方抱先兄之戚。"
② 编者按："孤身"句，《桐城方氏诗辑》作"身孤复岁终"。

腴添邢水味，色重故人盘。
张翰思徒切，冯生铗漫弹。
白头叨口腹，饮啄见同欢。

朔日于皇见过留小饮，适野人、舟次来共集

杯酒斋期供，情缘诗更真。
何来门外屐？复是句中人。
旅径羊求满，衰龄文字亲。
城钟催客醉，不为浊醪醇。

别陈二如

问字得吾髓，分霜及尔髯。
惊看弟子老，莫怪岁时淹。
絮语灯重接，狂歌酒漫添。
积怀摅既见，路近别何嫌。

晤林茂之，时年八十五矣

犹是丈人行，相看若鼎彝。
别时已屡空，近日尚能诗。
宾客前朝事，声名同辈谁？
对君忘我老，白发快追随。

再游桃花坞

三月十四。

再到桃花老，穷探悔后期。
误看已谢树，认作未开枝。
衰眼禁荣落，浮踪任合离。
成功春事足，敢怨晚风吹。

忽　忆

蓬门忽记忆，昨岁此时来。
梅子坐看熟，萱花仍旧开。
久羁忘土异，拼老任年催。
庭树新雏鹊，相依正不猜。

因仲侄归，简陈二如，问其注杜成未

共侄论诗数，兴情必及髯。
解人宁易得，作手几能兼？
学杜经年久，同心立格严。
拈毫析微义，应为老夫添。

萤　火

莫嫌萤火小，此地古扬州。
曾伴隋皇帝，长为永夜游。

至今星月影，犹带绮罗秋。
残卷无劳照，车生已白头。

研斋自毗陵来

奇气降难尽，清言入道微。
从来归宿地，自有合离机。
学力随年长，空华著眼非。
最怜鞭影疾，对面泯依违。

为宣炉谢辟疆

炉传宫铸旧，得子品题真。
物亦感知己，情非谀老人。
千秋争璞玉，一顾几麒麟。
久笑囊如洗，今朝顿不贫。

喜晤吴见末论诗

诗人不厌老，白发及滋强。
海外何山水，归来旧草堂。
不须询险阻，终只爱文章。
试读夔州句，偏胜年少狂。

喜晤施愚山

就亭传结构①，江水绕孤城。

① 原注："愚山官舍内亭。"

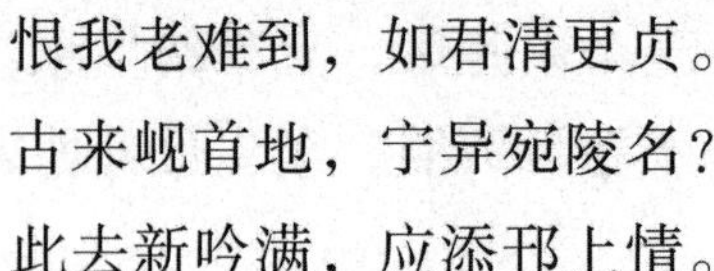

恨我老难到，如君清更贞。
古来岘首地，宁异宛陵名？
此去新吟满，应添邗上情。

立春日买得兰花

土鼓朝才击，山兰入市盈。
易生惊物理，征贵感人情①。
栽向梅根瘦，开同客眼明。
闲心寄草木，又见一年荣。

吴野人见过阙展待②

偶尔看花去，虚君踏湿来。
寻常艰一出，今日又空回。
岂为前期寡，难将夙抱开。
古人访穷巷，不遇亦诗媒。

鹦鹉归二首

飞去五十日，凡三返，栖庭树，自归韝上。

（一）

拚与樊笼别，谁教去复回？

---

① 编者按：“感”，《桐城方氏诗辑》本作“识”。
② 编者按：“阙展待”，《桐城方氏诗辑》本作“未晤”。

飘零何树木，拣认几楼台①？
怀旧凡三顾，同俦不一猜。
浑如江海上，游子赋归来。

（二）

稻粱宁足恋？应感主人知②。
毛羽怜殊众，聪明亲授诗。
鹰鹯原满眼，天地亦多歧。
历尽人间路，才甘稳故枝。

瓶　莲

胆瓶堪眩眼，身况在花中。
胜事游人说，秾华昨岁同。
分香通枕密，借艳作颜红。
好向溪桥语，留芳待病翁。

于皇从如皋来见过

知子念予病，知予念子心。
衰年危白发，客路贵黄金。
携得水云色，由来湖海襟。
呼儿停煮药，倾耳听新吟。

---

① 编者按："飘零"，《桐城方氏诗辑》本作"飘摇"。
② 编者按："知"，《桐城方氏诗辑》本作"恩"。

题亨咸为奕箴画《家山读书图》

画山原不尽，画自具山奇。
树石归形似，楼台任意为。
弥增当日胜，益重客中思。
举目邗江壁，桐溪秋晓时。

移居后谢杨砚莲

授餐兼问药，不独一廛私。
只此频移迹，追思三匝时。
平台低众壑，丛竹隐深池。
几度看明月，依依恋旧枝。

答程端伯

端伯和老夫初度诗十二章斌谢。

不见故人作，于今十二年。
几经猜面色，何得挹诗篇。
好句忽天外，全身现眼前。
喜狂呼欲绝，把卷复潸然。

朝眠甚适

梦醒征睡足，窗纸上微明。
任举世间事，无关檐鸟声。

敦颐徒有术，禅悦亦空名。
何似灰心叟，浓霜布被情？

同儿膏小饮

怪我忽呼酒，挑灯一举杯。
梅花今夜霁，游子昨朝回。
絮语同诗吐，寒筹信市催。
比来空断饮，涓滴本能开。

瘦

骨已无堪瘦，颜犹借酒红。
老妻心口里，明镜淡浓中。
自古清虚贵，难言秦越同。
春花不相厌，宛转伴衰翁。

五日开家酝小饮

亦有四方酒，偏眈家酝尝。
记从刍腊雪，即指待端阳。
作手亲开快，微醺病力当。
老妻偷眼笑，不为醉容狂。

忽得同年解拙存书

休沐崤函尚未兵，几回消息问柴荆①。

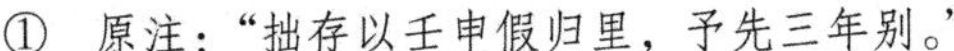

① 原注："拙存以壬申假归里，予先三年别。"

及予再出朝廷乱，念子多虞虎豹横。
久病转全参术体，周饥难悉雪霜情。
比来惝恍停云歇，乍得音书心反惊。

宿迁有西楚项王庙吊之

赤图纵属斩蛇人，非项那能独破秦？
□绝乌江余大勇，撞翻玉斗见深仁。
歌骓有血还胜筑，烹狗虽功不书麟。
成败皆天谁敢议？黄河声带万军嗔。

檐　鹊

檐鹊刷羽静不下，阶空昼永时一来。
盘餐分食若有意，书卷长把良无猜。
绕砌乍驯忽惊顾，呼雏远引还飞回。
羽毛饥饱亦分定，人生捃拾胡劳哉！

寄　铁　公

山气四时清独秋，老僧住山秋更幽。
桃花长忆杖藜径，木叶倏鸣城市楼。
廿里骑驴岂辽远，经年悬榻何夷犹。
松间片石知频扫，明月岩扉几夜留。

新月

新月羡高落日上，微风下引清光凉①。
兰花不吹香近远，梅子欲雨实青黄②。
野老竹径抱琴至，故人邮筒询药方。
北窗偃卧尽旦晚，晚色独起转空苍。

寄长儿孝标

阿旃江上几时来③，阿旅毗陵应暂回④。
少子诗中斟柏酒，老僧定后散花台⑤。
画山人过时评帖⑥，卖药翁闲共访梅⑦。
淮水已同邗水绿，春深渔艇恣沿洄。

春寒

脱裘才觉早春寒，手拨炉灰香未残。
耩上鸟音如致讯，砚头花色竟堪餐。
健忘书只供遮眼，坐倦行惟绕药栏。
几日雨晴容易度，新流应上隔篱滩。

---

① 编者按："羡"，《桐城方氏诗辑》本作"每"。
② 编者按："不吹香近远"，《桐城方氏诗辑》本作"无意香远近"。
③ 原注："标次子。"
④ 原注："标三子。"
⑤ 原注："铁帆堂头。"
⑥ 原注："画山人：程穆倩。"
⑦ 原注："张伯颊。"

作敬亭友人书二首

（一）

海内故交半零落，伤心更是敬亭山。
嵇康遗息摧残后，张俭余魂生死间。
祸患岂关文字孽，风尘难记别离颜。
题书云鸟应相讯，望七衰翁万里还。

（二）

同降丙申惟老友①，睽违动复十年余。
不知筋力谁衰健，长就眠餐忆起居。
江上口传消息乱，贫来路远信音疏。
遥怜书到生惊喜，白发还如竹马初。

上巳日外甥姚彦昭自桐入都，道过淮上，同步止园

为到园林知上巳，恰逢犹子渡江来。
相携且尽东家胜，回问何如故里台。
荏苒三春花底眼，祓除千载水边杯。
莺声似解游人意，未许明朝别艇催。

绣山弟自白门见过

南风吹送惠连船，悲喜回头别十年。

① 原注："徐接三与予同庚。"

前日传书来白下，几时知我到江边。
鬓毛顾尔逾增老，踪迹违心怕问天。
话久连床翻错乱，但言重会是奇缘。

蕃　禧　观

尚存琼花台。

蕃禧观创在隋前，谁遣琼花大业传。
自是君王眈国色，遂教草木窃神仙。
玉钩夜泣雷塘月，金蕊香消阆苑天。
何似舜陵松柏茂，菁葱霜雪尚年年。

儿育之青州，简周栎园二首

（一）

龙荒三载数遗书，千里云门转渺如。
自是万端萦吏事，遂令两地怅兴居。
曾将短句风人手[①]，妄冀新题退食余。
儿子褰裳今见面[②]，老怀无用说当初。

（二）

传闻宿土酹吾师[③]，白发门生感益悲。

---

① 原注："黄心甫。"

② 编者按："今"，周亮工《赖古堂集》卷十六《寿青溪三老序》作"重"。

③ 原注："日照先师荷遣奠。"

隔世根绳还累子①，同岑甘苦欲凭谁。
萍蓬岁月尘中换，桃叶衡茅梦里期。
种种牵肠难举似，老夫毕竟重论诗。

落　梅

梅花半落不胜落，细雨当檐色尚繁。
童懒径留苔欲积，鸟衔枝动蒂还存。
柳丝绿处萦残影，石罅沾来带湿痕。
细数开时看到谢，冬春不负化工恩。

寄陈二如

陈髯应不憎新法，贫死何如低折腰。
尝怪鼓车难驾骥，果然凤羽不栖条。
授书钱供高堂老，按部人宽野谷樵。
闻说鸠江虚绛帐，且将奇字慰飘摇。

儿孙辈齐作字

诸孙拥乞仲儿书，阿季临池钩画如。
绕膝鲁鱼无小大，喧声诗史彻庭除。
几摊敝席争谋笔，箸饱空盘更益蔬。
共笑腐儒贫且老，将雏嗜古乐蘧蘧。

---

① 编者按："子"，《桐城方氏诗辑》本作"汝"。

广陵城怀古

孙辈及研斋皆有作。

广陵今古此危城，岂独隋家兴废明①。
晋宋疆悬南北鼎，梁唐角犄汉番兵。
只今烽火悲凋瘵，倏尔笙歌答太平。
衰眼懒抛凭吊泪，忘情直似不关情。

吴野人自海甸来

海风吹客客颜秋，诗瘦那堪更倚楼。
木叶到霜天地肃，菊花遇雨户庭幽。
悬知静夜无他思，莫说骚人只善愁②。
屋里登高高亦胜，茱萸似为白头留③。

寄五儿章钺长安二首

（一）

天涯又历一年春，远绪千端挂老亲。
嗟季望徒怜雨雪，在公勚可报昏晨。
波遥邗水梅难寄，冰泮西山柳亦新。
阊阖从来阳德近，条风应许拂劳薪。

---

① 编者按："兴废"，《桐城方氏诗辑》本作"过眼"。

② 编者按："思"，《桐城方氏诗辑》本作"想"。"善"，《桐城方氏诗辑》本作"解"。

③ 编者按："似为白头留"，《桐城方氏诗辑》作"特地为君留"。

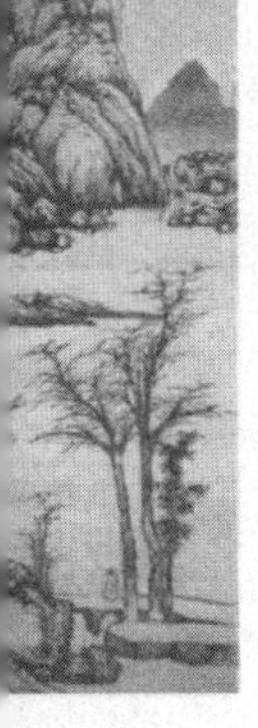

（二）

书来满纸客平安，不道为山一篑难。
词到饰时心倍苦，行当半道胆翻寒。
鸰原竭力应输急，鹤发加餐强作欢。
岁月回头堪慰藉，春光莫向别离叹。

春归日雨[①]

送春风雨解留春，花柳成功色尚匀。
绿阴纡条才蔽日，露华拂槛未经旬。
闲看羲驭如流水，老恋东皇似故人。
别亦有情来有信，晓钟声里漫逡巡。

事　事

事事都从病起欢，小斋十月尚轻寒。
瓦盆手煮山菘白，枯干眼看金橘丹。
试笔书经不计字，焚香验火亦多端。
霜天晏醒昼还卧，日送兰花过药栏。

雨　后　雪

凝阴十日错昏明，雪补愁霖屋有声。
山鸟不来梅树冻，兰花初放篆烟清。

① 编者按：此诗题，《桐城方氏诗辑》本作“春归”。

老妻话旧如前世，稚子能诗惊后生。
莫怪空街淹屐齿，潜夫晴亦寡逢迎。

秋阶二首

（一）

黄叶如黄鹂，隐露枝头绿。
笼鸟忽流声，秋阶恍春谷。

（二）

梅叶先众凋，知为花时地①。
似有微苞生，枯干含香意②。

雪望二首

（一）

隔江山岿然，雪映山逾远。
金焦只意中，白鸥去复返。

（二）

古今梅花多，岂独扬州早。
何逊亦何人，能令东阁好。

① 编者按："知为花时"，《桐城方氏诗辑》本作"似知为花"。
② 编者按："似"，《桐城方氏诗辑》本作"亦"。

闲中即事四首

（一）

鸟浴半阴天，鱼游落花水。
诗成炉色中，磬入经声里。

（二）

老去无非病，闲来转自如。
山妻烧药罢，对坐简方书①。

（三）

教孙摹汉印，形貌争是似。
为问羲颉前，乾坤可有字②？

（四）

摘花入胆瓶，野色盈几砚。
居然苎萝村，迥出昭阳殿。

即事二首

（一）

瓶花落砚香，暗与莲花注。
持墨不轻研，咽液花心露。

---

① 编者按："简"，《桐城方氏诗辑》本作"捡"。
② 编者按："羲颉"，《桐城方氏诗辑》本作"苍颉"。

（二）

梅谢成繁阴，转胜开时好。
历历黄鹂声，乃出枝头鸟。

京口竹枝词二首

（一）

短艇无波也自迟，横风急桨过滩时。
不知冷笑缘何事，郎试摇时郎自知。

（二）

邻舫无心似约同，水程有准不须风。
船头男子遥相对，船尾喁喁细语中。

惠山竹枝词三首

（一）

金谷平原名旧传，荒池残榭尚嫣然。
当门笑捉游人语，郎要看花侬要钱①。

（二）

双鬟灼灼彩帘边，知是威仪不敢前。
唐突货儿偏自若，昨朝赊得小花钿。

① 编者按："捉"，《桐城方氏诗辑》本作"提"。

（三）

青帘斜映玉搔头，笑指明珰作酒筹。
酒品寻常无甚别，踌躇为拣最高楼。

戏为三绝句

于皇属拈。

玉蝶梅

从来香色乱花梢，幽格孤撑绝众呶。
似恼滕王春笔艳，特将粉翅裹霜苞。

红梅

罗浮绝代玉为姿，不向朱颜乞露滋。
生怕六宫嫌冷淡，旧家姊妹借胭脂。

绿萼梅

明珠颗颗缀还疑，香入寒烟月上迟。
子未结时先似豆，黄鹂误认柳深枝。

漫兴

（一）

枕上寒知霜落早，未明先问屋高低。
曦光不用黄金买，东出团团看到西。

（二）

病冷最嫌生炭贵，硬枝犹带出山烟。
鹧鸪纹别居奇货，添却门前卖字钱。

附录二

绝域纪略

龙眠方拱乾坦庵

流　　传

宁古塔，不知何方舆，历代不知何所属。数千里内外，无寸碣可稽，无故老可问。相传当年曾有六人坐于阜，满呼六为宁公，坐为特，故曰宁公特，一讹为宁公台，再讹为宁古塔矣。固无台无塔也，唯一阜如陂陀，不足登。

本朝控制诸夷，受人参、貂狐皮贡，爰留卒以戍之。有逻车国者，𠞰诸夷，使不得贡。敌之不胜，又动大众，勤舟师，遂择八旗旗八十人长戍焉。复立牛鹿章京、梅勒、昂邦，以重其任。逻车亦不知其国在于何所云，舟行万二千里，不知其疆，所遇皆擅鸟枪，又遂讹鸟为老，讹枪为羌云。

天　　时

北斗在北，较中华微高，月出较早，四时皆如冬。七月露，露冷而白，如米汁。流露之数日即霜，霜则百卉皆萎。八月雪，其常也。一雪地即冻，至来年三月方释。五六月如中华二三月，亦复有裸裎时。日昃，则须入户矣。居三年，唯两日奇寒，己亥十月初七日及庚子十二月十七日。久住者，亦诧为未曾有，余不过如长安极凛冽时耳。春多风，风烈，常十余日无出户。入夏多雹，雹下则黍苗殒。

土　地

无疆界，无城郭，枕河而居，树短柴栅，环三里，辟四门，而命之曰城。中以碎石甃，埤丈余，辟东、西门，置茅屋数椽而命之曰衙门章京，刑政地也。埤雨即圯，圯即甃。栅内即八旗所居，当事则厚待士大夫，请旨居士大夫于栅内，余人则散居诸屯。有数屯焉，随所居多寡而大小之，无旧址，无定名，如曰牡丹者，满言一日往还也。曰沙儿虎、曰沙岭、曰泥浆、曰要罗，皆类斯。山川不甚恶，水则随地皆甘冽，或曰参所融也。随山可耕，官给人耕地，四亩一行，如中华五亩。无赋税焉。地贵开荒，一岁锄之，犹荒也，再岁则熟，三四五岁则腴，六七岁则弃之而别锄矣。有大川，汇众川而达于海，可以舟。

有东京者，在沙岭北十五里，相传为前代建都之地。远睇之，蓊郁葱蒨若城郭，鸡犬可历历数，马头渐近，则荒榛蒙茸矣。有桥，垛存而板灭；有城阘，轨存而阈灭；有宫殿，基础存而栋灭；有街衢，址存而市灭；有寺，石佛存而刹灭。讹曰贺龙城，讹慕容耶？而北燕非此地。所掘钱多正隆，正隆乃金主亮年号。俗之祀神者，动曰乌禄，岂乌禄旧封耶？黄瓦累累，无字可寻，唯一瓦有字曰“保高丽作”，字多不完，岂高丽耶？环东京皆腴地，流水残山，颇似江南荒野。

四至百余里外，皆有大树林，曰大阿稽、小阿稽，千章之木，杀其皮以令之朽，万牛不能送，时令人发深叹焉。自鹦哥关，凡一千八百里而始至，中唯三屯，一曰灰扒，一曰多洪，一曰株龙。多洪屯各庐屋不满十行，差卒换马之地。多山，多水，多虾荡。虾荡者，淖也，淖不可渡，中有结草如球，车马履之而渡，失足

则陷而须掀焉。冬则冰。

宫　　室

象鸟兽而为巢、为营窟。木颇材而无斧凿，即樵以架屋，贯以绳，覆以茅，列木为墙，而墐以土。必向南，迎阳也。户枢外而内不键，避风也。室必三炕，南曰主，西曰客，北曰奴，牛马鸡犬与主伯亚旅，共寝处一室焉。近则渐分别矣，渐障之成内外矣。渐有牖，可以临窗坐矣，渐有庑庐矣。有小室焉，下树高栅，曰楼子，以贮衣皮。无栅而隘者曰哈实，以贮豆黍。

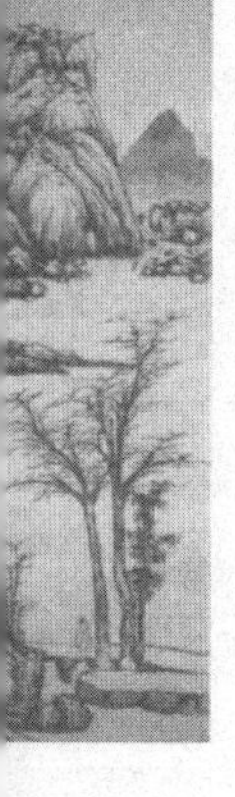

树　　畜

开辟来，不见稻米一颗。有粟，有稗子，有铃铛麦，有大麦。稗则贵者食之，贱则粟耳。近亦有小麦，卒不多熟，面麦亦堪与小麦乱也。瓜茄菜豆，随所种而获，霜迟则皆登于俎矣。丝瓜、扁豆较难熟，熟亦不能得子。有撇兰者，结实可斤余，其腴胜长安种。有小菱，有莲子，满人素不识，因游东京者往寻莲陂，土人遂撷之以市。有松子，有榛子。有酸梨，大如栗，贮之木罂之中，令其烂，斯啜焉。有（瓯子李）〔当作瓯李子，《宁古塔志》及《宁古塔纪略》等作瓯李子〕，色赤而涩。有麋子尾，即猴头。有蘑菰，有黄菌，有山查子。

川有鱼，不网而刀，月明燎火，（掉）〔当作棹〕小舟，见鱼而揕之。有遮鲈者，大可百余斤，有骨而无刺，如中华之鲤，而其味更胜。他鱼亦随地有之。有刺姑焉，身如虾，两螯如蟹，大可盈寸，捣之成膏，至今宗庙必需之，届期驰驿而进御。鸡豚鹅鸭视所畜，客至则操刀而割，豕堕地即充庖焉。

风　俗

无所谓风俗也。既无土著人，谁为遗之？谁为流之乎？八旗非尽满人，率因其种以为风俗。华人则十三省无省无人，亦各因其地以为俗，故曰无所谓风俗也。姑亦就满汉相沿之久而言风俗也。

不用银钱，银则买仆妇田庐或用之，钱则外夷来贡时求作头耳之饰。至粟豆交易，或针或线或烟筒，大则布，裕如也。相见不揖，从者皆坐，坐以炕别。每有需则与之，无则拒之，不怼也。受所与，必思有以酬之，相遇，必歉歉自道，一酬即泰然，一脔酬布帛所不计矣。

妇人多颜色，即贵人亦舄而步于衢。一男子率数妇，多则以十计，生子或立或不立，惟其意也。其惮妇甚者，倍于恒情。有弃妇者，亦倍于恒情。结发老矣，曾无他嫌，男子偶有悦于东家女，女父母曰必逐而妇，归遂不动色而逐之，即儿娶妇、女嫁婿，亦不敢牵衣而留。新妇入，儿女遂以事其母者事之。弃妇他日适后夫，过故夫庐而问新妇，相见无怍容，无怼言也。

八旗之居宁古者，多良而淳，率不轻与汉人交。见士大夫出，骑必下，行必让道，老不荷戈者，则拜而伏，过始起。道不拾遗物，物遗则拾之置于公，俟失者往认焉。马牛羊逸，三日不归，则牒之公，或五六月之久，尚能归。惟躏人田，则责牧者，罚其直，虽章京家不免焉。

最重力仆健妇，尽一室人争奉之。若大家，则择一人为庄头，司一屯之事，群仆唯所指使。炕四时无断薪，薪在五十里外，五更饭牛，日暮乃返，采薪之仆，尤司一家之命，于群众更异数焉。

跳神犹之乎祝先也，率女子为之。头带如兜鍪，腰系裙，累累带诸铜铁，摇曳之有声，口喃喃，鼓嘈嘈。以竿绾绸布片于炕而缚一豕，以酒灌其耳与鬣，耳鬣动即吉，手刃之，取其肠胃，而手拼之，亦有吉凶兆。女子韶秀者，亦如歌舞状，老则厌，男子更厌矣。马神则牵马于（空）〔应作室，见《宁古塔志》〕中，以红绿布帛丝系其尾鬣而喃喃以祝之云。跳毕则召诸亲戚，啖生肉，酌以米儿酒，尽醉饱，不许怀而出其户，曰："神怒也。"寻常庭中必有一竿，竿头系布片，曰："祖先所凭依。"动之如掘其墓。割豕，而群乌下啖其余脔，则喜曰："祖先豫。"不则愀然曰："祖先恫矣，祸至矣！"

宁古无闲人，而女子为最。如糊窗则捶布以代纸，烧灯则削麻入肤糠以代膏，皆女子。手不碾而舂，舂无昼夜，一女子舂不能供两男子食。稗之精者至五六舂，近有碾，间橐粟以就碾。舂余即汲霜雪，井溜如山，赤脚单衣悲号于肩担者不可纪，皆中华富贵家裔也。伤哉！

百里往还不裹粮，牛马不携粟草，随所投，如旧主人焉。主人随所供，不责报，亦无德色。

病不问医，无医安问。死则以敝船为椁，三日而火，章京则以红缎旌之，拨什库则以红布，再下则红纸。俗贱红而贵白，以为红乃送终具也。男子死则必有一妾殉，当殉者即于生前定之，不容辞，不容僭也。当殉不哭，艳妆而坐于炕上，主妇率其下拜而享之，及时以弓弦扣环而殒，倘不肯殉，则群起而缢之死矣。

满人不知有佛，诵经则群伺而听，始而笑之，近则渐习而合掌以拱立矣。（酉）〔应为西，见《宁古塔志》〕达子则知有佛有经，能膜拜，大约与哪嘛教同，与西土异，（仁）〔此当为衍字〕不祀神，唯知有关帝，亦无庙，近乃作一土龛。

饮　食

稗子贵人食也，下此皆食粟，曰粟有力也。不饮茶。

无陶器，有一瓷碗，如重宝，然群不贵，遂不足宝矣。凡器皆木为之，出高丽者精复难得。大率出土人手，匕箸盆盂，比比皆具，大至桶瓮，亦自为之。有打糕，黄米为之精，有饼饵，无定名，但可入口即曰佳也。多洪有蜂蜜，贵家购之以佐食，下此不数数得。

盐则取给于高丽，每十月，大宗伯特遣一驿使至宁古，昂邦檄一牛禄，督市盐者以行，给其仆马，至高丽之会同府。府去王城尚三千里，荒陋犹宁古也。其国亦遣一官受我使，交易盐及牛马布铁得还，凡五六十日而始竣事。闻其国亦以供应为苦。满人得盐，乃高价以售，汉人唯退而自啖其炕头之酸齑水。菜将霜取而置之瓮，水浸火烘，久而成浆，曰胜盐多多许。

跋

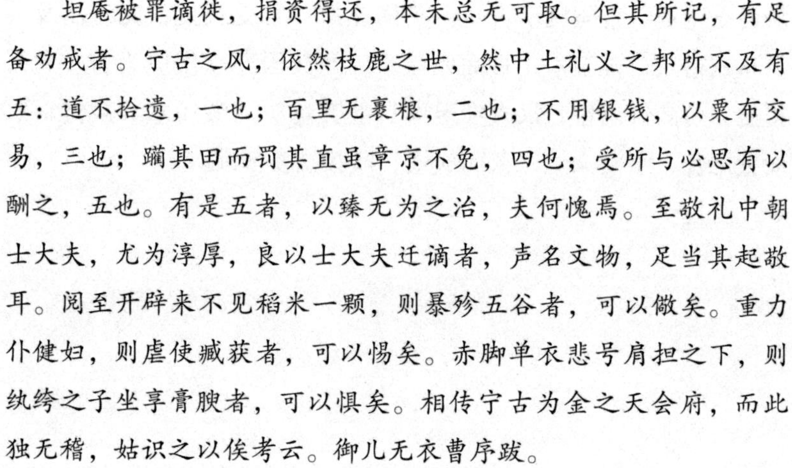

坦庵被罪谪徙，捐资得还，本未总无可取。但其所记，有足备劝戒者。宁古之风，依然枝鹿之世，然中土礼义之邦所不及有五：道不拾遗，一也；百里无裹粮，二也；不用银钱，以粟布交易，三也；躏其田而罚其直虽章京不免，四也；受所与必思有以酬之，五也。有是五者，以臻无为之治，夫何愧焉。至敬礼中朝士大夫，尤为淳厚，良以士大夫迁谪者，声名文物，足当其起敬耳。阅至开辟来不见稻米一颗，则暴殄五谷者，可以儆矣。重力仆健妇，则虐使臧获者，可以惕矣。赤脚单衣悲号肩担之下，则纨绔之子坐享膏腴者，可以惧矣。相传宁古为金之天会府，而此独无稽，姑识之以俟考云。御儿无衣曹序跋。

（据《说铃》移录）

宁古塔志

桐城方拱乾甦庵

宁古何地，无往理，亦无还理。老夫既往而复还，岂非天哉。亲友相见，问对率仓皇无端绪。邸舍无事，偶追忆而条晰之，以省问对。衰年性健忘，似多漏轶。记与吴汉槎及儿辈屡属其撰志而不先就，亦曰此生岂有还理。则此生之徼天幸者，殆昔人所谓从死地走一回，胜学道三十年。老夫兹愧矣。康熙壬寅七月二十七日书于荷阴客舍。

流　传

宁古塔，不知何方舆，历代不知何所属。数千里内外，无寸碣可稽，无故老可问。相传当年曾有六人坐于阜，满呼六为宁姑，坐为特，故曰宁姑特。一讹而曰宁姑台，再传而为宁古塔矣。固无台、无塔也，唯一阜如陂陀，殊不足登。

本朝控制诸番，受貂狐皮贡，爰留卒以戍之。有逻车国者，夺诸番，使不得贡。敌之不胜，乃动大众，勤舟师，遂择八旗旗八十人长戍焉。复立牛禄章京、梅勒、昂邦，以重其任。逻车亦不知其国在何所云，舟行万二千里，不知其疆，所遇皆擅鸟枪，人遂讹鸟为老，讹枪为羌云。

天　时

北斗在北，较中华微高。月出较早，四时皆如冬。七月露，露冷而白，如米汁。流露之数日即霜，霜则百卉皆萎。八月雪，其常也。一雪地即冻，至来年三月方释。五六月如中华二三月，亦复有欲裸裎时。日昃。则须入户矣。居三年，唯两日奇寒，乙亥十月初七日，庚子十二月十七。久住者，亦诧为未尝有，余不过如长安极凛冽时耳。春多风，风烈，常十余日不出户。入夏多雹，雹下则黍苗殒。

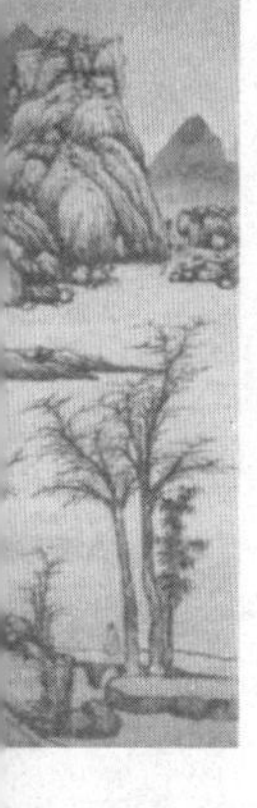

土　地

无疆界，无城郭，枕河而居，树短柴栅，环三重，辟四门，而命之曰城，中以碎石甃。埤丈余。辟东、西门，置茅屋数椽而命之曰衙门章京，刑政地也。埤雨即圮，圮随甃。栅内即八旗所居，当事者则厚待士夫，请旨居士夫于城内，余人则散居诸屯。有数屯焉，随所居多寡而大小之，无旧址，无定居，如曰牡丹者，满言一日还也。曰沙儿虎、曰沙岭、曰泥浆、曰要罗，皆类是。山川不甚恶，水则随地皆甘冽，或曰参所融也。随山可耕，官给人耕，四亩一行，如中华五亩。无赋税焉。地贵开荒，一岁锄之，犹荒也，再岁则熟，三四五岁则腴，六七岁则弃之而别锄矣。有大川，汇众川而达于海，可以舟。

有东京者，在沙岭北十五里，相传为前代建都地。远睇之，蓊郁葱菁若城郭，鸡犬可历历数，马头渐近，则荒城蒙茸矣。有桥，垛存而板灭；有城闉，轨存而阈灭；有宫殿，基础存而栋宇灭；有街衢，址存而市灭；有寺，石佛存而刹灭。讹曰贺龙城，讹慕容耶？而北燕非此地。所掘钱多正隆，正隆乃金亮年号。俗言祀神者，动言乌禄，岂乌禄旧封耶？黄瓦累累，无字可寻，唯一瓦有字曰“保高丽作”，字多不完，岂高丽耶？

环东京皆腴地，流水残山，颇似江南荒野。四百余里外，皆有大树林，曰大阿稽、小阿稽，千章之木，杀其皮以令之朽，万牛不能送，时令人发深叹焉。自鹦哥关，凡一千八百里而始至，中唯三屯，一曰灰扒，一曰多洪，一曰株龙。多洪屯各庐屋不满十，乃差卒换马之地。多山，多水，多虾荡。虾荡者，淖也，淖不可渡，中有结草如球，车马履之而渡，失足则陷而须掀焉。冬则冰。

宫　室

似上古时，为巢、为营窟。木颇材而无斧凿，即樵而架，贯以绳，覆以茅，列木为墙，而墐以土。必向南，迎阳也。户枢外而内不键，避风也。室必三炕，南曰主，西曰客，北曰奴，牛羊鸡犬与主伯亚旅，共寝处一区焉。近则渐分别矣，渐障之成内外矣。有牖，可以临窗坐矣，渐有庑庐矣。有小室焉，下树高栅，曰楼子，以贮衣皮。无槛而隘者曰哈实，以贮豆黍。

树　畜

开辟来，未见稻米一颗。有粟，有稗子，有铃铛麦，有大麦。稗则贵者食之，贱则食粟耳。近亦有小麦，卒不多熟，荞麦亦堪与小麦乱也。瓜茄菜豆，随所种而获，霜迟则皆登于俎矣。丝瓜、扁豆较难熟，熟亦不能得子。有撇兰者，结实可斤余，其腴胜长安种。有莲子，有小（麦）〔当作菱，见《绝域纪略》〕，满人素不识，因游东京者往寻莲陂，土人遂撷之以市。有松子，有榛子。有酸梨，大如栗，贮之木罂，令其烂，斯啜焉。有瓯李子，色赤

而涩。有麋子尾，即猴头。有蘑姑，有黄菌，有山查子。

川有鱼，不网而刀，月明燎火，（掉）〔当作棹〕小舟，见鱼而揕之。有遮鲈者，大可百余斤，有骨而无刺，如中华之鲤，而其味更胜。他鱼亦随地有之。有剌姑焉，身如虾，两螯如蟹，大可盈寸，捣之成膏，□□宗庙必需之，届期驰驿而进御矣。豚鹅鸭视所畜，客至则操刀而割，堕地即充庖焉。

风　俗

无所谓风俗也。既无土著人，谁为遗言？谁为流之乎？八旗非尽满人，率因其类以为风俗。华人则十三省无省无人，亦各因其地以为风俗矣，故曰无所谓风俗也。姑亦就满汉沿习之久而言风俗。不用银钱，银则买仆妇庐屋或用之，钱则外夷来贡时求作头耳之饰。至粟豆交易，或针或线或灯筒，大则布，裕如也。相见不揖，从者皆坐，坐以炕别。每有需则与之，无则拒之，不怨也。受所与，必思有以酬之，相遇，必歉歉自道，一酬即泰然，脔酬文帛所不计矣。

妇女多颜色，即贵人亦舄而步于衢。一男子率数妇，多则以十计，生子或立或不立，惟其意也。其惮妇甚者，倍于恒情。有弃妇者，亦倍于恒情。结发老矣，曾无他嫌，男子偶有所悦于东家女，女父母曰必逐而妇，归遂不动色而逐之，即儿娶妻、女嫁婿，亦不敢牵衣而留。新妇入，儿女遂以事其母者事之。弃妇他日适后夫，犹过故夫庐而问新妇，相见无怍容，无怼言也。

八旗之居宁古者，多良而淳，率不与汉人交。见士大夫出，骑必下，行必让道，老而不荷戈者，则拜而伏，过始起。道不拾遗物，物遗则拾之置于公，俟失者往认焉。马牛羊逸，三日不归，则牒之公，或五六月之久，尚能归。惟躏人田，则责牧者，而罚其直，虽章京家不免焉。

最重力仆健婢，尽一室人争奉之。若大家，则择一人为庄头，司一屯之事，群仆唯所指使。炕四时无断薪，薪在五十里外，五更饭牛，日暮乃返，采薪之仆，尤司一家之命，于群仆更异数矣。

跳神犹言乎祀先也，率女子为之。头戴如兜鍪，腰系裙，累累带诸铜铁，摇曳之有声，口喃喃，鼓嘈嘈。以竿绾绸布片，于炕西缚一豕，以酒灌其耳与鬣，耳鬣动即吉，手刃之，取其肠胃，而手捋之，亦有吉凶兆。女子韶秀者，亦如歌舞状，老则厌，男子为之，更厌矣。马神则牵马于室中，以红绿帛布丝系其尾鬣，而喃喃以祝之云。跳毕则召诸亲戚，啖生肉，酌米儿酒，尽醉饱，不许怀而出户，曰：神怒也。寻常庭中必有一竿，竿头系布片，曰先祖所凭依。动之如掘其墓。割豕，而群乌下啖其余脔，则喜曰：先祖豫。否则愀然曰：祖先恫矣，祸至矣！

（概）〔当为衍字〕宁古无闲人，而女子为最。如糊窗则捶布以代纸，烧灯则削麻肤糠以代膏，皆女子。手不碾而舂，舂无昼夜，一女子舂不能供两男子食。稗之精者至五六舂，近有碾，间橐粜以就碾。舂余即汲霜雪，井溜如山，赤脚单衣悲号丁肩担者不可记，皆中华富贵家裔也。伤哉！

病不问医，无医可问。死则以敝船为椁，三日而火，章京则以红缎旌之，拨什库则以红布，再下则红纸。故俗贱红而贵白，以红为送终具也。男子死，必有一妾殉，当殉者即于生前定之，不容辞，不容僭也。当殉不哭，艳妆而坐于炕上，主妇率其下拜而享之，及时以弓弦扣环而殒，倘不肯殉，则群起而搤之死矣。

初时不知有佛，诵经则群伺而听，始而笑之，近乃习而合掌以拱立矣。西□子则知有佛有经，能膜拜，大约与喇嘛教同，与西土异。不祀神，唯知有关帝，亦无庙，近乃作一土龛。

百里往还，不裹粮，牛马不携粟草，随所投，如旧主人焉。主人随所供，不责报，亦无德色。

饮　食

稗子贵人食也，下此皆食粟，曰粟有力也。不饮茶。

无陶器，有一瓷碗，如重宝，然群不贵，遂不足宝矣。凡器皆木为之，高丽制者精复难得。大率出土人手，匕箸盆盂，比比皆具，大至桶瓮，高数尺，亦自为之。有打糕，黄米为之精，有饼饵，无定名，但可入口即佳也。多洪有蜂蜜，贵家购之以佐食，下此不数数得。

盐则取给于高丽，每十月，大宗伯特遣一驿使至宁古，昂邦檄一牛禄，督市盐者以行，给其仆马，至高丽之会同府。会同府去王城尚三千里，荒陋犹宁古也。其国亦遣一官授受我使，交易盐及牛马布铁复还，凡五六十日而始竣焉。闻其国亦以供应为苦。满人得盐，乃高价以售，汉人唯退而自啖其炕头之酸齑水。菜将霜取而置之瓮，水浸火烘，久而成浆，曰胜盐多多许。

（据《昭代丛书》移录）

附录四

与田雪龛书

方拱乾

生平未写照，今年遇钱塘戴葭湄，称当今第一手，必欲为老夫写。写竟，葭湄曰肖，诸人同曰肖，老夫览镜亦曰肖。因其盘礴凝注，挥洒疾徐而悠然，觉此道之通于诗文也。葭湄之言曰：于静处得什三，于动处得什五，于有意属笔时得什七，于偶一触目焉而具相貌于胸中者得什九。此言易解也。又曰：貌本圆而以方写之，貌本长而以短写之。写者方短，而肖者圆长，此言难解也。老夫曰：是所谓“神”也，诗文诀也。千古善写照之文人，莫司马迁若。试读其“世家”、“列传”，开口一二语，便令其人终身了然。是“神”在笔先，在文字外者也。若夫诗之为道，则犹之自写照矣。自写照而假他人须眉乎？他人须眉即佳自肯受乎？昔有论《史记》者云：每于人疵处阙略处，极力描写。要知人疵处、阙略处，人之“余”也。“余”者，“神”所寄也，所谓笔先、笔内外也，所谓以动写静、以方短写圆长之说也。然则，作诗文者独乐“余”乎？“余”只可以出全，不可以摄全也。全之“神”注，借“余”以出，譬如写照之必不能舍须眉颧颊以为“神”，而但曰须眉颧颊之不足以为“神”也。文之有词藻、诗之有格律，须眉颧颊也。曰如何为汉，如何为唐宋诸大家，如何为六朝汉魏，如何为初盛中晚唐？须眉颧颊之妍媸，老少也，不能貌者。当学貌，而肖不肖置勿问，不几令诗文绌丹青下乎？阁下于诗文深，日与葭湄周旋，敢以此相质。

附录五

方拱乾生平大事简表

李兴盛

方拱乾，初名策若，字肃之，号坦庵、裕斋，又号云麓老人、江东髯史，晚年更号甦庵，或称甦老人。安徽桐城人。太仆寺卿方大美之第五子。

伟貌修髯，风神秀朗。

成童能记六经。弱冠负文誉，经史一览不忘。为文捉笔立就。少与同乡姚孙森、蒋臣等有“六骏”之誉。

为诸生时，辄以天下为己任。

于学无所不窥，善书法，工诗文，尤酷好为诗。晚年专以诗名天下。其诗自写胸臆，推崇杜诗。晚年之作，诗律益细。

万历二十四年　丙申　（1596）　四月初三日生。

万历三十年　壬寅　（1602）　七岁　能属诗文。

万历四十六年　戊午　（1618）　二十三岁　中举人。是岁长子玄成（孝标）生。

万历四十八年　庚申　（1620）　二十五岁　次子亨咸生（其他四子生年不详）。

崇祯元年　戊辰　（1628）　三十三岁　中进士。官庶常，馆选第一，文名震当世。不久以其父丧未葬，给假归。

崇祯七年　甲戌　（1634）　三十九岁　秋，由于是时北方农民起义风起云涌，大西军进逼桐城，方氏全家“避乱”，渡江而南，寓居秣陵（今南京市）东园石桥之五块砖。

崇祯十三年　庚辰　（1640）　四十五岁　殆是年入京师，除编修，迁中允，不久转左谕德。

崇祯十六年　癸未　（1643）　四十八岁　是年会试，分校礼闱，得人甚盛。不久晋詹事府少詹事，充东宫讲官。

崇祯十七年（清顺治元年）　甲申　（1644）　四十九岁　三月十九日，大顺农民军入北京，明亡，方拱乾为大顺军所俘，受酷刑（一作“以美婢赂贼将罗，不加拷掠”）。五月初，乘清军入关，农民军西走之际，逃离京师南归。

顺治二年　乙酉　（1645）　五十岁　居金陵。是年曾为张缙彦之《依水园文集》作序。

顺治十一年　甲午　（1654）　五十九岁　七月，以江南江西总督马国柱与大学士冯铨等人之荐，被清廷起用为内翰林秘书院侍讲。

顺治十二年　乙未　（1655）　六十岁　奉敕参与《顺治大训》、《内政辑要》、《太祖圣训》、《太宗圣训》等书之修订工作，均为纂修官。

顺治十三年　丙申　（1656）　六十一岁　正月，为《通鉴全书》之纂修官。十月，升任詹事府右少詹事，兼内翰林国史院侍讲学士。

顺治十四年　丁酉　（1657）　六十二岁　十一月，南闱科场案发生，方拱乾之第五子方章钺，以言官弹劾与主考官方猷“联宗有素，乘机滋弊，冒滥贤书”而被拿解刑部。

顺治十五年　戊戌　（1658）　六十三岁　与长子玄成、次子亨咸牵连入狱。十一月二十八日，被判处流徙宁古塔。

顺治十六年　己亥　（1659）　六十四岁　闰三月初三日，方拱乾携玄成、亨咸及章钺等数十口家眷，自京师起身出

塞。闰三月十五日出关，有《出塞送春归》诗，玄成、亨咸与同案同行之吴兆骞、钱威均有诗奉和。七月十一日至戍所（今黑龙江省海林市）。初至戍所写有《宁古塔杂诗》百首。九月，第一次迁居，有《移居》等诗。

顺治十七年　庚子　（1660）　六十五岁　五月，游东京城(即渤海国上京龙泉府遗址)，有《游东京旧址》、《游东京先一日柬汉槎》等诗。夏，三子育盛、四子膏茂至宁古塔。九月，有《海上凯歌》四首，咏镇守宁古塔总管巴海是年于松花江口大败沙俄侵略者之役。这是歌咏我国军民抗击沙俄侵华之第一首诗歌。

顺治十八年　辛丑　（1661）　六十六岁　二月，再次迁居。有《简较移居》诗。五月，第三次迁居。有《移居》等诗，内云："荒城五里地，浃岁且三迁。"九月初四日，偕患难之交，共18人登宁古台，觞咏竟日，并将其所放雉之处，命名为放雉崖，同时，以《赋得登山临水兮送将归》长诗咏怀，从而为绝塞留一胜迹，传一佳话。十月十八日，得召还信。盖方氏以认修前门（一作正阳门）城楼工自赎而被赦归。十一月初一日，辑其出关后一千日之诗九百五十一首，为《何陋居集》，并拟将是年十月十八日以后生还诗，命名为《甦庵集》。同时为此两部诗集各撰一序。十一月初起程南归，十二月十五日至沈阳。不久陈之遴夫人徐灿有《送方太夫人西行》诗以送其夫妇归。

康熙元年　壬寅　（1662）　六十七岁　正月入都。三月离都南下。秋，寓居淮阴。约次年改寓扬州之随园。七月二十七日，《宁古塔志》（又名《绝域纪略》）成书。归后，"既老且贫，无家可归"，白衣皂帽，徜徉山水，以卖字为生。著名词人陈其年有《卖字翁歌》长诗以咏之。

康熙三年　甲辰　（1664）　六十九岁　八月，为汪楫之《悔斋集》撰序。十二月，为百愚禅师之《蔓堂集》撰序。

康熙五年　丙午　(1666)　七十一岁　是年五月二十六日卒，门人私谥和宪先生。遗著除《宁古塔志》外，尚有《白门》、《铁斋》、《裕斋》、《出关》（即《何陋居集》）、《入关》（即《甦庵集》）诸集。另有《十三山游草》、《愚溪诗》、《职草》、《职余草》、《浣草》、《宛在集》、《小草》、《使草》、《樵和集》等，但多失传。仅《何陋居集》、《甦庵集》以孤稀善本传世，《樵和集》仅传于日本，常见者为《宁古塔志》。

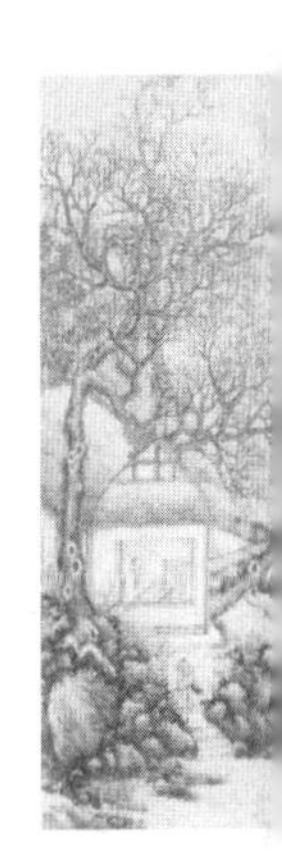